천재는
왼쪽

미치광이는
오른쪽

당신의 일상을 피곤하게 하는
심리 문제의 모든 것

천재는 왼쪽

미치광이는 오른쪽

• 닝안닝 지음 | 김정자 옮김 •

정민
미디어

서문

"가끔, 정신적으로 너무 힘들다는 생각이 들지 않나요?"

요즘, 우리 주위에는 심리적으로 너무나 힘들고, 불안하고, 우울한데 어떻게 해결해야 할지 모르겠다고 말하는 사람들이 많다. 그렇다면 우선 우리가 겪고 있는 '심리 장애 혹은 정신병'에 대해 제대로 알아야 할 필요가 있다. 여기서 말하는 '정신병'이란, 미친 놈처럼 날뛰게 하는 정신분열증을 가리키는 말이 아니라 일상생활에서 느끼는 심리 장애를 뜻한다. 최근에는 사회생활로 인한 스트레스가 나날이 증가하면서 사람들은 비정상적인 상태를 오히려 정상으로 여기게 되었다. 둘러보면 자폐증, 우울증, 강박증, 의존성 인격 장애, 편집성 인격 장애, 히스테리성 인격 장애 등 다양한 종류의 '정신병'을 앓는 사람들이 많다. 바쁜 현대 사회는 어느새 '정신병'으로 가득한 사회가 되고 말았다.

"세상이 모두 병들었는데 어찌 혼자 멀쩡할 것이며, 세상이 모두 미쳤는데 어찌 혼자 정상이겠는가?"라는 우스갯소리도 있다. 모두가 '정신병'을 앓고 있는 세상에서 혼자 멀쩡하기란 불가능하다. 이상 증세가 보이지 않더라도 스트레스가 커지면 저절로 '정신병' 환자가 된다. 이 책을 집어 들었다면, 자신이 언제 정상적일 때가 있었는지 곰곰이 생각해 보자.

매일 화장하지 않고는 외출을 하거나 사람을 만나지 못하나요?

혼자 있거나 인터넷에 접속해서는 말도 잘하고 재능이 넘치는데 사람들이 모인 앞에서는 말을 더듬거리거나 한 마디도 못하나요?

별일이 없는데도 터무니없는 생각을 자주 하고, 음독, 투신 등 자살하는 방법에 대해 연구하나요?

휴대폰을 소중하게 생각하며 아침에 일어나 잠들기 전까지 손에서 놓지 않나요?

밥 먹고 옷을 입는 것부터 크고 작은 일들까지 모두 어머니의 말을 따르는 편인가요?

낮에는 외향적이었다가 밤에는 내향적으로 성격이 쉽게 바뀌나요?

질문에 억지로 꿰어 맞출 필요도, 조급하게 부정할 필요도 없다. 유아기 부모와의 불안정한 관계 형성과 아동기 성교육의 부재, 사춘기 성공에 대한 지나친 집착, 성인기 친밀한 인간관계에서 드러난 문제점 등 모든 성장 단계에서 조금씩 문제가 드러났다면 '정신병' 환자가 될 수밖에 없었을 것이다.

그렇다고 긴장할 필요는 없다. 주변을 둘러보면 가족과 친구, 동료, 우상, 선생님들도 같은 병을 앓는 환자나 마찬가지다. 단지 자신의 병을 자세히 아는 사람과 그렇지 않은 사람의 차이가 있을 뿐이다. 가장 위험한 것은 병을 숨기고 고치려 하지 않는 태도다. 지금 이 책을 펼쳐 들었다면 자신의 병이 무엇인지 자세히 알아보고 적극적으로 치료에 임할 수 있을 것이다.

이 책은 신선하고 흥미로운 이야기로 자신을 돌아볼 수 있는 기회를 제공한다. 이 책은 근심증, 우울증, 성정체성 장애, 정신분열증, 강박증, 성도착증, 편집성 인격 장애 등을 소개한다. 다 읽고 나면 마음의 병이 씻은 듯이 사라지고 행복한 기운을 얻을 것이다!

이 책은 독자에게 질문을 던지고 진찰을 할 것이다. 가장 먼저 설문조사를 통해 자신에게 어떤 증상이 있는지 알아본다. 그리고 구체적인 증상에 대해 소개한 뒤에 심리학적인 분석을 덧붙였다. 이어서 해결 방안을 제시하며 차근차근 치료법을 알려준다. 그 밖에도 다양한 사례를 들려주며 자신을 돌아볼 수 있는 기회를 준다. 이런 모든 과정을 거치고 나서 책을 덮으면 불안함, 초조함, 우울함 등을 홀홀 떨쳐내고 다시 정상적인 생활로 돌아갈 수 있다.

우리들 체내의 깊은 마음속에는 어떤 강력한 힘이 있다.
그것은 우리의 의식하는 마음과는 별개의 것으로,
끊임없이 활동을 계속하여, 사고와 감정과 행동의 근원이 되고 있다.

Sigmund Freud

CONTENTS

서문 4

Case 01

세상의 모든 걱정을 짊어지다 ·근심증·

:: **자가진단 테스트** 당신은 근심증 환자인가요? … 18

:: **증상** 예기불안과 부동성불안 … 20

:: **사례** 폭력 주부와 조용한 뚱보 … 24

:: **현상** '루저'가 불안한 이유 … 29

:: **치료** 이성적 행동요법 … 34

:: **생존법칙** 불안을 해소하기 위한 5가지 방법 … 39

Case 02

멈추지 못하는 사람들 ·강박증·

:: **자가진단 테스트** 당신은 강박증 환자인가요? … 46

:: **증상** 강박사고와 강박행동 … 48

:: **사례** 여신의 무게: 화장 강박증 … 53

:: **현상** 휴대폰 중독과 저장 강박증 … 56

:: **치료** 강박증 치료법 … 60

:: **생존법칙** 강박증을 완화하기 위한 5가지 방법 … 64

Case 03

영원히 벗어날 수 없는 정신병 ·단순 공포증·

:: **자가진단 테스트** 당신은 단순 공포증 환자인가요? …70

:: **증상** 보기만 해도 까무러친다고? …72

:: **사례** 도망쳐요! 치와와가 나타났어요! …75

:: **현상** 다이어트족은 무엇을 두려워하는가? …82

:: **치료** 단순 공포증을 치료하기 위한 노출요법 …86

:: **생존법칙** 공포증에서 벗어나기 위한 4가지 방법 …89

Case 04

제발 멀리 떨어져! ·사회 공포증·

:: **자가진단 테스트** 당신은 사회 공포증 환자인가요? …94

:: **증상** 적면 공포증과 대인 공포증 …96

:: **사례** 컴퓨터 뒤에 숨은 그녀 …100

:: **현상** 3차원 현실 세계에 대한 공포 …104

:: **치료** 현실 세계로 가기 위한 예행연습 …107

:: **생존법칙** 사회로 나아가기 위한 6가지 방법 …112

Case 05

내 눈물이 강이 되다 ·우울증·

:: **자가진단 테스트** 당신은 우울증 환자인가요? … 118
:: **증상** 우울증에 대해 얼마나 알고 있는가? … 120
:: **사례** 우울증 환자들 … 124
:: **현상** 화이트칼라는 왜 우울해할까? … 127
:: **치료** 일상생활 유지와 모리타 요법 … 130
:: **생존법칙** 우울증을 완화하기 위한 5가지 방법 … 134

Case 06

지나치게 행복한 당신 ·조증·

:: **자가진단 테스트** 당신은 조증 환자인가요? … 140
:: **증상** 쉽게 흥분하고 화를 내나요? … 142
:: **사례** 건방진 조증 환자들 … 146
:: **현상** 졸업 조증과 이혼 조증 … 150
:: **치료** 감정을 통제하라 … 153
:: **생존법칙** 조증을 치료하기 위한 4가지 방법 … 155

Case 07

성적 취향에 관한 은밀한 속사정 ·성도착증 상·

:: **자가진단 테스트** 당신은 페티시즘 환자인가요? … 160
:: **증상** 노출증, 관음증, 마찰성욕도착증, 페티시즘 … 161
:: **사례** 성도착증 환자였던 모차르트와 루소 … 164
:: **현상** 성추행과 속옷 절도는 심각한 범죄 … 169
:: **치료** 가정의 중요한 역할 … 172
:: **생존법칙** 성도착증을 치료하기 위한 5가지 방법 … 175

Case 08

참을 수 없는 성적 욕구 · 성도착증 하 ·

:: **자가진단 테스트** 당신은 소아성애증 환자인가요? … 180

:: **증상** 소아성애증과 성 학대 … 182

:: **사례** 자살이 아닌 타살! … 187

:: **현상** 막을 수 없는 교장과 SM … 191

:: **치료** 소아성애증의 원인과 치료법 … 196

:: **생존법칙** 소아성애증을 치료하기 위한 3가지 방법 … 198

Case 09

내 몸에 다른 영혼이 들어와 있어요 · 성정체성 장애 ·

:: **자가진단 테스트** 당신은 성정체성 장애 환자인가요? … 202

:: **증상** 성전환증과 이중역할 의상도착증 … 204

:: **사례** 남자 몸에 갇힌 여자의 영혼 … 209

:: **현상** 트렌스젠더와 쉬멜 … 213

:: **치료** 성정체성 장애의 심리 원인 … 217

:: **생존법칙** 성정체성 장애를 치료하기 위한 4가지 방법 … 221

Case 10

신의 목소리가 들려 · 정신분열증 ·

:: **자가진단 테스트** 당신은 정신분열증 환자인가요? … 226

:: **증상** 정신분열증 환자의 3가지 특징 … 228

:: **사례** 악마의 저주 … 233

:: **현상** 과도한 스트레스에 시달리는 사람들 … 237

:: **치료** 가족의 사랑과 관심 … 240

:: **생존법칙** 정신분열증을 치료하기 위한 3가지 방법 … 242

Case 11

내 속엔 내가 너무 많아 · 해리성 정체 장애 ·

:: **자가진단 테스트** 당신은 해리성 정체 장애 환자인가요? … 246

:: **증상** 인격과 다중인격 … 247

:: **사례** 24개의 인격 … 251

:: **현상** 사람은 누구나 또 다른 인격을 가지고 있다 … 254

:: **치료** 최면치료 … 257

:: **생존법칙** 해리성 정체 장애를 치료하기 위한 3가지 방법 … 260

Case 12

인생은 영화 같아 · 히스테리성 인격 장애 ·

:: **자가진단 테스트** 당신은 히스테리성 인격 장애 환자인가요? … 264

:: **증상** 희극화와 유치화 … 266

:: **사례** 어떻게 나를 싫어할 수 있어? … 270

:: **현상** 그녀의 연극적인 삶 … 274

:: **치료** 히스테리성 인격 장애 환자의 자기통제 능력 … 277

:: **생존법칙** 히스테리성 인격 장애를 치료하기 위한 3가지 방법 … 280

Case 13

네가 너무 의심스러워! · 편집성 인격 장애 ·

:: **자가진단 테스트** 당신은 편집성 인격 장애 환자인가요? … 284

:: **증상** 오만한 자신감 … 286

:: **사례** 나를 질투하는 거야! … 290

:: **현상** 인터넷 뒤에 숨은 사람들 … 294

:: **치료** 사람을 믿어라 … 298

:: **생존법칙** 편집성 인격 장애를 치료하기 위한 6가지 방법 … 301

Case 14

누가 대신 결정 좀 해줘요 · 의존성 인격 장애 ·

:: **자가진단 테스트** 당신은 의존성 인격 장애 환자인가요? … 308

:: **증상** 보호자를 찾아서 … 310

:: **사례** 나를 도와줄 사람 없나요? … 313

:: **현상** 감정 의존증을 앓는 사람들 … 316

:: **치료** 작은 일부터 시작하라 … 319

:: **생존법칙** 의존성 인격 장애를 치료하기 위한 6가지 방법 … 323

Case 15

죽으면 어떨까 · 자살 ·

:: **자가진단 테스트** 당신은 경계성 인격 장애 환자인가요? … 330

:: **증상** 자살과 경계성 인격 장애 … 332

:: **사례** 24번의 자살 시도 … 337

:: **현상** 대학생은 왜 자살 고위험군이 되었나 … 340

:: **치료** 깊이 생각하기 … 343

:: **생존법칙** 행복해지기 위한 심리치료 … 347

ANXIETY DISORDER

세 상 의
모 든
격 정 을
짊 어 지 다

근심증

당신은 근심증 환자인가요?

· 자가진단 테스트 ·

조용한 장소에 앉아 최근 3개월간의 기억을 바탕으로
다음 질문에 솔직하게 대답해 보세요.

....

☐ 앞으로 일어날 일을 항상 걱정하는 편인가요?

☐ 가족이나 주변 사람에게 안 좋은 일이 일어날 것이라는 생
각을 자주 하나요?

☐ 늘 알 수 없는 이유로 스트레스를 받나요?

☐ 평소에 쉽게 놀라는 편인가요?

☐ 언제나 불안하고 가슴이 두근거리나요?

☐ 지금 하고 있는 일에 집중하기 힘든가요?

☐ 쉽게 흥분하거나 화를 내는 편인가요?

☐ 지나치게 걱정이 많고, 나쁜 일이 일어나지 않을 거라는 사
실을 알면서도 통제가 되지 않나요?

☐ 안 좋은 일이 일어나서 스스로 극복해내기를 '기대'하고 있
나요?

☐ 늘 긴장이 되고 편안하지 않은가요?

☐ 항상 피곤하고 무기력한가요?

☐ 빨리 잠들지 못하거나 숙면을 취하지 못하나요?

☐ 평소에 서성거리거나 손을 가만히 두지 못하고 몸을 떨거나
한자리에 가만히 앉아 있지 못 하는 등 그와 유사한 신체 반
응이 있나요?

☐ 땀을 많이 흘리고 입이 자주 마르는 편인가요?

☐ 자주 맥박이 빨라지거나 위장 장애를 앓는 편인가요?

☐ 어지럼증과 메스꺼움을 자주 느끼나요?

··

위의 16개 항목 중에서 5개 이상에 '네'라고 대답했다면 가벼운
근심증에 해당된다. 8개 이상에 '네'라고 대답했다면 심각한 근
심증에 해당되니 전문가와의 상담이 필요하다.

다음으로 근심증에 대해 살펴보자.

예기불안과 부동성불안

ANXIETY DISORDER
증상

어느 날, 친척 언니를 만났는데 나를 보자마자 한숨을 쉬며 말했다.

"나이도 먹을 만큼 먹었는데 아직도 이불에 오줌을 싸서 큰일이야. 무슨 수를 써도 소용이 없으니 어떻게 해야 할지 모르겠어."

언니에게는 4살짜리 아들이 있는데 활달하고 귀여운 모습만 봐서 아직도 오줌을 가리지 못할 줄은 몰랐다. 나는 일부러 대수롭지 않다는 듯이 대꾸했다.

"괜찮아요. 아직 어리잖아요. 조금만 더 지켜봐요."

"아직 어리다고? 벌써 서른이 넘었는 걸?"

나는 깜짝 놀랐다. '아들 얘기가 아니란 말인가?'

언니는 해선 안 될 말이라도 한 것처럼 손으로 입을 막았지만 이미 늦었다. 그녀는 고개를 숙이고 잠시 생각에 잠겼다가 뭔가 결심이라도 한 듯이 입을 열었다.

"실은 네 형부 얘기야."

진단을 내리기에 앞서 '불안'이 무엇인지 살펴보자. 불안이란 사람들이 무언가에 도전하거나 위기에 처했을 때 느끼는 조마조마함, 초조, 공포 등의 반응을 가리킨다. 이러한 반응은 일상생활에서 흔히 찾아볼 수 있다. 시험 날짜는 다가오는데 공부를 많이 하지 못했을 때, 결혼식이 코앞인데 처리해야 할 일이 산더미 같을 때, 실연을 해서 가슴이 아플 때도 불안에 휩싸인다.

사실 불안은 일상생활에서 쉽게 느낄 수 있는 감정이다. 사람들은 어떤 문제에 봉착하면 스트레스를 받으며 불안에 떤다. 정상적인 상황에서 사람들은 해결책을 찾아 불안을 해소하지만, 문제가 해결되지 않으면 불안 증세가 점점 심각해진다. 이처럼 심각한 불안 증세를 '불안장애'라고 하는데, 근심증도 이러한 '불안장애'의 일종이다.

근심증은 '광범위한 불안증'이라고도 하며, 장기적, 점진적으로 증세가 나타나는 만성 불안장애에 속한다. 여기에서 '광범위'하다는 것은 환자가 불특정 다수를 대상으로 불안을 느낀다는 뜻이다. 다시 말해, 근심증은 불특정 다수에 대한 장기적이고 지속적인 병리적 불안으로 인해 발생한다. 근심증 환자는 오랜 시간

다양한 측면에서 불안을 느끼고 예민한 반응을 보이지만, 그러한 불안은 대부분 근거나 이유를 찾을 수 없다. 따라서 근심증 환자는 불안함에서 벗어나려고 해도 적절한 방법을 찾지 못하거나 그럴만한 조건을 만족시키지 못해 종종 실패하고 만다.

근심증은 '예기불안(Anticipatory anxiety)'과 '부동성불안(Free floating anxiety)'으로 나눌 수 있는데, '예기불안'은 일상생활에서 앞으로 일어날 일에 불안을 느끼는 것이다. 시험을 봤는데 실력을 제대로 발휘하지 못해 성적이 떨어질까 불안해하는 것이나 가족의 건강이 나빠질까 걱정하는 것, 밤에 길을 걷다가 안 좋은 일을 당할까 걱정하는 것 등이 있다. 이러한 불안은 정상적인 범주에 속하며 시간이 지나면 자연스럽게 사라진다. 예를 들어, 건강에 대한 걱정은 병원에서 건강검진을 받고 아무런 이상이 없다는 사실을 확인하면 없어진다. 따라서 불안과 걱정은 스트레스에 대한 정상적인 반응으로 볼 수 있다.

근심증 환자는 정상적인 사람들보다 과도한 불안에 시달린다. 그들은 사실적 근거가 부족한 상황에서도 지나치게 불안해하며, 스스로 일의 위험성을 부풀려 생각한다. 따라서 그들은 늘 불행하다. 예를 들면, 한 여성은 딸이 회사에 출근만 하면 알 수 없는 불안에 휩싸여 터무니없는 걱정을 했다. '회사에 가다가 교통사고를 당하는 건 아닐까?', '누가 납치라도 하면 어쩌지?' 하지만 그러한 걱정은 아무런 근거도 없었고, 그런 일이 일어날 확률은 아주 낮다. 그렇다고 여성이 딸을 위해 어떤 행동을 취하는 것도 아니다. 그저 집 안에 앉아 불안에 떨고 있을 뿐이다. 이러한 증상이 바로 근심증의 주요 증상인 '예기불안'이다. 하늘이 무너질 것이 두려워 벌벌 떨었다는 기(杞) 나라 사람의 이야기는 '예기불안'의 전형적인 증상이다.

근심증의 또 다른 유형인 '부동성불안'은 '범불안장애'라고도 한다. '부동성불안' 환자들은 연속적인 긴장과 불안에 사로잡혀 있으며, 무엇을 보고 상상하든 불안해한다. 하지만 불안을 느끼는 이유는 정확히 알지 못한다. 심지어 어떤 환자들은 불행한 일이 빨리 일어나기를 '기대'하기도 한다. 그래야 불안한 감정에서 벗어날 수 있다고 믿기 때문이다.

앞서 이야기에서 등장한 친척 언니의 남편은 '부동성불안' 환자다. 형부는 모든 일에 조심스럽고 신중한 사람이다. "늘 숨 막힐 듯한 긴장감을 안고 살아가. 왜 그런지는 잘 모르겠어. 언젠가 불행한 일이 터질 것만 같아. 차라리 불행한 일이 빨리 일어났으면 좋겠어!" 형부는 불면증에 시달렸고 항상 가까스로 잠이 들었다. 그리고 아침마다 오줌으로 축축해진 이불을 발견해야 했다. 다 큰 남자로서 이만저만 창피한 일이 아니었다.

인간의 신체 반응은 심리적인 원인을 가진다. 형부는 깨어 있는 동안 과도한 불안에 사로잡혀 있고 잠이 들었을 때 오줌을 싸는 방식으로 불안한 감정을 해소한 것이다. 다행히 심리치료를 받자 그의 증상은 서서히 치유되었다.

폭력 주부와 조용한 뚱보

ANXIETY DISORDER

사례

모리와 피넛은 아주 극적으로 만났다. 당시 불량배를 만나 괴롭힘을 당하던 피넛은 혼비백산하여 두 다리를 벌벌 떨며 살려달라고 애원했다. 마침 그 길을 지나가던 모리가 위험에 처한 피넛을 보고 태권도 유단자로서의 면모를 발휘하며 불량배들을 때려눕혔다.

그때부터 피넛은 자신을 살려준 '슈퍼우먼' 모리와 사랑에 빠졌다. 피넛은 죽자 살자 따라다니며 모리의 마음을 여는 데 성공했고, 두 사람은 백년해로를 맹세한 부부가 되었다. 사랑의 결실을 맺은 부부에게는 축복이 쏟아졌다.

몇십 년 뒤, 금슬 좋은 잉꼬부부에게 문제가 발생할 거라고는 꿈에도 생각하지 못했다.

쉰을 훌쩍 넘은 피넛이 나를 찾아와 꺼낸 말은 실로 뜻밖이었다. 그는 못된 시어머니를 억지로 모시고 산 며느리처럼 억울하다는 듯이 울면서 입을 열었다. "제 아내는 정말 문제가 많아요."

나는 영문을 몰라 자세히 물었다. "모리는 전업주부잖아요. 재미로 마작을 즐기고 광장에서 사람들과 어울려 춤을 추거나 딸에게 시집가라는 잔소리를 하는 것 말고는 취미도 없어 보이는데 뭐가 문제라는 거예요?"

피넛은 계속 눈물을 훔치며 사정을 들려주었다.

모리는 쉰 살이 되고부터 자주 답답해하고 안절부절못했으며 쉽게 화를 냈다. 피넛은 모리가 갱년기라서 그런 거라 판단하고는 텔레비전에서 광고하는 갱년기 약을 선물했다. 그는 내심 칭찬이라도 받을 줄 알았다. 하지만 모리는 불같이 화를 내며 약을 내동댕이쳤고 피넛은 일주일 동안 소파에서 잠을 청해야 했다. 거기까지 들은 내가 긴 한숨을 쉬자 피넛이 침통한 표정으로 말했다. "그것보다 더 비참한 일도 있어요."

피넛은 잠이 오지 않아 소파에서 뒤척이고 있었다. 그런데 갑자기 안방에서 이상한 소리가 들려왔다. 안방으로 가 보니 모리가 이불에 엎드려 서럽게 울고 있는 게 아닌가! 그는 남자답게 방으로 들어가 말했다. "여보, 무슨 일이야? 괜찮아. 내가 있잖아." 말이 끝나기 무섭게 모리는 예전에 불량배를 때려눕히던 기세로 피넛을 손봐주었다. 깊은 밤, 피넛의 절규가 하늘까지 울려 퍼졌다.

피닛은 내게 상처를 보여주며 하소연했다. "여기 시퍼렇게 든 멍 좀 보세요."

내가 물었다. "그러고 나서 어떻게 하셨나요?"

"저도 가만있진 않았죠. 진지하게 그녀를 타일렀어요. '여보, 내 말 잘 들어! 다시 이런 짓을 했다가는 나도 절대 당하지만은 않아!'"

더 들어볼 것도 없이 모리는 그 말을 듣자마자 피닛에게 발차기를 날렸을 것이다. 나는 모리의 마음이 어떤지 이해되었다.

"모리는 지금 갱년기예요. 갱년기가 되면 호르몬 변화가 일어나서 정서가 불안정해져요. 노화도 빨라지고 건강도 급격히 악화되는 등 갖가지 신체 변화를 겪으면서 불안해질 수 있어요. 전형적인 갱년기 우울증이에요."

모리와 상담을 해보니 역시나 내 판단이 맞았다. 모리의 증상은 예기불안에 속했다. 모리는 겉으로는 털털해 보여도 예민하고 섬세했으며, 걱정도 많았다. '몸이 예전 같지 않은데 큰 병이라도 걸린 건 아닐까?', '내가 늙고 못생겨져서 남편이 바람이라도 나면 어쩌지?', '딸은 왜 혼기가 꽉 차도록 결혼을 안 할까?', '딸이 사기꾼 같은 남자와 결혼하겠다고 하면 어떻게 하지?', '나이 드신 부모님이 길을 가다가 넘어지기라도 하면 큰일인데!'

모리는 매일 온갖 걱정을 하며 불안하고 초조해했다. 좋아하는 드라마도 안 보고 광장에 나가 사람들과 어울리고 싶은 마음도 싹 사라졌다. 온종일 방에 틀어박혀 울거나 넋을 놓고 있다가 자살을 생각한 적도 있다. 내가 모리의 얘기를 들려주자 피넛은 깜짝 놀랐다. 다행히 전문 치료기관에서 심리치료와 약물치료를 병행한 결과 증세는 점차 호전되었다.

근심증 환자 중에는 예기불안을 보이던 '폭력 주부' 모리와 달리 부동성불안 증세를 보이며 점점 살이 찌는 사람도 있다. 비만은 우연히 살이 찐 결과처럼 보이지만 필연적인 결과일 때도 있다. 우리는 서로의 밥과 반찬을 보자마자 무언의 동질감과 친밀감을 느꼈다. 그만큼 먹보들의 세계는 단순한 법이다. 뚱보들은 대부분 말수가 적어서 그들과 대화를 이어가기란 생각보다 어렵다. 다행히 우리는 둘 다 먹을 것에 집중하고 있었다.

맞은편에 앉은 그녀는 천진하게 웃으며 가끔씩 나를 힐끗거릴 뿐 말을 걸지는 않았다. 젓가락으로 음식을 입으로 가져가면 천천히 씹으며 맛을 음미하면서도 눈으로는 주변을 꼼꼼히 살폈다.

"뭘 보세요?" 내가 물었다.

"다 먹을 때까지 기다리는 중이에요."

"다 먹었으니 할 말 있으면 하세요."

그러자 그녀는 느리게 고개를 들며 말했다. "저는 아직 다 안 먹었어요."

나도 먹는 것 앞에서는 사족을 못 쓰는 편인데 앉은 자리에서 밥 세 공기, 반찬 다섯 접시를 뚝딱 비우고 간식까지 맛있게 먹는 그녀를 보니 나 같은 건 명함도 못 내밀겠다는 생각이 들었다. 나는 끝까지 그녀가 다 먹는 모습을 보지 못할 것 같았다. 난 더 기다리지 못하고 물었다.

"배가 많이 고팠나 봐요?"

"아니요. 매일 이렇게 먹는데 배고플 일이 뭐 있겠어요?"

"그럼 왜 그렇게 많이 드세요?"

그녀는 나를 빤히 쳐다보았는데 그 두 눈에서 당혹감이 느껴졌다. 그녀는 마지못해 한다는 듯이 대답했다. "행복해서요."

순간 나는 할 말을 잃었지만 진지한 그녀의 모습을 보고 애써 아무렇지도 않은 척 넘어갔다.

그녀는 도대체 왜 이런 방식으로 자신을 괴롭힐까? 몸에 기생충이라도 있는 걸까? 그녀는 위를 무한대로 늘일 수 있단 말인가? 그녀는 나의 생각을 비웃기라도 하듯 조용히 말을 이었다.

"불안해서 그래요."

"불안하다고요?"

"네. 왜 그런지는 모르겠지만 모든 게 불안해 미치겠어요. 눈으로 볼 수 없거나 손으로 만질 수 없는 것들을 생각하면 그래요. 시간, 미래, 지금 제 뒤에 앉아 있는 사람까지도요. 매일 아침 눈을 뜨면 사방에서 압박이 느껴져요. 어디서부터 시작되는지 도무지 모르겠어요. 언제, 어디서나 저를 따라다니는 것 같아요. 그래서 먹을 때가 가장 행복해요. 먹고 있을 때는 아무 생각도 안 나거든요."

그제야 나는 행복해서 먹는다는 그녀의 말을 이해했다. 이것은 부동성불안의 전형적인 증세였다.

'루저'가 불안한 이유

ANXIETY DISORDER

현상

　　인터넷에 '루저(屌絲, 중국 인터넷 유행어로 '돈도 없고 외모도 별로고 집안 배경도 없고 미래도 어두운 사람'을 칭한다. 이 책에서는 '루저'로 해석한다 - 역주)'라는 단어가 유행처럼 번지고 있다. 남녀노소를 막론하고 '루저'라고 자청하는 사람들이 넘쳐난다. '루저'라는 말을 아무렇지도 않게 사용하는 사람들을 어떻게 봐야 할까? '루저'는 우리 사회에 광범위하게 퍼져 있는 사람들의 불안한 심리를 반영한다.

　'루저'는 인터넷에서 처음 등장한 단어로 자조적인 농담을 할 때 주로 사용되었다. 처음에는 '키 크고 돈 많고 잘생긴 사람'을 뜻하는 '가오푸쐐이(高富帅)'의 반대말로만 쓰이던 것이 지금은

'키 작고 돈 없고 못생긴 사람'을 지칭하는 '아이춰충(矮矬窮)', '촌스럽고 뚱뚱하고 못생긴 사람'을 가리키는 '투페이위안(土肥圓)'이라는 단어와 함께 사용된다. 또한 '집도 차도 없고 모아둔 돈도 없고 애인도 없는 사람', '집에서 오락만 하느라 연애세포가 죽은 사람'이라는 의미로 확장되어 사용되기도 한다. 따지고 보면 평범한 모든 사람들까지 모두 '루저'라고 불리고 있는 셈이다.

인터넷에서 사용되는 '루저'라는 말은 다음과 같은 뜻을 포함한다.

여자 '루저' : 비키니 수영복은 사본 적 없고, 손톱에 밝은색 매니큐어를 칠해본 적도 없으며, 속옷을 세트로 입어본 적도 없다. 굽이 5센티미터 이상인 신발도 못 신어봤고, 미용실에 다녀온 지 6개월이나 지났으며, 5개월 넘게 다이어트 중이다. 입을 크게 벌려 웃어본 적도 없고, 남자랑 나란히 걸어본 적도 없으며, 거울을 아예 보지 않거나 지나치게 많이 본다.

남자 '루저' : 1만 위안(약 167만 원) 이상의 현금을 휴대해 본 적 없고, 800위안(약 13만 4천 원) 이상의 가죽신발을 사 본 적도 없으며, 미혼 여성과 3개월 이상 교제해 본 적도 없다. 상여금은 1만 위안 미만이고, 녹차를 병에 담아서 다니며, 20위안(약 3,500원) 이하의 담배를 피운다. 10만 위안(약 1,674만 원) 이하의 차를 몰고, 술은 저렴한 바이주(白酒)나 맥주만 마시며, 최근 3~5년간 장거리 여행을 가 본 적이 없다.

정리해 놓은 이 글을 보고 일부 네티즌들은 이렇게 항변할지도 모르겠다. "'루저'가 되는 게 그리 쉬운 줄 아나?" 어찌 됐든 나는 '루저'라는 단어가 가지고 있는 보편적인 이미지에 대해서 서술했을 뿐이다. 그렇다면 스스로 '루저'라고 칭하는 사람들은 모두 비극적인 삶을 살고 있을까?

그렇지 않다. 많은 사람이 '루저'의 기준에 맞아떨어지지만 즐겁게 웃고 떠들며 잘 산다. 그들은 웃으며 '루저'를 자청하면서 그런 사람들과 모여 논다. '루저'라는 유행어가 판을 치는 현상은 사람들의 광범위한 불안 심리를 반영한다. 왜 그럴까? '루저'라는 단어는 '하찮은 사람', '실패자', '변하지 않는 현실'의 뜻을 내포하기 때문이다. 예를 들어, A군은 생각한다.

'나는 거대한 사회의 작은 존재일 뿐이야. 직장도 변변치 않고 사회적인 지위도 낮고 집도 차도 없어. 결혼도 못했고 부모님을 모시지도 못해.'

B군은 이렇게 생각한다.

'몇 년을 이 악물고 노력했고 야근을 밥 먹듯이 해도 승진은커녕 연봉도 그대로야. 가족을 부양하지도 못하고 상사 앞에서 허리를 펼 날이 없구나. 책상을 뒤집어엎고 사표를 쓰고 싶어도 용기가 안 나.'

이들은 모두 스스로 '루저'라고 부른다. 아무리 노력해도 미래가 변하지 않으니 현실이 불만족스러워도 현재에 안주할 뿐이다. 그들은 불안한 삶을 위태롭게 이어가고 있다. 작은 변화에도 와

르르 무너질 수 있는 상태다. A군은 잘생긴 외모를 타고났지만 용기가 없어 연애를 해본 적이 없다. B군은 창업을 하고 싶지만 돈을 날리는 게 두려워 시도조차 못했다. 두 사람이 불안에 떠는 이유는 현실에 대한 불만과 실패에 대한 두려움 때문이다.

'루저'가 불안해하는 이유는 다음과 같다.

1. 꿈은 있으나 희망이 없다

흔히들 '루저'라고 하면 진취적이지 않다고 생각하는데 그것은 오해다. 사람은 누구나 앞으로 나아가려는 욕구가 있으며, 중요한 것은 나아갈 방향과 방법이다. '루저'라고 해서 꿈이 없는 것은 아니다. 매일 수많은 꿈을 꾸지만 정작 희망을 품지 않으니 나아갈 방향이 없을 뿐이다. 그들이 몇 년 전 모습에 비해 전혀 발전하지 않은 것도 미래에 대한 희망이 없기 때문이다.

2. 생각만 하고 실천하지 않는다

'루저'라고 원하는 게 없지는 않다. 그들도 성공하고 싶어 하고 사람들에게 주목받고 싶어 하고 세상을 바꾸고 싶어 한다. 하지만 마음속으로 생각만 하고 실천하지 않는다. 한 마디로 게으르다. 목표를 위해 부지런히 노력하고 실천하지 않는다. 불안한 마음으로 간절히 원하기만 할 뿐, 나태하게 앉아 지나간 날들을 반복해서 살아간다.

3. 자존심은 세고 열등감은 강하다

'루저'는 자존심이 세다. 자조하는 듯한 태도를 보이면서도 마음속에는 타인에게 인정받고 싶어 하는 욕구가 크다. 자존심이 센 만큼 열등감도 강하다. 그들은 자신의 평범한 집안과 평범한 재능을 들먹이면서 노력해도 소용없다는 핑계를 대며, 자신을 포기해버리기도 한다. 그리고 항상 '실패하면 끝장이야.'라는 생각에 빠져 산다. 그 결과 성공이라는 환상에 갇혀 자존심을 키우거나 실패라는 환상 속에서 열등감을 키운다.

4. 불만이 있어도 쉽게 단념한다

'루저'는 꿈은 이루기 어렵고 현실은 잔인하다는 생각을 하며 살아간다. 그들은 사표를 던지며 사장에게 큰소리 칠 날이 오기를 희망한다. 재벌 2세처럼 바닥에 돈뭉치를 뿌리거나 벼락부자가 되어 온몸을 명품으로 치장하고 나타날 수 있기를 꿈꾼다. 그들은 현실에 만족하지 못하면서도 쉽게 단념해 버리고 자조적인 태도로 '루저'를 자청한다. 그렇게 자신의 삶을 희화화하고 스스로를 무감각하게 만들어 원하지 않는 현실에 안주한다.

이밖에도 '루저'들은 '루저'라는 호칭 자체로도 불안에 떤다. 흥미로운 사실은 그럼에도 그들은 '루저'라고 자조하는 방식으로 소속감을 느끼며 불안을 해소한다는 점이다.

이성적 행동요법
·치료·

근심증에 대한 치료법을 얘기하기 전에 우선 나를 불안하게 만드는 일들을 나열해 보자.

"이번 고객은 반드시 잡아야 해!"

"이번 경기는 반드시 이겨야 해!"

"내 아이는 반드시 안전한 곳에 있어야 해!"

많은 사람이 그저 두려워할 뿐이지 이렇게까지 느껴본 적은 없다고 생각한다. 고객을 놓칠까 두렵고, 경기에서 질까 두렵고, 내 아이가 조금이라도 다칠까 두렵지 '반드시' 어떻게 됐으면 좋겠다고 생각한 적은 없다고 말이다.

하지만 곰곰이 생각해 보라. 고객을 놓치는 게 두려워 '반드시' 고객을 잡아야 한다고 스스로 다그친 적이 정말 없는가? 경기에서 지는 게 두려워 '반드시' 이겨야 한다고 생각한 적이 정말 없는가? 아이가 다치는 게 두려워 아이를 '반드시' 잘 보호해야 한다고 다짐한 적이 정말 없는가?

근심증은 바로 '반드시' 뭔가를 해야 한다는 생각에서 시작된다. 하지만 세상에 절대적인 것은 없다. 가능성만 존재할 뿐이다. 고객을 잡을 수도 있고 그러지 않을 수도 있다. 경기에서 이길 수도 있고 질 수도 있다. 내 아이는 안전할 수도 있고 다칠 수도 있다.

첫째, 실패를 받아들여라

'이번 고객은 반드시 잡아야 해! 조금만 실수해도 고객을 뺏기고 말 거야. 그런 일은 절대 일어나선 안 돼. 동료 앞에서 체면도 안 서고 내 앞길도 막히겠지. 그러면 끝장이야! 실패하면 다시 일어서지 못할지도 몰라.' 이렇게 불안에 떨며 실패하지 않는 것에 집중하면 정작 고객을 대하는 일에는 소홀해져 결국 실패할 확률만 올라간다.

생각을 바꿔보는 건 어떨까? '이번에 고객을 잡는 일이 중요하긴 하지만 성공할 수도 있고 실패할 수도 있잖아? 성공하길 바라지만 실패해도 어쩔 수 없지. 그저 평소처럼 지내는 거야. 실패해서 힘들어지더라도 그것 때문에 내 삶이 흔들려서는 안 돼.' 실패를 받아들여야 한다. 늘 성공하는 사람은 없다! 아무리 중요한 일이라도 실패했다고 삶이 달라지지는 않을 것이다.

둘째, 타인의 생각을 수용하라

'이번 경기에서 반드시 이겨야 해! 성적이 좋지 않으면 사람들이 날 조롱할 거야. 쓸모없는 녀석이라고 욕할지도 몰라. 경기에 진 선수라는 꼬리표가 영원히 따라다닐 거야.'

주변 환경과 사람들은 하루아침에 변하지 않으며, 내 삶의 일부를 차지한다. 그들의 태도는 내게 영향을 미치며, 그것에 반감을 가지거나 상처를 입을 가능성도 있다. 하지만 지나치게 불안해할 필요는 없다. 좋은 말이든 나쁜 말이든 타인의 생각을 있는 그대로 수용해 보는 건 어떨까?

처음에는 견디기 힘들겠지만 타인의 생각을 삶의 일부로 수용한다면 더 이상 그것에 집중하지 않을 수 있다. 그러니 지금 당장 시도해 보라.

셋째, 지나치게 과장하지 마라

'내 아이가 다치면 어쩌지? 왕따, 교통사고, 납치, 사기, 성희롱을 당하거나 지진, 벼락으로 위험에 처하면 어떻게 하지? 아이가 조금이라도 다칠까 너무 걱정돼.'

사실 위와 같은 일이 일어날 확률은 아주 적다. 사전에 준비를 하거나 예방교육만 잘 받아도 위험은 크게 줄어드니 지나치게 과장해서 생각하지 않도록 하자. 예를 들면, 교통법규를 준수하고, 위험한 지역에 가지 않으며, 재해 정보를 주의 깊게 들으면 된다. 위에서 얘기한 세 가지를 숙지하고 ABC이론을 알아보자.

ABC이론은 사람의 인지 방식을 바꾸어 감정과 행동을 조절할 수 있다는 이론이다. A는 선행사건(Activating event)을, B는 선행사건에 대한 신념(Belief)을, C는 선행사건에 관한 신념으로 인해 발생한 결과(Consequence)를 뜻한다. 불쾌한 사건 A가 발생하여 정서적 혼란을 야기하면 불안함이라는 결과 C가 나타난다. 언뜻 보기에는 아무런 문제가 없다. 불쾌한 사건을 겪어서 불안해지는 것은 당연한 결과이기 때문이다. 하지만 B를 간과해서는 안 된다. 선행사건 A가 발생하면 사람들은 마음속으로 가공을 거친 뒤에 C라는 결과로 불안한 감정을 느끼게 된다. 다시 말해, C의 원인은 A지만 엄밀히 따지면 인지 방식인 B에서 비롯된다. 같은 사건을 겪은 사람들이 서로 다른 반응을 보이는 이유도 마음속에서 사건을 이해하고 가공하는 방식이 다르기 때문이다. 이러한 사실을 고려하여, 말을 할 때 '반드시 뭔가를 하겠다'는 표현을 쓰지 않는다면 생각을 바꾸는 것도 가능하다.

지금 당장 시도해 보라.

시험 날짜가 다가오면 초조하고 불안해질 것이다. '시험을 잘못 보면 어쩌지? 시험 감독관이 나한테만 까다롭게 굴면 어떡하지? 시험을 보다가 배탈이 나면 어떡해? 시험 범위를 잘못 알고 있는 건 아니겠지? 그런 거면 차라리 포기하는 게 낫지 않을까? 내 인생은 이렇게 끝나는 건가?' 이런 생각을 다음과 같이 바꿔보자.

'시험 공부를 열심히 했지만 결과는 아무도 장담할 수 없어. 성적이 안 좋게 나와도 너무 실망하지 말자. 다른 방법으로 만회할 수 있을 거야. 공부에 자질이 없어도 다른 특기가 있으니 괜찮아.' 이렇게 생각을 전환하는 것만으로도 완전히 새로운 기분을 느낄 수 있다.

여기까지 성공했다면 이성적인 사고가 가능하다. 이성을 잃고 과거의 나로 돌아가려 한다면 정신을 집중하고 마음을 편하게 가져보자. 다시 이성적인 사고를 할 수 있을 것이다. 그 다음으로는 문제의 합리적인 해결방법을 찾아본다. 예를 들어, 시험을 망칠까 걱정된다면 이성적인 사고를 거쳐 좋거나 나쁜 결과를 받아들일 수 있다. 하지만 그렇다고 해서 시험을 보는 일 자체를 피할 순 없다. 편안한 마음으로 지금까지 배운 내용을 복습하고 결과에 상관없이 시험을 치러보자. 성적표는 성적이 좋든 나쁘든 간에 최선을 다해 노력한 결과다. 결과가 만족스럽지 않다면 이렇게 되뇌어라.

"언제나 성공하는 사람은 없어. 난 최선을 다했으니 괜찮아."

불안을 해소하기 위한
5가지 방법
· 생존법칙 ·

1. 승패 효과

승패 효과는 교육학자들의 실험을 통해 처음으로 입증되었다. 교육학자들은 학생들에게 난이도가 다른 문제를 풀게 한 뒤 답안을 도출하는 과정을 관찰하던 중 흥미로운 사실을 발견했다. 실력이 우수한 학생은 한 문제를 풀어 정답을 맞히면 같은 난이도의 문제를 선택하지 않고 더 어려운 문제에 도전하는 경향을 보였다. 실력이 떨어지는 학생은 문제를 열심히 풀어도 정답을 맞히지 못했을 때 또다시 실패하는 게 두려워 소극적인 태도를 보였다. 심지어 공부 자체에 혐오감을 드러내기도 했다.

힘들게 노력하여 성공한 사람이 결과에 힘입어 계속 발전하려는 것을 성공 효과라고 한다. 열심히 해도 실패를 반복하는 사람이 쉽게 낙담하고 부정적인 감정을 가지는 것을 실패 효과라고 한다.

승패 효과를 잘 활용하기 위해서는 일정한 노력으로 달성할 수 있는 적당한 목표를 설정하는 일부터 시작해야 한다. 일단 노력을 통해 성공을 거두면 성취감을 얻는데 그러한 성취감을 바탕으로 다음 단계에 계속 도전할 수 있다.

근심증 환자가 거머리처럼 따라다니는 불안을 떨쳐내는 일은 상당히 어렵다. 불안을 통제할 수 있는 아주 작은 목표부터 설정해 보자. 최선을 다해 작은 목표를 달성하면 자신감이 생긴다. 그러한 자신감으로 좀 더 큰 목표를 세워본다. 그렇게 조금씩 목표를 확장시켜 나가다 보면 언젠가 불안을 완전히 떨쳐낼 날이 올 것이다.

2. 고슴도치 효과

고슴도치 효과에 관한 재미있는 우화가 있다.

어느 겨울 날, 고슴도치 두 마리가 추위에 떨다가 서로의 온기를 나누기 위해 꼭 붙어 있어 보기로 한다. 둘은 서로에게 다가갈수록 따뜻해졌지만 뾰족한 가시에 찔려 상처가 나고 피를 흘려야 했다. 그들은 최대한 가까이 있되 일정한 거리를 유지해야만 체온을 나누면서도 서로에게 상처를 주지 않는다는 사실을 깨달았다. 이처럼 고슴도치 효과란 심리적인 거리를 유지하는 것을 뜻한다. 즉, 일상생활에서 사람들과 일정한 거리를 유지해야 서로 접촉하면서 발생하는 스트레스를 줄이고 온기를 나눌 수 있다.

특히, 근심증 환자는 사람들과 반드시 심리적인 거리를 유지해야 한다. 그들은 사람들과 심리적인 거리를 유지하지 못할 때 다양한 불안 증세에 시달린다. 상대방과 나 사이에 적당한 공간을 둘 수 있다면 불안한 마음도 크게 줄어들지 않을까?

3. 암흑 효과

일반적으로 남녀가 조명이 어두운 곳에서 만나면 서로에게 호감을 느낄 가능성이 높아지는데 이것이 바로 암흑 효과이다.

왜 어두운 곳에서 만난 사람에게는 쉽게 호감을 느낄까? 우선, 여기에서 말하는 어두운 장소는 위험 요소가 배제된 공간으로 공포심을 유발하지 않아야 한다. 사람들은 조명이 밝은 곳에서 자연스럽게 경계태세를 취하며 자신의 약점을 숨기려 한다. 또한 모든 감각을 동원해 상대방의 일거수일투족을 관찰하고 그것을 근거로 자신의 행동을 결정한다. 어둠 속에서는 서로의 표정을 볼 수 없으므로 일부러 꾸미거나 긴장할 필요도 없다. 잘 보이지 않기 때문에 서로 믿고 의지하게 되며 그러는 과정에서 미묘한 감정이 싹트기도 한다.

어둠에 공포를 느끼지 않는 근심증 환자라면 한번 시도해 보라. 부드럽고 어두운 조명 아래서 가족이나 친구들과 있다 보면 불안한 마음이 서서히 사라질 것이다.

4. 나비 효과

아마존(Amazon) 강에 있는 나비가 날개를 한 번 퍼덕이면 주변 공기에 미세한 기류가 형성되고, 그렇게 형성된 기류는 다른 지역에 영향을 미치면서 일련의 연쇄반응을 일으킨다. 2주 뒤, 연쇄반응은 점차 확산되어 미국 텍사스(Texas) 주에 토네이도를 불러온다. 나비 효과는 미세한 변화가 일련의 연쇄반응을 일으켜 결국 엄청난 변화를 가져온다는 이론이다. 나비 효과로 인한 영향은 좋을 수도 있고 나쁠 수도 있으며, 좋고 나쁨을 평가하지 못할 수도 있다.

심리학적인 관점에서 해석하면, 어떤 사건에 대한 인지, 감정, 태도에 작은 변화가 생기면 행동에 큰 변화가 나타난다. 나비 효과에 따르면 근심증 환자는 작은 걱정만으로도 커다란 불안을 느낄 수 있으며, 아주 작은 긍정적인 생각만으로도 모든 불안을 해소할 수 있다.

5. 공백 효과

사람은 누구나 강한 연상능력을 가지고 있는데 공백 효과는 이러한 능력과 깊은 관련이 있다. 사람들은 어떤 사물을 봤을 때 불완전하거나 공백이 있다고 느껴지면 머릿속으로 자연스럽게 빈 부분을 채워 완전하게 만들려는 경향이 있다.

근심증 환자가 느끼는 불안도 이런 심리 효과와 연관된다. 그들은 사물을 보았을 때 공백이 있다고 생각하여 불안한 생각을 계속하게 된다. 그렇게 형성된 불안한 생각은 머릿속에서 점점 확산되어 결국엔 종일 불안에 휩싸이게 된다.

공백 효과로 야기된 불안한 생각을 없애기 위해서는 공백을 없애는 게 가장 좋다. 근심증 환자는 사물을 볼 때 좀 더 포괄적으로 접근해야 한다. 즉, 본인이 기존에 알고 있던 사실과 사물에 대한 다양한 정보를 결합하여 불완전해 보이는 사물의 공백을 채워나가면 불안한 생각도 점차 줄어들 것이다.

OBSESSIONAL THINKING

멈추지
못하는
사람들

강박증

당신은 강박증 환자인가요?

· 자가진단 테스트 ·

조용한 장소에 앉아 최근 3개월간의 기억을 바탕으로
다음 질문에 솔직하게 대답해 보세요.

....

☐ 자신이 한 일이 늘 만족스럽지 않나요?

☐ 일할 때 실수하지 않으려고 남들보다 많은 시간을 소모하나
요?

☐ 일을 할 때 반복해서 확인해야 하나요?

☐ 일을 잘 못하는 사람을 보면 기분이 안 좋아지나요?

☐ 타인의 실수를 인정하지 못하는 편인가요?

☐ 마음속으로 같은 생각을 반복해서 하나요?

☐ 벗어나기 어려운 과거의 기억이 있나요?

☐ 뭐든지 시작하면 끝까지 파고드는 성격인가요?

☐ 아무런 의미도 없는 동작을 반복해서 하나요?

☐ 심각한 결벽증이 있나요?

☐ 엄격한 규칙에 따라 물건을 배치하나요?

☐ 자기만의 독특한 원칙을 세우고 준수하나요?

☐ 자신의 생각이나 행동이 강박적인 것을 알면서도 스스로 제어할 수 없나요?

☐ 자신의 생각이나 행동이 강박적인 것을 알고 있으며 그로 인해 고통을 느끼나요?

위의 14개 항목 중에서 4개 이상에 '네'라고 대답했다면 가벼운 강박증에 해당된다. 7개 이상에 '네'라고 대답했다면 심각한 강박증에 해당되니 전문가와의 상담이 필요하다.

강박증은 일상생활에서 자주 사용하는 심리학 용어다. 사람은 누구나 약간의 강박증을 가지고 있으며 일부는 그로 인해 크고 작은 고통에 시달린다. 이번 장에서는 강박증에 대해 살펴보자.

강박사고와 강박행동

OBSESSIONAL THINKING
증상

최근 인터넷에서 '피 말리는 강박증' 테스트(逼死强迫症, 강박증 환자들은 줄을 맞추거나 같은 패턴에 따라 물건을 정리하는 성향이 있다. 네티즌은 일부러 하나씩 틀리게 놓거나 패턴을 무시한 물건이나 상황 사진을 공유했고, 그것은 강박증 환자를 가려내는 용도로 사용되었다 - 역주)가 유행이다. 처음에는 정리를 잘한다고 알려진 처녀자리들의 강박증 성향을 알아보기 위한 테스트였다. 처녀자리들 중에 심각한 강박증 환자가 많다는 소문이 나면서는 '피 말리는 처녀자리' 테스트로 불리기도 했다. 하지만 이로 인해 많은 강박증 환자가 고통을 호소했다.

얼마 전에는 중국 SNS 위챗(WeChat)에서 '빨간 숫자 프로필'

이 유행했다. 원래 위챗으로 메시지를 수신하면 프로필 사진 오른쪽 위에 빨간색으로 확인하지 않은 메시지 숫자가 표시된다. 강박증 환자들은 새로운 메시지를 수신하면 클릭해서 빨간 숫자를 없애야 마음이 편안해졌다. 하지만 '빨간 숫자 프로필'은 고정된 이미지라서 아무리 클릭해도 숫자가 사라지지 않았다. 강박증 환자들은 사라지지 않는 빨간 숫자를 볼 때마다 괴로워했고 급기야 '빨간 숫자 프로필'을 사용하는 친구들과 절교할 생각까지 했다.

인터넷에서는 강박증 환자를 혐오하거나 재미있어 하는 사람들이 많아지면서 '잘못 배열된 사진(잘못 놓인 물건을 제자리에 놓고 싶어진다)', '더러운 그림(더러운 부분을 깨끗하게 만들고 싶어진다)', '끝나지 않는 움짤(영상의 마지막 부분을 만들고 싶어진다)' 등이 변형을 거듭하며 빠르게 퍼져나갔다. 한동안은 인터넷을 사용하는 강박증 환자들이 매우 걱정될 정도였다.

우리는 강박증에 대해서 얼마나 알고 있을까?

강박증은 생각과 행동으로 나타난다. 강박증 환자들은 대부분 자신의 병을 인지하고 있으며 타인과의 충돌을 통해 겉으로 드러난다. 강박증 환자들은 증세를 참으려고 노력하지만 저항하면 할수록 점점 더 헤어나올 수 없는 늪으로 빠져든다. 이때 받은 정신적 스트레스는 그들의 일상생활까지 위협한다.

강박증은 강박사고(Obsession)와 강박행동(Compulsion)으로 나뉜다. 강박사고는 다시 강박관념, 강박정서, 강박의향 등으로 나뉘며 강박기억, 강박의심, 강박대립 등으로 표현된다. 강박사고는 머릿속에서 계속 강화되는 방식으로 발전하며 다른 생각으로 대체될 수 없다. 개인의 의지로는 멈추지 못하며, 외부의 강제나 억압으로 인해 가속화된다.

강박사고는 주변에서 흔히 찾아볼 수 있다. '애들은 나갔다 하면 다쳐서 들어와', '더러운 물건을 만지면 병에 걸릴 거야', '완벽하지 않으면 버림받겠지', '창문을 잠그지 않았을까 걱정이야', '내가 방심한 틈에 누가 음식에 장난을 칠지도 몰라', '나도 모르게 사람을 죽일 수도 있어.'

다음 로리(Loli)의 이야기에 귀 기울여 보자.

귀여운 꼬마 로리에게는 하루가 멀다 하게 싸움을 하는 부모가 있었다. 부모가 싸우는 이유는 로리의 교육 때문이었다. 부부는 평소에는 그렇게 금슬이 좋다가도 로리의 교육 얘기만 나오면 천사 같은 얼굴이 악마처럼 변했다. 어떨 때는 말싸움이 심해져 몸싸움으로 번질 때도 있었다. 아내가 로리에게 거문고와 바둑, 서예, 그림을 가르치는 전통적인 교육을 해야 한다고 주장하면, 남편은 로리를 해외 학교에 보내 견문을 넓혀야 한다고 주장했다. 아내가 로리의 안전을 위해 홈스쿨링을 하고 싶다고 하면, 남편은 로리를 데리고 돌아다니며 산과 강을 보여주고 싶어 했다. 들어보면 둘 다 일리가 있는 말이었지만 아무도 양보하려 들지 않았다.

서로 자기 주장만 내세우는 부모 사이에 낀 로리는 걱정이 많았다. 둘 다 사랑하는 엄마, 아빠라서 한쪽 편을 들 수도 없었다.

로리는 어느 날 자신의 교육 문제 때문에 늘 싸우는 부모를 보며 이런 생각이 들었다. '나만 없어지면 괜찮을 텐데. 그럼 엄마, 아빠도 싸우지 않고 평소처럼 행복해지겠지?' 한 번 든 생각은 좀처럼 사라지지 않고 계속 머릿속에서 맴돌았다. 그때부터 부모가 싸우기만 하면 저절로 그런 생각이 떠올랐다. 나중에는 부모가 싸우지 않는 날에도 불쑥불쑥 그 생각이 들었다. '나만 없어지면 괜찮을 텐데.' 이제 로리는 그 생각을 하지 않으려 해도 저절로 떠올랐고 시간이 지날수록 그 생각에서 헤어나오기 힘들었다.

로리는 자주 싸우는 부모 때문에 불안에 떨다가 강박관념이 형성되었고 스스로 통제하지 못하는 지경까지 이르렀다. 로리의 강박관념은 나날이 강력해져서 그녀의 성장 과정에 부정적인 영향을 미치게 되었다.

처음으로 강박사고에 휩싸인 환자들은 대부분 상당히 힘들어한다. 환자들은 강박사고로 인해 변화를 겪지만 남들 눈에는 조금 이상해 보이는 정도라서 충분한 주의를 끌지 못한다. 강박사고가 형성되면 강박행동도 함께 출현한다.

왜 강박증 환자에게는 강박행동이 나타날까? 사실 강박행동은 자신의 강박사고를 통제하기 위한 수단이다. 예를 들어, 창문을 잠그지 않은 것 같다는 강박의심이 시작되면 그 생각이 머릿속에서 떠나지 않으며 나중에 반복적으로 창문을 확인하는 행동으로 표출된다. 강박의심은 창문을 확인하는 순간 잠시 중단될 순 있지만 그 뒤로도 계속 이어지므로 강박행동을 반복적으로 한다.

완벽하지 않으면 버림받을 거라고 생각하는 환자는 강박사고를 억제하기 위해 모든 일을 완벽하게 해내려는 완벽주의자가 된다. 작은 것까지 세세하게 따지고 완벽하게 처리해야 강박사고를 멈출 수 있기 때문이다. 하지만 오랫동안 강박행동을 해온 환자들은 자기만의 방식에 따라 순서나 의식을 따라야 한다.

샤오류(小六)는 전형적인 강박증 환자로 심각한 정리벽이 있었다. 그는 집에 있는 모든 물건을 정해진 자리에 배치했고, 정해진 순서에 따라 모든 일을 처리했다. 그의 강박행동을 안 뒤로 나는 찻잎이나 샌드페인팅(sand painting), 어지러운 선들로 만들어진 조각품을 선물해 봤다. 처음에는 샤오류도 그것들을 하나하나 세심하게 정리하더니 나중에는 내가 주는 선물을 거절하게 되었다.

샤오류는 내가 집에 찾아가는 것도 싫어했다. 그는 자기 주변을 정리하는 것도 모자라 남들의 공간까지 정리하고 싶어 했다. 한번은 그가 우리 집에 놀러 왔다가 대청소를 해주고 간 적도 있다. 어느 날은 내가 모기를 벽에 짓눌러 죽인 흔적을 발견하고는 보기 싫다고 지적했다. 포스터를 붙여 벽을 가렸는데도 샤오류는 불안에 떨었다. "그 흔적이 아직도 거기 있잖아!" 내가 포스터를 뜯어내자 벽지가 더럽게 뜯겨져 나갔고, 그 모습을 본 샤오류는 완전히 이성을 잃었다. 결국 나는 그와 함께 내 방의 벽지를 새로 칠해야 했다. 하지만 시간이 지나도 그는 우리 집에 올 때마다 그 흔적이 있던 자리를 정확하게 찾아냈다.

여신의 무게: 화장 강박증

OBSESSIONAL THINKING

사례

예전에 해외토픽에 실렸던 이야기가 생각난다. 집에 화재가 나서 위급한 상황인데도 탈출하지 않겠다고 버티는 여자가 소개되었다. 여자는 왜 탈출하지 않으려고 하느냐는 질문에 "화장 안 한 얼굴로는 나갈 수 없어요."라고 대답했다. 그녀는 생사가 걸린 다급한 와중에도 침착하게 화장대로 향했다.

'먹을 것인가? 다이어트를 할 것인가?'라는 명제 앞에서 대부분의 여자들은 주저 없이 다이어트를 선택한다. 위의 이야기에 나온 여자는 '목숨을 구할 것인가? 아름다워질 것인가?'라는 극단적인 명제 앞에서 아름다워지기를 선택했다. 이 여자는 화장 강박증에 해당한다.

우리 이야기의 주인공 샤오비(小B)도 목숨보다 외모를 더 중요하게 생각하는 여자다. 샤오비는 화이트칼라로 날씬한 몸매와 단정한 외모를 가졌다. 그녀는 1~10까지 점수를 주라면 12점도 받을 만큼 아름다운 여신이었다. 그러나 여신으로 살기 위해서는 큰 대가를 치러야 했다. 성형수술과 화장, 포토샵은 당연한 수순이다. 아무리 예쁜 여자라도 민낯으로 돌아다니는 건 힘들다.

샤오비는 매일 새벽 4시에 일어나 화장을 시작한다. 얼굴에 마스크 팩을 붙이는 것부터 완벽하게 화장을 마무리하는 데까지 장장 3시간이 필요하기 때문이다. 게다가 화장하는 도중에 실수라도 하면 세수를 하고 처음부터 다시 시작했다.

"가장 속상했던 순간은 모임에 나갈 준비를 하는데 그날따라 눈썹이 비뚤어지게 그려져서 몇 번이나 다시 그렸을 때예요. 눈썹을 똑바로 그리고 나니 하루가 다 지났더라고요. 모임은 아예 참석하지도 못했다니까요."

샤오비는 주말에도 긴장을 늦출 수 없었다.

"집에서 쉴 때도 3시간을 공들여 화장을 해요. 그날 무슨 일이 일어날지 어떻게 알아요? 간장을 사러 슈퍼에 갈 수도 있고 택배 아저씨가 올지도 모르잖아요. 수도계량기를 검사하러 조사원이 올 수도 있고 친구가 갑자기 찾아올 수도 있고…… 화장을 하지 않고는 사람을 만날 수 없어요. 그랬다간 온몸에서 식은땀이 날 거예요. 한번은 자다가 새벽에 깼는데 집에서 이상한 소리가 들리는 거예요. 도둑이 들었나 생각했죠. 그런데 안전에 대한 걱정이나 경찰에 신고해야겠다는 생각보다 제가 화장을 안 했다는 생각이 먼저 들더라고요."

그녀의 증상은 회사에서 더 심각했다.

"회사에는 예쁜 여직원들 천지예요. 화장은 여자들의 또 다른 언어나 마찬가지죠. 그 사람의 개성과 품격, 심지어 능력까지 보여주는 수단이에요. 저는 수시로 화장을 고쳐요. 조금이라도 흠을 잡히면 사람들 입에 오르내리거든요. 하루에 거울을 보는 데 가장 많은 시간을 쓰는 것 같아요. 어쩔 때는 회의시간에도 거울을 봐요. 회사에서 저를 '꽃'이라고 부르지만 저도 좋은 대학을 졸업한 인재예요. 천재적인 능력을 가졌다고 할 수는 없지만 능력을 인정받고 싶어요. 가끔은 저도 다 그만두고 싶어요. 화장을 하지 않고 밖으로 나가려고도 해봤지만 번번이 다리에 힘이 풀려 주저앉았어요. 인터넷에서 떠도는 화장하기 전후 비교 사진이 떠오르면서 도저히 발이 안 떨어지더라고요. 사람들이 제 민낯을 보며 손가락질하고 비웃을 것 같아서 무서웠어요. 그래서 다시 화장을 했더니 뿌연 안개가 걷히면서 원래의 저로 돌아온 듯한 기분이 드는 거예요. 때로는 정말 깊은 슬픔에 잠겨요. 사는 게 너무 힘들고 공허해서요. 거울 속에 화장한 제 모습을 보면 순간 어지러워요. 제가 화장을 한 건지 가면을 쓴 건지 구분이 안 돼요."

휴대폰 중독과 저장 강박증

OBSESSIONAL THINKING
현상

　　휴대폰 중독은 휴대폰에 대한 의존이 심각하여 '말기 암' 수준에 이른 상태를 일컬으며 '휴대폰 강박증'이라고도 한다.

　　현대인에게 가장 친숙한 물건을 꼽으라면 단연코 휴대폰이 1순위다. 지금 이 책을 보고 있는 독자의 주변에도 휴대폰이 있을 것이다. 출퇴근할 때는 물론이고 잠들기 직전까지 손에서 휴대폰을 놓지 않는다. 심지어 휴대폰에 애플리케이션을 깔고 지우기를 반복하며 몇 시간을 소비하기도 한다. 특별한 목적도 없이 자주 휴대폰을 열어보고 다시 내려놓는 사람들도 적지 않다. 방금 휴대폰을 보고 나서도 누가 시간을 물어보면 기억하지 못해서 다시 열어 확인해야 한다. 하루에도 수십 번씩 이유 없이 휴대폰을 열었다 닫았다 한다. 지루하거나 스트레스를 많이 받은 날에는 그 횟수가 수백 번까지 늘어난다. 휴대폰 벨소리가 들리면 자기 휴대폰이 아닌데도 습관적으로 휴대폰을 본다. 또는 벨소리가 울리지 않았는데도 하릴없이 휴대폰을 들어 확인한다.

집 밖으로 나왔는데 깜박하고 휴대폰을 두고 나온 날, 다시 집에 들러 휴대폰을 가져오면 회사에 지각할 수도 있는 상황에서 어떻게 하겠는가? 선택은 두 가지다. 하나, 집으로 가서 휴대폰을 챙기는 대신 회사에 지각한다. 둘, 휴대폰은 그대로 두고 제시간에 회사에 출근한다. 머릿속으로는 엄청 고민하면서도 몸은 벌써 집으로 향하고 있지 않는가? 종일 휴대폰 없이 지내는 걸 상상해본 적이 있는가? 휴대폰과 절대 떨어질 수 없고, 휴대폰 없는 인생은 생각조차 하기 싫은가? 그렇다면 당신은 휴대폰 중독 말기다.

휴대폰 강박증은 중요한 전화나 메시지를 놓칠 수 있다는 불안감에서 시작된다. 휴대폰은 중요한 통신 도구이며 최근에는 인간관계를 유지하는 데 가장 중요한 수단이 되었다. 사람들이 통화목록과 메시지, 각종 SNS를 수시로 확인하는 이유도 바로 여기 있다. 이것은 인간관계에 대한 불안과 정체성에 대한 불안에서 비롯한다. 휴대폰 강박증 환자에게는 중요한 전화나 메시지를 놓칠 수 있다는 불안보다는 새로운 메시지에 대한 기대가 더 크다. 누군가 자신을 생각해주길 바라는 희망으로 인간관계나 정체성에 대한 불안을 잠재우려 한다.

휴대폰 강박증 외에도 주변에서 흔히 볼 수 있는 강박증으로 저장 강박증이 있다. 방금 쇼핑을 했는데도 끊임없이 뭔가를 사고 싶다는 욕망에 사로잡힌 적이 있는가? 낡고 해졌는데도 버리지 못하는 물건이 많은가? 모든 물건의 역사를 기억하고 특별한 의미를 부여하고 있는가? '콘서트에 갔을 때 손등에 붙였던 반창고', '인형을 샀을 때 넣어주었던 종이가방', '초등학교 3학년 때 자주 입었던 바지'…….

혹시 지나간 추억을 자주 떠올리는 편인가? 오래된 물건에 애정을 느끼며 그것에 대한 이야기를 할 때마다 추억이 되살아나는가? 아니면 반대로 누군가 자신의 물건을 함부로 다루는 것을 보면 가슴이 아프고 고통스러운가? "언젠가는 사용할지도 모른다"고 말하면서 마음속으로는 물건을 버리지 말아야 하는 이유를 찾고 있지는 않은가? 새것이든 오래된 것이든 쓸모가 있는 것이든 쓸모가 없는 것이든 전부 쌓아두고 그 안에 파묻히는 즐거움을 누리고 싶은가? 그렇다면 당신은 저장 강박증 환자가 틀림없다.

저장 강박증이라는 말을 듣고 '수집벽'이라는 단어를 떠올리는 사람도 있겠으나, 이 둘을 혼용해서는 안 된다. '수집'은 목적에 따라 선택적으로 물건을 모으는 것을 말하며 조건에 맞지 않는 물건은 바로 제거되기 때문이다. '수집'은 사람들의 삶을 풍성하게 만들어주며, 정신적인 스트레스를 야기하지도 않는다.

저장 강박증은 일종의 소유욕에서 출발한다. 물건을 많이 소유하면 생활공간이 줄어들고 삶의 질이 떨어지지만 '내 것'이라는 안정감은 커지기 때문에 물건을 쉽게 포기하지 못한다. 어린 시절 정신적 또는 물질적인 결핍에 시달렸던 사람일수록 성인이 되어 저장 강박증에 걸릴 확률이 높다. 단, 여자 친구가 옷과 화장품을 사서 집에 쌓아둔다고 해서 저장 강박증으로 오해해서는 안 된다.

강박증 치료법
·치료·

인터넷에서 유행한다는 '피 말리는 강박증' 테스트는 할 필요 없다. 매일 머릿속으로 '세계대전'을 치르고 있는 강박증 환자들에게 더 이상 고통을 가중할 이유는 없기 때문이다.

이번 챕터에서는 강박증에서 벗어날 두 가지 방법에 대해 알아보자.

1. 두더지 잡기 게임 – 사고단절법

사고단절법은 강박사고를 억제하기 위한 방법이다. 글자 그대로 환자의 강박사고가 나타날 때마다 외부 수단을 이용해 인위적으로 단절한다. 반복적으로 진행하면 조건반사가 형성되어 강박사고가 서서히 사라질 것이다. 사고단절법을 사용하기 위해서는 자신의 사고가 강박사고인지부터 명확히 구분해야 한다. 강박의심, 강박기억, 강박대립 중 어디에 속하는지 확인한다.

최대한 편안한 자세를 취한다. 두 눈을 감고 심호흡을 하며 목과 손목을 부드럽게 풀어준 뒤 의자에 기대어 앉는다. 그리고 두더지 잡기 게임을 시작한다. 생각에 집중하고 강박사고가 나타날 때마다 '그만'이라고 말하며 튀어나온 두더지를 때리듯이 망치를 들고 책상을 힘껏 때린다. 이때 생각을 집중하고 망치로 책상을 칠 때까지의 시간을 기록해 보자. 훈련을 할수록 시간이 늘어났다면 사고단절법이 효과가 있다는 증거다.

준비됐으면 이제 두더지 잡기를 시작해 보자!

2. 미사일이 날아가는 시간 - 15분 법칙

위의 두더지 잡기 게임은 강박사고의 치료법이고, 이번에 소개할 15분 법칙은 강박행동의 치료법이다. 15분 법칙은 강박사고로 야기된 강박행동을 없애기 위한 것으로 서두르지 말고 천천히 멈추려고 노력해야 한다. 미사일이 날아가는 시간, 15분만 있으면 된다.

외출을 했는데 문을 잠갔는지 확인하려는 강박 때문에 집으로 돌아왔다면 바로 행동을 취하지 말고 15분만 기다려 보자. 기다리는 15분 동안 다음을 순서대로 실시한다.

첫째, 재확인. 집으로 돌아와 문을 잠갔는지 확인하려는 게 강박행동인지 다시 한 번 확인한다.

둘째, 전가하기. 강박행동을 재확인했다면 부인하지 말고 이렇게 말해 보자. "이건 내가 원한 게 아니라 강박증상일 뿐이야!"

강박증은 절대 내 몸의 주인이 될 수 없다고 되새긴다.

셋째, 주의력 전환. 게임이나 운동, 독서 등 뭐든지 흥미로운 것들로 주의력을 전환한다. 문을 잠갔는지 확인하고 싶은 마음 때문에 주의력을 전환하는 게 쉽지는 않을 것이다. 하지만 15분만이라도 시도해 보자.

넷째, 재평가. 강박증과 전쟁을 치르는 동안 가슴이 계속 두근거렸을 것이다. 그래도 다시 한 번 자신의 강박증을 인정하고, 맞서 싸우겠다는 다짐을 해보자. 우유부단하게 굴거나 강박증에 굴복해서는 안 된다. 조금씩 노력하다 보면 언젠가 반드시 성공할 것이다!

재확인, 전가하기, 주의력 전환, 재평가는 강박행동을 치료하기 위한 4단계이다. 15분 법칙과 별도로 운용하더라도 강박증 완화에 큰 효과를 볼 수 있다. 누군가는 이렇게 물을 것이다. "15분간 버티기가 너무 힘들어요. 그럼 강박증에 패배하는 건가요?"

우리가 상대하는 녀석은 아주 강하기 때문에 단번에 효과를 볼거라 기대해선 안 된다. 처음에는 5분을 목표로 하고, 그 다음엔 10분, 15분, 30분, 60분…… 그렇게 조금씩 늘려가야 한다. 목표를 달성하지 못해도 꾸준히 노력하는 게 중요하다. 강박행동 충동이 일어나면 미사일이 날아가는 짧은 시간인 15분 동안만 참고 기다려 보자.

그 밖에도, 영양소가 풍부한 음식이 도움을 줄 수 있다. 강박증 환자의 기분을 좋게 만들어주는 음식을 섭취해 보자. 예를 들어, 바나나는 알칼로이드 성분을 함유하여 자신감을 높이고 우울증을 완화해 준다. 귀리는 비타민 B가 들어 있어 마음을 안정시키는 데 도움이 된다. 또한 미량무기질이 풍부한 곡류는 의욕을 증진한다. 알코올, 커피, 당분은 불안을 가중시키니 섭취를 자제하는 게 좋다.

강박증을 완화하기 위한
5가지 방법
· 생존법칙 ·

1. 아르키메데스(Archimedes)와 숙성 효과(Brewing effect)

고대 그리스 왕이 대장장이에게 순금으로 왕관을 만들라고 명했다. 완성된 왕관은 순금의 무게와 동일했지만 왕은 대장장이가 왕관에 은을 섞었으리라고 의심했다. 그는 아르키메데스에게 왕관을 파괴하지 않고 그것이 순금으로 만들어졌다는 사실을 증명해 내라고 명했다. 아르키메데스는 밤을 새워가며 온갖 방법을 다 동원해 봤지만 왕관이 순금으로 만들었는지 도무지 알 수 없었다. 그는 피로를 풀고자 욕조에 몸을 담그고 편하게 앉았다. 그때였다. 욕조에 앉으려는 찰나 물이 밖으로 넘쳤다. 넘치는 물을 본 아르키메데스는 부력의 원리를 깨달았다.

이처럼 아르키메데스가 부력의 원리를 이용해 왕이 내준 문제의 해답을 찾아낸 것은 숙성 효과 덕이다. 강박증 환자 중에서 강박사고가 있는 사람은 한 가지 문제를 계속 생각하는 경향이 강하다. 그때 결과를 도출하지 못했다면 문제를 잠시 미뤄두고 시간이 흐르게 놔두면 의외의 방법으로 정답을 얻게 된다. 강박 사고 환자라면 이러한 방법으로 자신을 각성할 수 있다. 그러면 서서히 평정심을 회복하고 정상적인 사고를 할 수 있게 된다.

2. 바넘 효과(Barnum effect)

별자리나 성격 테스트 결과가 자기 상황과 잘 맞아떨어질 때가 있다. 하지만 자세히 살펴보면 대부분의 테스트 결과는 광범위하고 모호하기 짝이 없다. 사람들은 이런 모호한 설명 중에서 자신과 일치하는 정보를 우선적으로 취하거나 자신이 원하는 정보만 선별적으로 받아들인다. 이것을 바넘 효과 또는 포러 효과(Forer effect)라고 부른다.

바넘 효과는 일종의 동조심리인데, 사람들은 동의를 구하는 과정에서 종종 자기 긍정에 빠진다. 강박증 환자는 바넘 효과로 인해 쉽게 자신의 강박사고와 강박행동을 수긍하고 합리화한다. 반대로 강박증 환자들은 바넘 효과를 효과적으로 이용할 수도 있다. 긍정적인 정보를 보았을 때 거기서 자신과 일치하는 부분을 찾아내 발전시키면 강박증을 완화하는 데 큰 도움이 된다.

3. 환경 효과

자연 현상과 인간 활동이 환경에 변화를 가져오면 그 변화로 인해 다시 인간이 영향을 받는데, 이것을 환경 효과라고 한다.

최근 인간의 에너지 소비가 급증하면서 이산화탄소가 대량으로 배출되고 산림이 파괴되어 생태계의 이산화탄소 흡수량이 크게 줄어들었다. 그 결과 공기 중의 이산화탄소량은 증가하고 온실효과는 심각해졌으며 지구 온난화, 빙하 증발, 해수면 상승, 이상기후 등의 일련의 문제를 야기했다. 또한 해양 생태, 물의 순환, 농축업, 세계 경제구조, 심지어 인구비례에까지 심각한 영향을 미치게 되었다.

환경 효과는 심리학 분야에서도 똑같이 적용된다. 사람은 사회 환경 속에서 살며 긍정적이거나 부정적인 영향을 미친다. 영향으로 인한 반작용 역시 긍정적일 수도, 부정적일 수도 있다. 강박증 환자의 강박사고나 행동은 사회에 부정적인 영향을 미치며, 그것으로 인한 반작용은 그대로 강박증 환자에게 돌아가 불안감 증가와 강박행동 심화로 표출된다. 환자가 강박사고나 행동을 스스로 제어하고 자신이 속한 사회를 위해 배려하고 기여한다면, 사회도 그들에게 긍정적인 영향을 미칠 것이다. 그렇게 사회에 편안한 분위기가 조성되면 강박증 환자의 증세 완화에도 큰 도움이 된다.

4. 홉슨의 선택(Hobson's choice)

홉슨의 선택에는 함정이 숨어 있다. 홉슨의 선택은 17세기 영국의 마차대여업자인 토머스 홉슨(Thomas Hobson)의 이름에서 따온 것이다. 그는 마차를 빌리러 온 손님들에게 이렇게 말했다.

"저는 공평한 게 좋습니다. 원하는 말을 마음대로 고르면 그 말로 빌려드리겠습니다. 단, 마구간 문 앞에서 골라야 합니다."

홉슨의 마구간은 문이 아주 작아서 그 문을 통과하려면 작고 마른 말을 고를 수밖에 없었다. 크고 건장한 말은 처음부터 선택할 수 없었다. 하지만 사람들은 스스로 적당한 말을 선택했다는 생각만 할 뿐, 애초에 선택의 여지가 없었다는 사실은 알지 못했다.

홉슨의 선택 효과는 강박증 환자에게 더 두드러진다. 강박증 환자는 자신이 많은 선택지 중에 하나를 골랐다고 여기지만 실은 그렇지 않다. 그들은 다른 선택지에 '불가능'이란 딱지를 붙이고 단 하나의 선택지만 남겨놓은 뒤, 스스로 그것을 고를 수밖에 없도록 강요하기 때문이다. 강박증 환자는 홉슨의 선택이라는 함정에 빠지지 않도록 주의해야 한다. 결정을 내리기 전에 다양한 요소를 고려하고, 다른 선택지가 있는지 잘 살펴야 한다.

5. 애벌레 효과

유명한 곤충학자 장 앙리 파브르(Jean Henri Fabre)는 애벌레에 관한 흥미로운 실험을 했다. 그는 애벌레를 화분 주변에 동그랗게 배열하고는 멀리 않은 곳에 먹이를 두었다. 그런데 애벌레들은 앞에 있는 애벌레를 따라 화분 주위만 뱅뱅 돌 뿐 먹이 쪽으로는 아무도 가지 않았다. 그들은 며칠이 지나도 원을 벗어나지 않았으며 앞에 있는 애벌레를 쫓아 맹목적으로 같은 곳을 돌았다. 시간이 흐른 뒤, 애벌레들은 먹을 것을 앞에 두고 굶어 죽었다. 애벌레처럼 아무 생각 없이 맹목적으로 따라하다가 부정적인 결과를 초래하는 현상을 애벌레 효과라고 한다.

애벌레 효과는 강박증 환자에게 두드러지게 나타난다. 하지만 그들이 따라가는 것은 다른 사람이 아니라 자신이 예전에 했던 생각이나 행동습관이다. 강박증 환자는 그런 생각이나 행동의 의미를 따지지도 않고 습관적으로 반복함으로써 강박 증세를 심화한다.

강박증 환자는 평소 자신이 애벌레처럼 행동하고 있는 건 아닌지 잘 살펴야 한다. 스스로 뭔가를 생각하거나 행동하도록 강제하는 것은 예전의 습관을 그대로 따라할 뿐이지, 특별한 의미가 있는 것은 아니다. 그때 환자는 스스로 그런 상태에서 벗어나려고 노력해야 하며, 새로운 선택을 함으로써 건강한 방향으로 발전해 나가야 한다.

영원히 벗어날 수 없는 정신병

단순 공포증

당신은 단순 공포증 환자인가요?
· 자가진단 테스트 ·

조용한 장소에 앉아 최근 3개월간의 기억을 바탕으로
다음 질문에 솔직하게 대답해 보세요.

....

☐ 특정 사물이나 장소에 극도의 공포심을 느끼나요?

☐ 거미, 비둘기, 벌, 고양이 등의 동물을 무서워하나요?

☐ 숲, 꽃, 태풍, 눈 등의 자연환경을 무서워하나요?

☐ 혈액, 주사기, 상처를 보면 피를 흘리거나 주사기에 찔리거
　나 상처가 벌어질 것 같은 공포심을 느끼나요?

☐ 깊은 밤, 혼자 있을 때, 엘리베이터를 탈 때 등 특정한 상황
　에서 극도의 공포심을 느끼나요?

☐ 무엇이든 극도의 공포심을 느끼게 하는 것이 있나요?

☐ 특정 사물이나 장소에 극도의 공포심을 느끼는 것이 비정상
　적이라고 생각하나요?

☐ 평소 특정 사물을 보거나 장소에 갈 가능성이 적거나 아예
　없는데도 극도의 공포심을 느끼나요?

☐ 공포심을 느끼는 사물이나 장소를 피하기 위해 조치를 취하

거나 계속 도망치고 있나요?

☐ 공포심을 스스로 통제할 수 없나요?

☐ 특정 사물이나 장소에 대한 공포증이 회사, 학교, 가정, 인간
관계 등 일상생활에 심각한 영향을 미치나요?

☐ 공포심을 느끼는 사물이나 장소에 접근한 경험이 적거나 아
예 없나요?

☐ 공포심을 느끼는 사물이나 장소에 특별한 기억이 있나요?

☐ 공포심을 느끼는 사물이나 장소에 접근하면 부정적인 일이
벌어질 것이라고 생각하나요?

☐ 공포심을 느끼는 사물이나 장소를 제외하면 위험한 상황에
서도 당당히 맞서는 용감한 사람인가요?

위의 15개 항목 중에서 5개 이상에 '네'라고 대답했다면 가벼운
단순 공포증에 해당된다. 8개 이상에 '네'라고 대답했다면 심각
한 단순 공포증에 해당되니 전문가와의 상담이 필요하다.

단순 공포증상은 겉으로는 우스꽝스러워 보여도 당사자는 심
각하다.

영원히 벗어날 수 없는 정신병 – 단순 공포증

보기만 해도 까무러친다고?

SIMPLE PHOBIA
증상

　　　한 초등학교 여학생이 반에서 제일 잘생긴 남학생이 자기만
보면 껌뻑 죽는다며 자랑스럽게 말했다. 내가 물었다.

"그 남학생도 통통해진 너를 보면 살을 빼고 예뻐지길 바랄 걸?"

"제가 날씬하고 예쁘진 않지만 저만의 무기가 있어요."

"그 무기가 뭐지?"

"달걀 프라이예요"

난 뜻밖의 대답에 깜짝 놀랐다. 초등학생의 요리 솜씨가 그 정도로
뛰어난 걸까?

여학생의 설명을 들어보니 그 잘생긴 남학생은 단순 공포증 환자라
는 확신이 들었다. 그가 공포를 느끼는 대상은 바로 달걀 프라이였다.

달걀 프라이를 무서워하는 사람이 정말 있을까? 이 말을 듣고 웃어넘기기 전에 단순 공포증에 대해 알아볼 필요가 있다.

단순 공포증이란 특정 환경이나 사물에 극도의 공포심을 느끼는 증상으로, 이러한 공포는 비합리적인 것이 대부분이다. 단순 공포증 환자들이 느끼는 공포와 실제 위험성은 차이가 크다. 예를 들어, 달걀 프라이는 사람들이 흔히 먹는 음식이고 전혀 위험하지도 않지만, 단순 공포증 환자에게는 엄청난 불안과 공포를 야기한다. 단순 공포증 환자는 특정 사물이나 환경을 두려워하며 그것과의 접촉을 극도로 꺼린다. 그들은 사실과 관계없이 자신이 공포심을 느끼는 사물이나 환경으로 인해 다치거나 피해를 입을 거라고 생각한다. 이러한 생각은 시간이 지날수록 점점 강화되어 조건반사식 공포심을 형성한다.

단순 공포증 환자가 공포심을 느끼는 사물은 다양하다. 거미, 고양이, 개, 메뚜기, 뱀, 개구리, 장어 등의 특정 동물과 햇빛, 어둠, 천둥, 번개, 높은 곳 등의 특정 환경, 엘리베이터, 비행기, 병원, 혼자 있는 것, 신체 접촉 등의 특정 상황 외에도 피에로, 식물, 무기, 수술, 세균, 먼지 등에 공포심을 느끼기도 한다. 흔히 찾아볼 수 있는 예로 고소공포증이 있다. 고소공포증 환자는 높은 곳에 올라가면 어지럼증과 극도의 불안감을 느끼며 언제든지 추락할 수 있다는 공포에 휩싸인다. 그들은 안전한 곳에 있어도 추락하는 장면을 끊임없이 상상한다. 심각한 사람은 평생 높은 곳에 올라가지 못하며, 의자 위에서 전구를 교체하는 것만으로도 극도의 공포를 느낀다.

위에서 얘기한 잘생긴 초등학교 남학생은 달걀 프라이에 공포심을 느꼈다. 그는 달걀 프라이만 봐도 온몸을 벌벌 떨었고 구토를 하고 싶은 표정으로 입을 틀어막으며 자리를 피했다. 심지어 달걀 프라이라는 말만 들어도 까무러쳤다. 흥미로운 사실은 달걀에 공포심을 느끼는 사람이 생각보다 많다는 점이다. 유명한 스릴러 영화감독 알프레드 히치콕(Alfred Hitchcock)은 관객을 공포로 몰아넣는 끔찍한 장면들은 스스럼없이 촬영했지만, 정작 달걀 앞에서는 벌벌 떨었다.

단순 공포증은 왜 생기는 걸까? 행동주의자들은 아동기에 특정 대상에 관한 공포를 경험했거나 부모나 타인의 암시로 인해 단순 공포증이 형성되었다고 주장한다. 이야기에 등장한 남학생도 어렸을 때 달걀 프라이에 관한 독특한 경험을 했다. 그는 연로한 할머니와 함께 살았는데 할머니가 어느 날 갑자기 병이 발작해 고통스럽게 죽는 모습을 목격했다. 그때 할머니가 마지막으로 먹던 음식이 달걀 프라이였다. 십여 년이 흐른 뒤에도 그는 달걀 프라이만 보면 당시 느꼈던 공포가 떠올라 불안해했다. 이러한 사실은 훗날 최면치료를 통해 드러났다. 하지만 행동주의자들의 이론은 단순 공포증의 일부만 설명해 줄 뿐이며, 아직도 원인을 알 수 없는 특이한 공포증은 상당히 많다.

도망쳐요!
치와와가 나타났어요!

SIMPLE PHOBIA

사례

사례를 얘기하기 전에 여성 독자들에게 묻고 싶다. "이 제까지 여러분이 만나본 최악의 남자는 누구였나요?"

L군과 데이트를 한 여자들은 하나같이 그를 최악의 남자라고 생각했다. L군이 180센티미터의 큰 키에 건장한 체격을 가졌는데도 데이트를 할 때마다 '무엇' 때문에 여자를 밀치며 사색이 된 얼굴로 달아나서다. 이 남자로 하여금 단거리 육상선수처럼 재빨리 도망치게 만든 대상은 다름 아닌 귀여운 치와와다. 이 사실을 알게 된 여성들은 어이없는 표정으로 자리를 떠나며 이런 악담을 퍼부었다. "평생 혼자 살아라!" 그러면 아연실색한 L군은 애써 자

신을 위로하곤 했다. "여자를 만나고 싶지만 '그것'이 너무 무서워서……." 그는 이제까지 한 번도 개를 '개'라고 말해본 적 없고 언제나 '그것'이라고 불렀다.

L군의 데이트는 언제나 그런 식으로 끝났고, 그런 일이 반복되자 더 이상 데이트를 할 수 없는 지경에 이르렀다. 결국 그는 지금까지 혼자 산다. L군은 사람들이 '외로운 개'(중국어로 '單身狗'는 연애를 하지 않거나 결혼을 하지 않은 사람을 풍자해 부르는 말이다 - 역주)라고 부를 때마다 불같이 화를 냈다. "날 '그것'으로 부르지 마. 너무 무섭다고!"

그렇다. L군은 전형적인 단순 공포증 환자로, 그가 공포를 느끼는 대상은 개다.

L군이 개를 무서워하게 된 이유를 찾으려면 유년 시절의 경험으로 거슬러 올라가야 한다. 그는 4살 때 하루 종일 개에게 쫓긴 경험이 있다. 당시 너무 놀란 그는 큰 소리로 울면서 온몸이 녹초가 될 때까지 도망쳤는데 집으로 돌아와서 3일 동안이나 고열에 시달렸다. 그때 머릿속에 남은 개에 대한 공포심은 성인이 되어서까지 따라다녔다.

L군은 너무 고통스러웠다. 개를 생각하기만 해도 전신이 떨렸고 식은땀이 흘렀다. 밖으로 나서면 항상 주변에 개가 없는지 살피고 가장 가까운 탈주로를 탐색하며 언제든지 달려 나갈 채비를 했다.

"'그것'이 없는 길을 미리 봐뒀다가 언제나 같은 길로 출퇴근해요. 출근길에 재수 없게 '그것'을 만나면 그대로 집으로 줄행랑을 쳐서 전화로 휴가를 신청할 거예요. '그것'을 한 번이라도 본 길로는 절대 다닐 수 없어요. 회사로 가는 새로운 길을 못 찾으면 사표를 내야죠. 그런 이유로 좋은 일자리를 많이 놓쳤어요. 한번은 면접시험을 보러 갔는데 건물 앞에 '그것'이 지키고 있어서 바로 포기한 적도 있어요. 세계 500대 기업의 6차 면접까지 통과하고 마지막 관문만 남겨놓은 거였는데도 어쩔 수 없었어요.

출장이나 여행은 꿈도 못 꿔요. 가족들과 쇼핑을 가본 적도 없고 당연히 여자 친구도 없어요. 애견숍이나 동물병원이 있으면 돌아서 다니고 '그것'을 키우는 사람과는 최대한 만나지 않으려고 해요. 괴물보다 '그것'이 너무 무서워요. 언젠가 '그것'이 지구를 점령할 것 같아요. 제 심정은 아무도 몰라요. 정말 공포 그 자체예요!"

L군은 공포심과 함께 심각한 고통도 느꼈다. "저는 '그것'을 볼 때마다 목이 조여와 숨을 쉴 수가 없어요. 시간이 그대로 멈추고 거대한 압력이 저를 덮쳐오는 것 같아요. 머리보다 늘 몸이 먼저 반응하잖아요. 제가 미친 듯이 달리는 이유예요.

사람들은 늘 저를 비웃어요. 저도 창피한 일이라고 생각해요. 때로는 집으로 도망치고 싶다가도 이런 생각이 들어요. '지금 보는 것은 방금 태어난 작은…… 그러니 두려워하지 않아도 돼.' 하지만 여전히 통제가 안 돼요.

서커스단에 아는 친구가 있는데 그에게 사자를 만져보게 해달라고 부탁한 적이 있어요. 아무리 조련된 사자라도 맹수의 왕이잖아요. 그래서 마음의 준비를 했어요. 사자가 으르렁거려도 겁내지 않고 만져봐야겠다고 생각했죠. 다행히 친구가 도와줘서 용기를 낼 수 있었어요.

집으로 돌아오는 길에 정말 기분이 좋았어요. 사자도 만졌는데 뭐든 만질 수 있겠다 싶었죠. 하지만 길에서 치와와를 보는 순간 바로 도망치고 말았어요. 사자보다 작은 치와와가 왜 그렇게 무서운지……."

여기까지 말한 L 군은 갑자기 4살짜리 아이처럼 소리 내어 울었다.

사실, 특정 사물과 장소에 공포심을 느끼는 사람들은 생각보다 많다. 앞선 이야기에서 달걀 프라이를 무서워하는 남학생을 보고 황당해했다면 아직 놀라기엔 이르다.

권투 선수 잭(Jack)은 우람한 근육질 몸매에 카리스마 넘치는 눈빛으로 링 위에서 수많은 선수를 때려눕히고 우승을 거머쥐었다. 여자들에게 인기가 높은 것은 말할 것도 없고, 심지어 극성 팬들을 저지하기 위한 보디가드가 둘이나 따라다닐 정도였다. 하지만 잭은 그런 상황이 즐겁지 않았다. 그에게는 여성 공포증이 있었기 때문이다.

무쇠 주먹을 가진 권투 선수 잭은 나이에 관계없이 여자만 보면 기겁을 하며 사지를 벌벌 떨었다. 아무리 예쁜 여자라도 혼자든 여러 명이든 보기만 하면 식인종에게 잡아먹히기 직전의 사람처럼 얼굴이 사색이 되었다. 한번은 실수로 여성 팬과 어깨를 스친 것만으로도 그는 경련을 일으키며 구토를 하고 기절할 정도로 정신을 차리지 못했다.

잭에게는 열렬히 환호하는 여성 팬과 일적으로 만나는 여성 관계자, 텔레비전 속에 여자 연기자, 거리의 절반을 차지하는 여성들과 살아가야 하는 세상이 지옥 그 자체다! 하지만 여성 공포증보다 더 심각한 공포증이 있으니 바로 통풍 공포증이다.

아름다운 외모의 헤나(hena)는 지하실에서 남편이 가져다주는 음식을 먹으며 생활한다. 얘기만 들어서는 이상하겠지만 이것은 가정폭력이나 남편의 학대 때문이 아니라 그녀 스스로 선택한 삶이다. 바로 통풍 공포증 때문이다. 그녀는 환기구에서 나오는 바람을 무서워한다. 심지어 에어컨, 환풍기, 에어 커튼(air curtain) 등에서 나오는 바람을 맞으면 사지가 갈가리 찢어질 것 같은 두려움을 느낀다. 그녀는 울면서 말했다.

"산소통을 메고 진공 상태에서 지내는 게 제 꿈이에요."

통풍 공포증보다 더 경악할 만한 공포증이 있을까? 없을 거라고 생각했다면 오산이다. 61세 장(張) 노인은 간장 공포증을 가지고 있다. 글자를 잘못 본 게 아니다. 간장이 확실하다.

간장을 왜 무서워할까? 장 노인은 특별한 이유는 없다고 하면서 이렇게 대꾸했다.

"사람들은 도대체 왜 간장이 좋다는 거죠? 차라리 지옥에 가는 게 낫지!"

장 노인은 간장 공포증 때문에 남의 집에서 식사를 하지도 않고 간장을 파는 시장에도 가지 않는다. 심지어 식당에도 가 본 적이 없다.

단순 공포증의 대상은 아주 광범위하며 환자도 꽤 다양하다. 환자 중에는 연쇄 살인범도 있다. 유명한 연쇄 살인범 K는 5명 이상을 잔인하게 살해했으며 피해자들의 고통스러운 얼굴을 보며 즐거워했다. 사건을 조사하던 경찰들 모두 그의 악랄함에 혀를 내두를 정도였다. 하지만 더 놀라운 건 이렇게 무시무시한 연쇄 살인범이 단순 공포증 환자라는 사실이다. 그가 공포를 느낀 대상은 우습게도 주삿바늘이었다.

경찰에 체포된 K는 사형을 선고받았는데 그가 가장 무서워하는 주사기를 통한 독극물 주입으로 사형이 집행되었다. 그는 죽는다는 사실보다 주사를 맞아야 한다는 사실에 더 경악했다. 판사에게 선고를 받은 K는 소리를 지르며 발악했다.

"제발 총살해 주세요! 아니면 때려 죽이든가! 차라리 교수형으로 바꿔주세요! 주사기는 절대 안 돼요!"

단순 공포증이 나쁘기만 한 것은 아니다. 라오(勞) 씨는 폐쇄 공포증이 있어서 엘리베이터를 탈 수 없었다. 그는 23층에 있는 회사를 다니기 위해 매일 계단을 오르내렸는데 건강이 악화되자 사표를 낼 수밖에 없었다. 새로운 회사를 구하려 해도 그가 원하는 곳은 모두 고층에 있어서 어쩔 수 없이 포기해야 했다. 하지만 그는 낙담하지 않았고 자기 손으로 직접 회사를 창업하여 큰 성공을 거두었다.

다이어트족은
무엇을 두려워하는가?

SIMPLE PHOBIA
현상

더 날씬하게! 더 가볍게! 열심히 다이어트하는 여성 여러분, 뭐가 그렇게 두려운가요?

한 친구가 놀리듯이 말했다. "요즘 너무 펑퍼짐해진 거 아니야? 앉으나 서나 살이 그렇게 두툼하게 접혀서 어떡하니?" 옆에 있던 친구가 이어서 말했다. "그 반지는 어디서 산 거야? 내가 마침 팔찌가 필요해서 말이야!"

그때는 농담처럼 웃어 넘겼지만 마음속으로는 반드시 살을 빼야겠다며 이를 악물었다. 하지만 3개월 뒤에 난 2.5킬로그램이나 더 찌고 말았다.

주변을 둘러보면 다이어트를 할 예정이거나 현재 다이어트를 하고 있거나 다이어트에 이미 성공했거나 실패한 사람들로 넘쳐난다. 거의 모든 여성들이 살을 빼고 싶어 한다. 요즘은 마른 몸매가 대세다. 잡지에 나오는 모델들은 하나같이 깡마른 몸매를 자랑스럽게 드러내고, 텔레비전에서는 하루가 멀다 하고 다이어트 비법을 소개한다. 여자들은 필사적으로 외친다. "뚱뚱하게 사느니 죽어버리겠어요."

여자들은 멍청하다, 백치미가 있다, 성격이 나쁘다는 말은 참아도 뚱뚱하다는 말은 참지 못한다. 바야흐로 마른 여자가 대접받는 시대가 온 것이다. 심지어 마른 몸매를 성공의 지표로 여기는 여자들도 적지 않다. 많은 여자들이 다이어트 대열에 합류했다. 채식을 하고 운동으로 몸을 혹사하고 다이어트 침을 맞고 지방흡입 수술을 감행한다. 다이어트에 도움이 된다면 고양이 사료까지 거리낌 없이 먹는다. 필사적으로 다이어트에 매달린다. 상황이 이러하니 섬뜩한 농담이 돌기도 했다.

"한 달 만에 6킬로그램이나 뺐어!"

"어떻게 뺐는데?"

"두 팔을 잘라버렸어."

여자들이 다이어트에 열광하는 이유는 무엇일까? 왜 고작 체중계에 표시된 숫자 하나에 울고 웃을까? 남자들은 어떤 마음으로 다이어트를 하는 걸까?

이유는 바로 공포심 때문이다! 아름다움을 잃어버릴 수 있다는 공포심!

요즘은 마른 몸이 아름다움의 기준이다. 160센티미터가 넘는 키에 몸무게가 40킬로그램도 안 나가는 친구가 있는데 종아리 굵기가 내 팔뚝이랑 비슷하다. 그 친구는 길을 걸을 때마다 여자들의 부러움을 한 몸에 받는다. "와, 정말 말랐어요!" 여자들은 그렇게 말하면서 속으로 다이어트 계획을 세운다. 안타깝게도 그 친구는 면역력이 약해서 늘 병을 달고 살았다. 외투를 벗으면 앙상하게 마른 몸이 더 두드러졌다. 그녀는 비쩍 마른 다리를 보며 말했다. "예전에는 달리기를 해서 종아리에 근육이 있었어. 지금은 그 정도로 마르진 않았어." 놀랍게도 그녀는 더 마르지 않은 자신을 혐오했다.

먹을 것을 좋아하여 살이 통통하게 오른 친구도 자신을 혐오하긴 마찬가지였다.

"세상에 예쁜 옷은 다 마른 사람을 위한 거야! 이런 몸뚱이로는 입을 옷이 없어."

여자들에게 마른 몸은 예쁜 옷을 입기 위한 조건이며, '미인'과 동의어에 가깝다. 살이 찐다는 것은 아름다움을 잃어버리는 것이나 다름없다. 여자들은 살이 찌면 자신감마저 잃어버린다. '뚱보'라고 불리는 순간 80% 이상의 자신감이 날아간다. 뚱뚱한 몸매에도 자신감 넘치는 여자가 있다면 다른 무기를 가지고 있음이 틀림없다. 그렇지 않으면 사라진 80%의 자신감은 결코 채울 수 없다.

사람들은 뚱뚱한 사람에 대해 부정적으로 평가한다. 게으르고 식탐이 많으며 운동을 싫어하고 둔하며 유행에 뒤떨어지고…….

　그런 꼬리표를 달고도 당당할 수 있는 여자가 있을까? 반면에 마른 사람에 대해서는 칭찬 일색이다. 예쁘고 순수하고 성실하며 융통성 있고 매력적이며…….

　통통한 몸매에 귀엽고 때 묻지 않은 외모를 가진 한 친구는 회사에서 상사의 인정을 받는 성실한 직원이었다. 하지만 그녀는 동료와 상사가 '뚱땡이'라는 별명으로 부를 때마다 남몰래 눈물을 흘렸다. 독하게 다이어트를 해서 날씬한 미녀로 거듭난 그녀는 예전보다 더 열정적이고 자신감 넘쳤다. 별명도 '뚱땡이'에서 '예쁜이'로 바뀌었다. 그녀는 다이어트에 성공했지만 여전히 살 빼기를 멈추지 않았다. 그녀는 나를 볼 때마다 창백해진 얼굴로 힘없는 미소를 지으며 물었다. "나 좀 빠진 것 같지 않아?"

　마른 여자는 가녀린 몸매로 주변의 관심을 한 몸에 받는다. 여자들은 바람 불면 날아갈 것 같은 몸매를 가져야 아름답고 당당해질 수 있으며, 그것이 바로 경쟁력이라고 생각한다. 과연 그럴까? 한 회사의 인사담당자는 면접시험을 볼 때 스펙과 외모가 뛰어난 여자 수험자가 있다면 비교적 통통한 수험자를 선발한다고 말했다. 복스럽게 생겼다는 이유 때문이다. 이처럼 여자들이 필사적으로 다이어트를 하고 건강을 망가뜨리면서까지 무리하게 살을 빼는 이유는 아름다움과 자신감, 경쟁력을 잃는 게 두렵기 때문이다.

단순 공포증을
치료하기 위한 노출요법
· 치료 ·

몇 년 전, 디스커버리(Discovery) 채널 〈무서운 동물들(My Ex-treme Animal Phobia)〉의 로빈 제시오(Robin Zasio) 박사는 5일 노출치료 요법을 발표하여 동물 공포증 환자들에게 새로운 희망을 불어넣어 주었다.

노출요법은 환자가 두려워하는 장소를 모의로 만들어 공포에 노출시킴으로써 자신의 한계를 뛰어넘도록 도와주는 방법이다. 최종적으로는 해당 장소에 직접 가서 공포에 맞서게 한다. 노출요법의 핵심은 공포와 대면하고 서서히 다가가 결국엔 그것을 극복하는 데 있다.

J는 거미를 극도로 싫어했다. 에어컨 틈새로 거미가 기어 나올

까 무서워 한여름에도 에어컨을 틀지 못했고, 거미가 튀어나올까 봐 나무나 풀 근처에도 가지 못했다. 그녀는 거미가 나타날지도 모른다는 두려움 때문에 어디에 있든 마음이 불편했고 늘 주위를 살피며 조심스럽게 행동했다. 결국 J는 집을 유일한 피신처로 여기고 외출을 하지 않는 지경에 이르렀다. 그녀는 늘 거미가 온몸을 기어 다니는 장면을 상상하며 부들부들 떨었다. 거미 공포증은 J에게 심리적인 부담을 안겨주었고 일상생활에 큰 지장을 주었다.

로빈 제시오 박사의 노출요법은 어떻게 이루어질까?

"여러분이 치료를 하려는 이유는 공포증에서 벗어나 새로운 생활을 시작하기 위해서입니다. 바로 여러분 자신과 가족을 위한 일이죠."

우선 박사는 J에게 명확한 목표를 설명한 뒤 노출요법의 과정은 매우 힘드니 각오를 단단히 하라고 일렀다.

첫 번째 단계로 박사는 J에게 거미 사진을 여러 장 보여주었다. 그녀는 거미 사진을 보기만 해도 몸서리치며 온몸을 벌벌 떨었다. 두 팔로 가슴을 끌어안으며 자신을 보호하려는 모습을 보이던 그녀는 달아나고 싶은 욕구에 시달렸다. 박사는 J에게 끝까지 사진을 볼 것을 요구했다.

J는 집안 곳곳에 거미 사진을 붙여 놓고 자주 보았다. 무서워도 꾹 참고 종일 거미 사진이 있는 방에서 있어 보기도 했다. 그녀에게는 큰 도전이었다.

두 번째 단계로 박사는 J에게 거미에 관한 영상을 보여주었다.

화면으로 움직이는 거미를 보는 것은 사진을 보는 것보다 훨씬 무서웠다. 그녀는 눈물을 흘리면서도 고통을 참고 끝까지 영상을 보았다. 그날 밤, J는 다양한 거미 모형이 있는 방에서 지냈다.

세 번째 단계로 박사는 J를 애완 거미를 파는 가게로 데려갔다. J는 도망치고 싶은 마음을 누르고 애완 거미를 관찰했다. 가게를 나올 때 박사는 J에게 유리 상자에 담은 애완 거미를 선물했다.

애완 거미를 선물 받은 J는 충격과 공포에 휩싸였다. 하지만 이를 악물고 거미가 든 유리 상자를 집으로 가져갔다. J가 거미가 든 유리 상자를 방에 들여 놓은 것은 커다란 진전이었다. 스스로 공포와 직면하고 있다는 증거였다.

마지막 단계에서 박사는 J에게 거미가 든 유리 상자에 손을 넣어보라고 했다. 처음에는 그녀도 강렬히 저항했지만 그동안 자신이 해낸 일들을 생각하며 용기를 냈다. 손을 거미가 든 유리 상자에 넣는 순간 엄청난 공포가 밀려왔지만 시간이 지나자 자신이 해냈다는 생각과 함께 흥분되기 시작했다. J는 박사의 지시에 따라 거미 한 마리를 손바닥에 올려놓았다. 박사가 말했다. "보셨죠? 거미는 온몸을 기어 다니지 않아요!" J는 맨손으로 거미 몇 마리를 꺼내 다른 유리 상자로 옮기는 데 성공했다.

J는 거미 공포증에서 완전히 벗어났다. "제가 할 수 있을 거라고는 상상도 못했어요. 제 손 위로 올라온 거미를 직접 잡을 수도 있어요. 이젠 거미가 전혀 두렵지 않아요."

공포증에서
벗어나기 위한 4가지 방법
· 생존법칙 ·

1. 기다림 효과

어떤 사건이 일어나길 기다릴 때 사람들은 시간의 흐름에 따라 모순된 감정을 느끼며 심리적 불균형을 초래한다. 이러한 심리적인 불균형은 태도의 변화를 불러오는데 이것이 바로 기다림 효과다.

사람들은 기다리는 시간이 길어질수록 부정적인 감정이 증가하고 불안에 휩싸인다. 이때 사람들은 불안을 해소하기 위해 행동이나 태도를 바꾸게 된다. 예를 들어, 아무리 기다려도 버스가 오지 않는데다 날씨가 춥거나 약속시간이 다가오면 극도의 불안감이 밀려온다. 그러면 생각을 바꿔서 정류장에서 버스를 기다리지 않고 목적지를 향해 천천히 걷기 시작한다. 또는 다른 교통수단을 이용할 수도 있다. 어떤 상황이든 '기다림'으로 인한 부정적인 감정을 해소하기 위해 생각이나 태도를 바꾸게 된다.

단순 공포증 환자에게 '기다림'은 매우 힘든 일이다. 기다리는 도중에 공포심이 점점 증가하여 실제 사물에 대한 공포보다 더 왜곡되고 부풀려져 환자를 괴롭히기 때문이다. 단순 공포증 환자가 공포심을 느끼는 대상을 봤다면 불안을 완화하기 위해 태도나 행동을 바꾸는 것이 좋다. 예를 들어, 큰길을 건널 때 두려워하는 대상이 튀어나올까 봐 늘 조심스럽게 주변을 살펴야 한다면, 생각을 바꿔 큰길에서 벗어나 작은 골목으로 다니거나 새로운 길을 개척해 볼 수 있다. 그러면 큰길을 건너기 위해 기다리는 시간에 공포의 대상을 마주칠 가능성도 줄어들고 불안한 마음도 완화할 수 있다.

2. 초두 효과(Primacy effect)

초두 효과란 첫머리 효과라고도 하며, 처음 입력된 사람이나 사물의 정보가 나중에 습득한 정보보다 더 강한 인상을 남기는 현상을 일컫는다. 단순 공포증 환자는 이 초두 효과의 영향을 많이 받는 편이다. 예를 들어, 어떤 사건이나 사람에 대한 최초의 경험이 좋지 않거나, 알 수 없는 이유로 심각한 상처를 받았다면 공포증으로 이어질 가능성이 높다.

단순 공포증은 초두 효과로 인해 생길 확률이 높다. 따라서 치료하기 위해서는 환자가 공포를 느끼는 대상의 최초 기억을 떠올려 원인을 분석해야 한다.

3. 고정관념 효과

고정관념 효과란 특정 대상에 대한 고정관념이 형성되면 그것과 관련한 문제가 나타났을 때에도 동일한 감정, 기억, 사고, 태도, 행동을 보이는 현상을 가리킨다.

한 심리학자가 고정관념 효과에 관한 실험을 했다. 그는 대학생을 두 그룹으로 나누고 각각 동일한 사진을 보여주었다. 첫 번째 그룹에는 사진 속 인물이 흉악한 범죄자라고 말하고 두 번째 그룹에는 명망 높은 과학자라고 소개했다. 심리학자는 두 그룹에게 사진 속 인물을 말로 설명해 달라고 요구했다. 첫 번째 그룹 사진 속 인물이 흉악하고 교활하며 눈빛이 잔인해 보인다고 표현했다. 반면, 두 번째 그룹은 사진 속 인물이 영리하고 지적이며 눈빛이 반짝반짝 빛난다고 표현했다. 사실 사진 속 인물은 범죄자도 과학자도 아니었다.

단순 공포증 환자는 공포심을 느끼는 대상이 위험하다는 고정관념을 가지고 있어서 보기만 해도 불안에 떨며 위협을 느낀다. 하지만 이러한 반응은 대상에 대한 깊은 사고와 정확한 분석을 근거로 한 것이 아니라 주관적인 평가에 불과하다. 단순 공포증 환자는 '위험해 보이는 대상'을 만나면 사실을 근거로 한 분석과 합리적인 사고를 해야 한다. 과거의 경험과 주관적인 사실에 근거하여 대상을 판단하는 오류를 범해서는 안 된다.

4. 과잉정당화 효과(Over justification effect)

사람들은 자신이나 타인의 행동을 이해하기 위해 원인을 찾으려 노력하며, 충분히 납득할 만한 합리적인 이유를 찾을 때까지 계속한다. 이러한 현상을 가리켜 과잉정당화 효과라고 한다.

과잉정당화 효과는 일상생활에서도 흔히 찾을 수 있다. 연인 사이에 갈등이 나타나면 관계를 회복하고 싶은 사람은 갈등이 일어난 이유를 이해하기 위해 필사적으로 이유를 찾는다.

단순 공포증 환자는 자신의 공포심을 합리화할 이유를 찾는다. 예를 들어, 그들은 비둘기나 다른 사물에 공포심을 느끼는 것이 비합리적이라고 생각하면서도 갖가지 이유를 들어 변명을 한다. "비둘기가 부리로 사람을 쪼아 먹잖아요.", "악마의 저주에 걸렸어요.", "영화에서 본 살인마와 닮았어요."라는 말도 안 되는 이유로 자신의 공포심을 합리화한다.

단순 공포증 환자는 자신의 행동을 정당화할 이유를 찾을 게 아니라 특정 대상에 공포심을 느끼는 진짜 이유를 깊이 생각해볼 필요가 있다. 이들은 진심으로 자신에게 물어야 한다.

"나는 왜 공포를 느끼는가?"

CASE 04

제　　　　　　발

멀　　　　　　리

떨　어　져！

사회 공포증

당신은 사회 공포증 환자인가요?

· 자가진단 테스트 ·

조용한 장소에 앉아 최근 3개월간의 기억을 바탕으로
다음 질문에 솔직하게 대답해 보세요.

....

☐ 사람들 앞에서 부끄러워 말을 하지 못한 적이 있나요?

☐ 낯선 사람들과 있으면 극도로 긴장하는 편인가요?

☐ 비웃음을 사거나 제대로 못 할까 두려워 많은 사람 앞에서
　발표를 하지 못하나요?

☐ 사람들에게 주목받는 게 두렵나요?

☐ 단체 활동을 할 때 외롭고 난감한 기분이 드나요?

☐ 특정한 사회활동을 할 때 지나치게 긴장하나요?

☐ 사회활동을 극도로 피하며, 사회활동에 참여했을 때 상당한
　고통을 느끼나요?

☐ 원활한 단체 활동이 불가능한가요?

☐ 협동 작업에 적응하기 힘들며, 혼자서 하거나 소수 인원과
　일하고 싶나요?

☐ 다른 취미보다 온라인 게임을 좋아하나요?

☐ 일상생활과 회사에서 인터넷 의존도가 높은 편인가요?

☐ 외모로 인한 열등감이 있나요?

☐ 긴장하면 말을 더듬나요?

☐ 자신의 사회 공포증이 비합리적이거나 지나치다고 생각하
  나요?

☐ 자신의 사회 공포증이 일상생활에 심각한 영향을 미친다고
  생각하나요?

....

위의 15개 항목 중에서 4개 이상에 '네'라고 대답했다면 가벼운
사회 공포증에 해당된다. 8개 이상에 '네'라고 대답했다면 심각
한 사회 공포증에 해당되니 전문가와의 상담이 필요하다.

사회공포증은 현대 사회에서 가장 심각한 질병으로 다양한 증
상을 가진다. 사회는 우리에게 이로움을 주는 동시에 각종 스트
레스를 야기한다. 사회에 심각한 공포증을 느끼는 사람들도 적
지 않다.

적면 공포증과
대인 공포증

SOCIAL PHOBIA
증상

몇 년 전, 나는 사회과학연구원에 다니는 남자를 인터뷰한 적이 있다. 사무실로 들어서니 잘생긴 청년이 당당한 자세로 집기를 정리하고 있었는데 형형한 눈빛이 인상적이었다. 그는 진심으로 자신의 일을 사랑하는 것 같았다. 나는 조용히 문 옆에 서서 그의 일이 끝나기를 기다렸다가 정리를 마칠 때쯤 문을 두드렸다.

청년은 나를 보자마자 돌처럼 굳은 얼굴로 사색이 되어 날 쳐다봤다. 처음엔 내가 그의 일을 방해해서 기분이 상한 줄 알고 인터뷰 때문에 왔다고 설명했다. 긴장하지 말고 질문에 간단히 대답해주면 된다고 말하니 그의 얼굴은 빨갛게 달아오르고 이마에 땀이 송골송골 맺혔다. 그는 말을 더듬거리더니 손에 들고 있던 집기를 내던지고 재빨리 어딘가로 달아날 채비를 했다.

그의 행동을 보자마자 사회 공포증 환자임을 알아봤다.

사회 공포증을 앓고 있는 사람은 많다. 의외로 위에서 얘기한 남자만큼 심각하진 않아도 누구나 조금씩 비슷한 증상을 가지고 있다. 여자에게 말을 걸지 못하는 남자, 대중 앞에 서면 실수를 연발하는 사람, 번화가에서 불안해하는 사람, 단체 활동을 힘들어하는 사람 등 다양한 유형이 있다.

모퉁이에 홀로 앉아 바닥에 동그라미를 그리는 사람들은 이렇게 울부짖는다. "난 세상에 버림받았어." 이런 친구들이 있다면 이제 그만 이런 눈물을 닦고 사회 공포증에 대해 자세히 알아보자.

사회 공포증은 다양한 유형이 있다. 우선 적면 공포증에 대해 살펴보겠다.

적면이란 얼굴이 빨개지는 것을 뜻하며, 부끄럽거나 긴장했을 때, 또는 자신감이 없을 때 나타나는 증상이다. 낯선 사람과 대화를 할 때 피가 위로 몰리면 긴장하게 되고 분위기를 어색하게 만든다. 그러면 마음속에서 천사와 악마가 싸운다. 천사가 말한다. "사람은 누구나 수줍어할 수 있지." 악마가 말한다. "정말 창피하다. 자신감이 이렇게 없어서야!" 천사가 이기든 악마가 이기든 적면 공포증 증상은 점점 심해진다.

사회 공포증의 전형적인 첫 번째 증상은 수줍음과 자신감 하락으로, 얼굴이 빨개지고 말을 더듬으며 안절부절못하는 모습을 보인다. 두 번째 증상은 강박이다. 사회활동을 잘 못하면 자신에게 불리하다는 생각에 문제를 극복해야 한다는 강박사고를 하지만 해결책을 찾지 못한다. 강박은 오히려 적면 공포증을 악화시키고 스트레스를 증가할 뿐 실질적인 도움이 되지 않는다. 사회 공포증은 수줍음과 자신감 하락, 강박 증상이 교차로 나타난다. 증상이 오래 지속되면 적면 공포증이 심해지고 스트레스가 급격히 증가한다. 심한 경우 우울증과 심각한 불안장애 등 정신 질환이 나타나기도 한다.

사회 공포증은 '대인 공포증'이라고도 한다. 대인 공포증 환자는 사람과의 접촉을 극도로 무서워한다. 이들이 겪는 공포는 "거기에 고양이가 있어서 정말 싫어요!"보다 "고양이가 저를 싫어하는 데 어떡하죠?"에 가깝다. 대인 공포증 환자는 사람 자체를 배척하거나 사람들과 함께 있는 것을 싫어하는 게 아니다. 오히려 사람들과 함께 있기를 바란다. 그들은 마음속으로 늘 사람들에게 인정받길 원하며 그들과 함께 어울리고 싶어 한다. 하지만 사람들이 자신을 싫어한다는 생각을 하며 공포에 휩싸인다. 특히 수줍음이 많은 아이들은 자책이 심하다. 이런 아이들은 모든 사람이 그들의 잘못을 지켜보며 평가한다고 생각하여 늘 조마조마한 마음으로 생활한다. 실제로 사람들은 남들의 잘못이나 실수에 관심이 없다. 모두 대인 공포증에 시달리는 아이들이 머릿속으로 만들어 낸 상상에 불과하다.

수줍음이 많은 여학생 A는 같은 반 남학생 V를 짝사랑했지만 자신감이 부족해서 V를 좋아한다고 감히 말하지 못했다. A는 언제나 몰래 V를 지켜볼 뿐이었다. 어느 날, 친구가 그녀에게 물었다. "우리 반에 V를 짝사랑하는 여자애들이 많다는 얘기 들었어?" A는 자기 얘기를 하는 줄 알고 깜짝 놀랐다. '친구들이 어떻게 알았지?' 그렇게 생각하며 친구들을 보니 다들 V를 짝사랑하는 자기 얘기를 하며 비웃는 것 같았다. 얼마 후, 선생님은 조례 시간에 학생들에게 너무 이른 나이에 연애를 하는 것은 좋지 않으니 공부에 매진하라고 당부했다. 선생님 얘기를 들은 A는 자기 마음을 들킨 줄 알고 다시 한 번 깜짝 놀랐다. 그때부터 A는 모든 사람이 자신의 비밀을 알고 자기 얘기를 하며 비웃는다고 생각했다. 그녀는 무서워지기 시작했다. 누구하고도 말하지 못했고 눈도 마주치기 힘들었다. 나중에는 학교에서뿐 아니라 다른 장소에서도 그런 증상이 나타났다.

실제로 A의 비밀을 알거나 그녀를 비웃은 사람은 아무도 없었다. 모든 것은 그녀의 부족한 자신감과 풍부한 상상력에서 비롯되었다.

제발 멀리 떨어져! – 사회 공포증

컴퓨터 뒤에 숨은 그녀

SOCIAL PHOBIA
사례

온라인 세계에서만 만날 수 있는 여자의 이야기다.

샤오D(小D)를 알게 된 건 인터넷을 통해서다. 같은 취미를 가지고 있었던 우리는 만나자마자 오래전부터 알고 지낸 사이처럼 금방 친해졌다. 우리가 서로 사진을 교환했을 때가 생각난다. 나는 볼륨감 넘치는 샤오D의 사진을 보자마자 휘파람을 불며 메시지를 남겼다. "몸매를 보니 왜 샤오D인 줄 알겠네." 그녀는 재빨리 메시지를 보내 나를 놀렸다. "몸매를 보니 넌 샤오A라고 불러야겠는 걸?"

나는 박장대소하며 샤오D가 평소에도 밝고 쾌활한 성격일 거라고 추측했다. 그런데 어느 날, 샤오D는 나와 만나고 싶다는 말을 건넸다.

"너랑 만나서 수다 떨고 싶어."

내 생각과 달리 샤오D는 차분하고 조용했다. 그녀는 커피숍 구석 자리에 앉아 휴대폰을 만지작거리며 나를 기다렸다. 나와 눈이 마주치자 그녀는 볼을 빨갛게 물들이며 눈을 빠르게 깜박거렸다가 고개를 숙이고 커피를 홀짝거렸다. 그러곤 억지로 미소를 지으며 다시 나를 바라보았다.

샤오D가 얼마나 긴장했는지 한눈에 알아볼 수 있었다. 다행히 우리가 인터넷에서 자주 얘기하던 소재로 대화를 시작하자 그녀도 긴장이 좀 풀어진 듯 했지만 여전히 말이 없었다. 나는 하던 말을 멈추고 물었다.

"내 말을 듣고 있어? 너답지 않게 왜 대답을 안 해?"

샤오D는 다시 긴장이 됐는지 말을 더듬거리며 대꾸했다. "듣고 있어. 마음속으로 계속 대답도 하고 있었는데." 그녀는 안절부절못하며 들고 있던 커피 잔을 내려놓더니 풀 죽은 목소리로 말했다. "실은 사람들이랑 어떻게 대화를 하는지 잘 모르겠어."

자기 존재감을 박탈하는 방법은 얼마든지 있다.

"나와 사람들 사이에 영원히 뛰어넘을 수 없는 벽이 있어." 샤오D는 덤덤하게 말을 이었다. "벽을 뛰어넘는 방법을 모르겠어.

제발 멀리 떨어져! - 사회 공포증

그래서 내 존재감을 낮추기로 했어. 주변에서 친구들이 재밌는 얘기를 하면 난 책을 보거나 다른 일을 하는 척하며 아무것도 안 들리는 것처럼 행동해. 사람들이 모여서 놀면 마음속으론 나도 거기에 끼고 싶어도 겉으론 관심 없는 척하는 거야." 그녀는 입술을 깨물며 고개를 푹 숙였다. 나는 그녀가 나를 보지 않아야 계속 얘기를 할 수 있다는 걸 알았다.

"의식적이건 무의식적이건 나는 내 존재감을 박탈했어. 사람들과 어울리지 않으면 고민할 필요도 없다고 생각했으니까. 몇 년 동안은 그렇게 잘 지냈어. 하지만 사람들이 나를 아무것도 할 줄 모르고 하등의 도움도 안 되는 무능한 사람으로 생각한다는 걸 알아. 어쩔 수 없이 컴퓨터에 접속해 사람들을 사귀게 됐지."

차가운 컴퓨터는 그녀에게 온기를 불어넣어 주었다.

컴퓨터 얘기를 시작하자 샤오D의 얼굴에 옅은 미소가 번졌다. "난 인터넷으로 얘기할 때가 가장 행복해. 그런데 인터넷에서 마음이 통하던 친구들과 직접 만나면 다시 예전의 나로 돌아가고 말아. 정말 어떻게 해야 할지 모르겠어. 사이버 세계에서는 '인맥왕'인데 정작 현실에서는 사람들이랑 말 한 마디 제대로 못해."

나는 흐느끼는 샤오D의 목소리를 듣고 휴지를 건넸지만 그녀는 받지 않았다. 난 인터넷 속의 밝고 명랑한 샤오D를 떠올렸다.

"난 이제 어떤 희망도 품지 않아. 컴퓨터를 끄고 사람들과 섞여 있을 때면 내가 존재하지 않는 것처럼 느껴져. 아무도 나에게 말을 걸지 않고 내게 관심을 가지는 사람도 없어. 가끔은 내가 이 세상에 존재하는 게 맞는지 의심스러워. 이미 죽어서 사람들에게 안 보이는 건 아닐까 하는 생각이 들거든. ……이런 말을 한 건 처음이야. 네가 심리학을 전공했다기에 너라면 이런 내 심정을 이해해줄 거라 생각했는지도 몰라."

"내가 도움을 줄 수 있을 거야."

샤오D는 고개를 저으며 노트북 컴퓨터를 켰다. 나는 곧 그녀에게 메시지를 받았다. "내 얘기 들어주느라 고생했어. 그런데 브라에 패드를 몇 개나 넣은 거야? 옷태가 영 어색하잖아!" 컴퓨터 뒤에 숨은 그녀는 어느새 밝고 쾌활한 샤오D로 돌아가 있었다.

3차원 현실 세계에 대한 공포

SOCIAL PHOBIA
현상

오타쿠(otaku)는 애니메이션이나 게임 등 특정 영역에 미친 듯이 몰두하는 사람을 가리키는 말로 일본에서 처음 사용되었다. 오타쿠는 외모나 옷차림에 신경 쓰지 않고 폐쇄적이며 비주류 문화를 즐기고 자기 관심 분야에 과도한 지출을 한다. 흔히 말하는 히키코모리, 코스프레족, 디지털족은 오타쿠에 포함되지 않는다.

오타쿠는 집 안에 틀어박혀 밤새 애니메이션, 게임, 피규어 등에 몰두하며 오직 신제품을 사기 위해서만 외출한다. 그들은 2차원 세계가 전부인 세상에 산다. 오타쿠는 두 가지 유형으로 나뉜다. 첫 번째 유형은 외부 세계와 소통할 수 없어서 2차원 세계로 빠져든 사람들이다. "세상에! 드디어 내가 원하던 세계를 찾았어! 입구가 어디지?" 그들은 정신적으로 2차원 세계에 의존한다. 두 번째 2차원 세계에 빠져 외부 세계와 소통할 필요가 없어진 사람들이다. "이렇게 멋진 세계가 있었다니! 나도 좀 받아줘요!" 그들은 3차원인 현실 세계와 교류할 필요가 없다고 생각한다.

한 소년은 어느 날 문득 자신이 인생을 낭비하며 살아왔다는 생각에 오타쿠가 되었다고 말했다. 그에게는 새로운 인생 목표와 가치관이 필요했다. 그날부터 소년은 애니메이션을 보고 게임을 하고 피규어를 수집했다.

오타쿠 소년은 주변 사람들과 사건에 관심을 끊고 현실 세계와의 소통을 포기했다. 그는 누구와의 소통과 관심도 바라지 않았다. 2차원 세계와의 소통과 관심이 훨씬 더 편하고 즐거웠다. 현실 세계의 소통은 복잡하고 어려웠지만 2차원 세계의 소통은 단순하고 쉬웠기 때문이다. 소년은 현실 세계에서 도피하기 위한 목적으로 2차원 세계를 이용했다.

히키코모리는 오타쿠와 다르다. 히키코모리는 단지 폐쇄된 공간에 혼자 있기를 좋아할 뿐이다. 그들은 인생 목표도 있고 생활 능력도 있지만 혼자 살고 싶어 한다. 일시적인 은둔이 아니라 장기적인 은둔생활을 원한다. 히키코모리는 타인과의 접촉을 꺼리며 외부의 방해와 간섭을 싫어한다. 그들은 자기만의 세계에서 관심 분야에 몰두할 때 즐거움을 느끼고 사회에 반감을 가지고 있다. 히키코모리는 사회 공포증 환자에 속한다.

위에서 얘기한 오타쿠와 히키코모리는 모두 사회나 인간관계를 회피하고 저항하는 태도를 가지며, 자기만의 세계에 갇혀 산다는 특징이 있다.

현실 세계로 가기 위한 예행연습
•치료•

사회 공포증이 있다면 일상생활에 많은 어려움을 겪을 것이다. 샤오자오(小趙)는 좋아하는 여자에게 말할 용기가 없어서 친구가 될 기회도 잡지 못했다.

샤오첸(小錢)은 공공장소에서 말하고 싶지 않다며 입을 다무는 바람에 상 받을 기회를 놓쳤다.

샤오순(小孫)은 남들에게 비웃음을 살까 봐 온라인 게임에서조차 팀플레이에 참여하지 못한다.

이처럼 사회 공포증으로 인한 피해는 일일이 나열할 수 없을 만큼 많다. 사회 공포증은 생활 곳곳에 파고들어 환자의 인생을 조종한다.

당신이 사회 공포증 환자라면 사회 공포증으로 입은 피해를 낱낱이 적어보라. 작성한 종이를 보며 자문해 보라. "사회 공포증이라는 녀석이 당신의 삶을 엉망으로 만드는 걸 보고만 있을 것인가?" 당신도 많은 친구를 사귈 수 있고, 인맥을 가질 수 있다. 당신의 인생도 충분히 변할 수 있다. "나도 변하고 싶지만 그럴 수 없어요."라며 뒤로 물러서지 말고 당당히 외쳐보자. "사회 공포증을 반드시 극복하고 새로운 인생을 살겠어!"라고.

당신이 사회 공포증으로 인한 부정적인 영향을 충분히 인식했으며 앞으로 변해볼 의지가 있다면 다음의 5가지 방법을 따라 해보라.

1. 예행연습

예행연습은 사회에서 겪게 될 상황이나 말과 행동을 미리 연습해 보는 것으로, 머릿속 상상이 아니라 실제처럼 직접 해보는 것이다. 사람들과 나눌 이야기를 진짜처럼 말해보고 동작과 표정도 연습한다. 실제로 그 상황이 일어났을 때 연습한 대로 하면 긴장하지 않고 잘 해낼 수 있다. 해야 할 말을 잊어버리는 게 걱정된다면 메모하면 된다.

혼자 하는 연습하므로 최대한 큰 소리로 연습해 보자. 하고 싶은 말과 어투로 마음껏 말해 본다. 바보 같은 짓이라고 생각할 수도 있지만, 그보다는 변화가 두려워 아무것도 하지 않는 것이 더 바보 같은 짓이다. 만약에 성공한다면 새로운 인생을 살게 될 것이고, 실패한다 해도 어차피 혼자 시작한 거라 아무도 모를 테니 손해 볼 건 없다.

녹음기를 준비하고 모의 장소에서 실제처럼 말을 해보고 모든 말을 녹음해라. 연습이 끝나면 녹음된 자신의 말을 꼼꼼히 들으며 고칠 부분을 확인한다. 사람들에게 어떤 인상을 주고 싶은지를 고려해 동작과 표정도 연습해 본다. 아무리 미인이라 해도 처음부터 예쁘게 웃지는 않는다. 다들 연습과 반복을 통해 매력적인 미소를 갖게 된다. 그러니 포기하지 마라.

2. 실전 연습

이제는 직접 밖으로 나가볼 차례다. 사회 공포증이 아무리 심해도 괜찮다. 모르는 사람과 연습을 해보자. 낯선 사람과 대화를 해보거나 처음 보는 여자에게 전화번호를 물어본다. 그들은 살면서 만나는 무수한 사람들 중 한 명일 뿐이다. 낯선 사람들을 연습 대상으로 삼아보라.

처음부터 용기를 내기란 쉽지 않다. 한 가지만 기억해라. 그들에게도 당신은 낯선 사람일 뿐이다. 당신이 말을 잘하든 못하든 그들은 전혀 신경 쓰지 않을 것이다.

낯선 사람과 이야기하기 위해서는 간단하고 공감하기 쉬운 화제를 준비하는 게 좋다. 개인적인 이야기가 아닌 날씨나 풍경, 뉴스, 유머 등 뭐든 괜찮다. 유쾌하게 대화를 이어가 보자. 원활한 대화를 위해 키워드를 연장하는 방법을 써도 좋다. 날씨 얘기로 대화를 시작했다면 스모그에 대한 이야기도 넘어갈 수 있고, 마스크에 관한 이야기도 할 수 있다. 마스크는 공동구매에 관한 이야기로, 이것은 다시 공동구매에 성공했거나 실패했던 경험담으로 이어질 수 있다. 대화가 무르익었다면 상대방에게 화제를 얻을 수도 있다. 상대방이 입은 옷이나 성격, 취미 등 뭐든 대화거리가 된다.

더 연습하고 싶다면 젊은 여성, 운동하는 아주머니, 노점상, 화이트칼라, 블루칼라, 여행객 등 다양한 사람들을 만나도 좋다. 서로 다른 계층의 사람들을 만나는 재미가 있다.

3. 사회활동 참여

사람들과 대화하는 연습을 마쳤다면 사회활동에 참여해 보자. 실전으로 가기 위한 준비는 이미 끝났다. 모임에 나가거나 친구나 좋아하는 여자에게 전화해 보자. 회사 동료와 밥을 먹거나 회의시간에 발표를 해 보는 것도 좋다. 뭐든지 억지로 할 필요가 없음을 깨달을 것이다. 그렇다면 더 넓은 사회로 나가 보자. 당신의 사회생활은 이제부터 시작이다.

4. 도전

당신은 사회활동을 시작했지만 여전히 불편한 게 많을 것이다. 긴장과 수줍음도 여전하고 창피당하거나 거절당할지도 모른다는 두려움도 마찬가지다. 여전히 앞에 나서는 게 두렵다. 사람들은 즐겁게 웃고 떠드는데 당신만 떨어져 외로웠던 그때로 다시 돌아갈지도 모른다.

아무럼 어떤가! 당신은 기자회견을 하는 것도 아니고 중요한 국가 정책을 발표하는 것도 아니다. 당신은 외교 대변인이 아니다. 그저 그런 사회활동에 참여할 뿐이다. 당신에게 관심을 기울이는 사람은 없다. 그러니 긴장하고 부끄러워하면 좀 어떤 가! 오로지 당신에게만 집중하라. 당신에게 신경 쓰는 사람도 당신의 바보 같은 짓을 비웃을 사람도 없다. 불편하고 어색한 기분일랑 떨쳐내고 사람들 속으로 들어가라.

5. 효과적인 소통

마지막 단계는 원활한 소통이다. 다른 사람들의 생각을 이해하고 적절한 방식으로 소통해 보자.

앞선 단계에서 사람들과 소통하기 위해 화제를 고르고 대화를 이끌어가는 방법은 이미 숙지했다. 이제는 효과적인 소통 방법만 배우면 된다. 원활한 소통의 기본은 상대방의 말에 귀를 기울이는 데서부터 시작한다. 그리고 상대방의 성격과 기분에 따라 주제에 맞는 이야기의 핵심을 효과적으로 전달해야 한다.

사회로 나아가기 위한
6가지 방법
· 생존법칙 ·

1. 윈윈(Win-Win) 효과

윈윈 효과란 서로에게 모두 이득이 되는 것을 일컫는다. 공동의
이익을 위해 상호공존의 가치를 강조한다. 윈윈 효과는 주로 경
제학에서 사용하는 용어로 공동의 이익을 위해 협력하고 발전
하는 것을 뜻한다.

사회 공포증 환자에게도 윈윈 효과를 적용할 수 있다. 환자는
사회와 윈윈해야 하는 관계다. 긴장되고 창피한 순간에는 사회
구성원을 경쟁자로 여길 수 있지만, 새로운 관계를 형성해야 할
때는 그들을 협력자로 삼는다. 그들은 사회 공포증 환자를 사회
일원이 되도록 큰 도움을 줄 것이다.

2. 공생 효과

자연계에서 혼자 자란 식물은 키가 작고 발육이 나쁘지만 군락을 이루는 식물은 발육이 뛰어나고 생명력이 강하다. 같은 종끼리 영향을 주고받으며 서로 이득을 얻는 현상을 공생 효과라고 한다.

인류의 역사도 공생의 역사다. 혼자 살아남기는 어렵지만 무리를 이룬 사람들은 서로 영향을 미치며 비슷한 방향으로 발전한다. 사회 공포증 환자는 성격이 밝고 활발한 사람과 친구가 되면 자연스럽게 사회 활동에 참여하게 될 것이다. 같은 취미를 가진 동호회에 가입하여 공통의 관심사에 대해 이야기하는 것도 좋다.

3. 후광 효과(Halo effect)

후광 효과는 한 가지 견해가 전체를 평가하는 데에도 영향을 미치는 인지 현상을 가리킨다. 사람들은 한 분야에서 특출한 능력을 가진 사람을 보면 자연스럽게 다른 분야에서도 잘할 거라고 생각한다. 성적이 좋은 학생을 보면 품행도 올바를 거라고 생각한다든지, 불륜을 저지른 여자를 보면 모든 행실이 나쁠 거라고 생각하는 것도 후광 효과다. 이처럼 한 분야에서 두드러진 성과를 보이면 그에 대한 타인의 평가에 큰 영향을 미친다.

사회 공포증 환자도 한 분야에서 뛰어난 능력을 보이면 후광 효과로 인해 사람들에게 좋은 평가를 받아 원활한 인간관계를 맺을 수 있다. 이처럼 후광 효과는 사회 공포증 환자가 부담 없이 사회생활을 하는 데 좋은 디딤돌이 된다.

4. 부메랑 효과

부메랑은 날아갔다가 다시 돌아오는 것으로, 어떤 행위가 예측한 목표를 벗어나 불리한 결과로 돌아오는 현상을 부메랑 효과라고 한다.

사회 공포증 환자는 표현력이 부족해서 사람들과 대화할 때 자기 견해를 수차례 강조하거나 억지로 강요한다. 하지만 이러한 태도는 나쁜 결과를 초래할 뿐이다. 사회 공포증 환자는 자신에게 부정적인 영향을 미치는 태도를 바꾸고 원활한 소통법을 익혀야 한다.

5. 쿨리지(Coolidge) 효과

쿨리지 효과에 관한 흥미로운 일화가 있다.

미국의 대통령 캘빈 쿨리지(Calvin Coolidge)가 어느 날 영부인과 양계장을 방문했는데 그곳에서 암탉과 수탉이 교미하는 것을 우연히 보게 되었다. 수탉의 정력에 감탄한 영부인이 농장 주인에게 물었다.

"저 수탉은 하루에 몇 번이나 교미를 하죠?"

"하루에도 수십 번 합니다."

깜짝 놀란 영부인은 대통령에게 그 이야기를 전해달라고 했다. 영부인의 말을 전해들은 대통령은 자존심이 상해 농장 주인에게 물었다.

"그럼 저 수탉은 항상 같은 암탉하고만 교미하나요?"

"아닙니다. 매번 다른 암탉하고 합니다."

"그럼 그 이야기를 영부인에게 전해주시오."

쿨리지 효과는 남녀 간의 생각과 심리 차이를 일컫는 말이다. 사회 공포증 환자는 대부분 이성과 교류하는 데서 심각한 공포를 느낀다. 남자와 여자는 선천적으로 심리 상태와 사고방식이 다르기 때문에 그것을 모른다고 해서 위축되거나 두려워할 필요는 없다. 서로 다르다는 점을 인지하여 자신감을 갖고 상대방에 맞는 대화를 이끌어낸다면 순조로운 교류를 할 수 있다.

6. 관계 효과

"보잘것없는 구두장이 셋이 제갈량보다 낫다."는 속담과 "스님 셋이 길은 물이 한 사람만 못하다."는 속담이 있다. 둘 다 세 명이 힘을 합친 것인데 왜 결과는 전혀 다를까? 바로 관계 효과 때문이다.

관계 효과란 단체 활동에서 역할의 분배로 인해 발생하는 응집력이나 마찰력이 효율에 영향을 미치는 현상을 말한다. 관계 효과로 인해 효율이 증가할 수도 있고 감소할 수도 있다. 사람들은 단체 안에서 긍정적인 영향을 받을 수도 있고 부정적인 영향을 받을 수도 있다. 서로 좋은 영향을 미치는 단체가 있고 나쁜 영향을 미치는 단체도 있다.

사회 공포증 환자는 좋은 영향을 미치는 단체에 들어가야 보다 쉽게 사회에 적응할 수 있다. 따라서 자신에게 긍정적인 영향을 줄 단체를 적극적으로 찾아보자.

DEPRESSION

CASE 05

내
눈물이
강이
되다

우울증

당신은 우울증 환자인가요?

· 자가진단 테스트 ·

조용한 장소에 앉아 최근 3개월간의 기억을 바탕으로
다음 질문에 솔직하게 대답해 보세요.

··

- ☐ 평소 즐겁게 하던 일에 갑자기 흥미가 떨어졌나요?
- ☐ 정신적, 체력적으로 지나치게 피로한가요?
- ☐ 항상 슬픈가요?
- ☐ 우울감이 계속 나타나나요?
- ☐ 미래가 암울하게 느껴지나요?
- ☐ 자신을 실패자라고 생각하나요?
- ☐ 집중력이 저하되었나요?
- ☐ 결정을 한 번에 하지 못하고 우유부단한가요?
- ☐ 모든 일에 과도한 자책감을 느끼나요?
- ☐ 동작이 느려지거나 생각이 원활하지 않나요?
- ☐ 쉽게 잠들지 못하거나 평소보다 두세 시간 이상 일찍 깨나
  요?
- ☐ 식욕이 감소했거나 폭식을 하나요?

- ☐ 스스로 자신감이 부족하고 능력과 매력이 떨어진다고 생각하나요?
- ☐ 성욕이 눈에 띠게 감소했나요?
- ☐ 사는 것보다 죽는 게 낫다고 생각하며 자살을 생각해 본 적이 있나요?

....

위의 15개 항목 중에서 3개 이상에 '네'라고 대답했다면 가벼운 우울증에 해당된다. 6개 이상에 '네'라고 대답했다면 심각한 우울증에 해당되니 전문가와의 상담이 필요하다.

당신이 생각하는 우울증 환자는 어떤 모습인가? 하늘을 바라보며 눈물을 뚝뚝 흘리거나 인상을 찌푸리며 오열하는 모습을 상상하고 있는가? 우울증 환자는 영화나 책에 소개된 것처럼 우아하거나 아름답지 않다. 그들은 지독한 심리적 압박에 시달리며 절망에 빠져 산다.

우울증에 대해
얼마나 알고 있는가?

DEPRESSION
증상

점심시간에 커피숍에 갔는데 옆 테이블에 앉은 여자들의 대화가 들려왔다. 내 옆쪽에 앉은 여자가 침울한 표정으로 입을 열었다. "갑자기 기분이 안 좋아. 내가 왜 사나 싶고 앞으로 어떻게 살아야 할지도 잘 모르겠어. 혹시 우울증에 걸린 거 아닐까? 그렇다면 가만히 있을 수 없지. 난 반드시 싸워 이길 거야!" 그러더니 포테이토 칩 2봉지, 과자 4봉지, 초콜릿 하나와 닭다리를 게 눈 감추듯 먹어치웠다. 그녀는 모든 간식을 먹고 만족스럽게 배를 두드리며 말했다. "됐어! 이제 다시 기분이 좋아졌어! 우울증은 이제 사라졌어!"

우울증은 가장 유명한 정신질환이자 도시인이 가장 많이 걸리는 기분 장애다. 사람들은 약간의 우울감만 느껴져도 '혹시 우울증인가?'라고 생각한다. 우울감을 느낀다고 다 우울증일까? 당연히 아니다. 우울증 환자의 우울감은 아주 심각하며 오랫동안 지속되며 하루아침에 갑자기 나아지지 않는다. 우울증 환자는 뭐든지 비관적으로 생각하고 늘 절망감에 빠져 지내므로 삶의 즐거움이나 가치를 느끼지 못한다. 어떤 일에도 관심이 없고 언제나 생기가 없다. 그들은 자신이 무능력하고 쓸모없는 존재라고 여기며 주변 사람들이 불행한 것도 자기 잘못이라고 생각한다. 사람들이 도와주려 해도 스스로 구제받을 수 없는 인간이라고 치부한다. 평소에 늘 불면증에 시달리고 식욕이 없으며 환각을 보거나 심하면 자살을 생각하기도 한다.

우울증 환자는 사고력이 떨어지며 종종 "뇌가 꽉 막힌 것 같다."고 호소한다. 반응이 느리고 언어능력이 감소하여 인간관계에 어려움을 느낀다. 또한 집중력과 기억력이 떨어지고 얼마 전에 일어났던 일들도 쉽게 잊어버린다. 평소에 게으르고 행동이 굼뜨며 혼자 있길 좋아하고 사람들과의 접촉을 꺼린다. 심한 경우, 밥을 먹거나 씻지도 않고 말도 하지 않으며 움직이는 것 자체를 거부한다. 이런 상태를 우울성 혼미(Depressive stupor)라고 한다.

우울증의 종류는 다양하며 가장 흔한 것이 심인성 우울증이다. 심인성 우울증은 주로 심각한 정신적 압박이나 과도한 심리적 갈등으로 인해 발생한다. 남편에게 배신을 당하고 우울증에 걸린 한 친구는 반복적인 발작을 일으켰다. 친구는 남편에게 복수하기 위해 바람을 피웠지만 그 결과 그녀의 우울증만 악화되고 말았다. 또 다른 우울증으로 환각과 망상을 동반한 정신병적 우울증(Psychotic depression)이 있다.

환자 N은 미국인들이 자신을 대통령으로 삼고 싶어 하지만, 조국을 너무나 사랑해 차마 미국으로 갈 수가 없다고 했다. "미국인들이 제발 단념해 줬으면 좋겠어요! 난 절대 미국 대통령이 되지 않을 거예요!" 그렇게 말하면서도 N은 늘 미국을 걱정했다. 매일 미국과 조국 사이에서 고민하며 긴 한숨을 내쉬었다. 버락 오바마(Barack Obama) 대통령에 관한 뉴스를 보면 슬픈 목소리로 말했다. "나 때문에 어쩔 수 없이 대통령이 돼서 고생이 많군. 당신 능력으로는 국정을 힘들 텐데." 그리고 거리에서 서양인만 보면 애처로운 표정으로 긴 탄식을 했다. "또 나를 데리러 왔나 보군. 하지만 미국으로 갈 순 없지."

은닉성 우울증은 겉으로는 아무 문제도 없어 보이지만 정신적인 압박이 신체적 증상으로 바뀌어 나타난다. 은닉성 우울증 환자는 갑자기 두통, 위장 장애, 호흡기 감염, 고혈압, 내분비 질환 등에 걸리곤 한다. 신체적인 질환이 두드러져서 정신적인 요소를 고려하지 못하고 넘어가는 경우가 많다. 숨어 있는 우울증을 제때 치료하지 못하면 신체적인 질환도 완전히 낫지 않으며 우울증도 심각해진다.

비전형 우울증(Atypical depression)은 다른 우울증보다 특별한 주의가 필요하다. 다른 우울증 환자는 장기적인 우울감에 시달리는데 반해 비전형 우울증 환자는 우울감에 빠져 있다가도 좋은 일이 생기면 정상적인 즐거움을 느낀다. 다른 우울증 환자는 불면증이 심해 잠을 잘 이루지 못하는 데 이들은 오히려 잠이 늘어 하루에 15시간씩 자는 일도 비일비재하다. 그리고 이들은 식욕이 떨어져 많이 먹지 않는 다른 우울증 환자와 달리 식욕이 왕성해져서 체중이 급격히 증가한다. 그들은 항상 물 먹은 솜처럼 온 몸이 무겁고 자기 몸을 마음대로 움직이지 못할 것 같은 기분에 휩싸인다. 비전형 우울증 환자는 증상이 쉽게 드러나지 않아서 병이 악화되는 경우가 많다.

현대 사회에 우울증 환자는 점점 늘어나고 있으며 특히 여성들이 많이 걸린다. 여성들은 직장에서, 출산 전후, 갱년기 등 인생의 다양한 단계에서 우울증과 싸운다. 이것은 여성이 남성보다 정서적으로 더 예민하고 섬세하기 때문이다. 따라서 여성들은 자신의 감정을 잘 다스리고 스트레스를 해소하는 합리적인 방법을 배울 필요가 있다.

우울증 환자들

DEPRESSION
사례

역사적으로 가장 유명한 우울증 환자는 미국의 16대 대
통령 에이브러햄 링컨(Abraham Lincoln)이다. 링컨이 우울증 환
자였다니! 어떻게 된 일일까?

링컨의 어머니는 독이 든 풀을 먹은 젖소의 우유를 마시고 죽
었다. 링컨의 나이는 고작 9살이었다. 그때부터 링컨은 늘 험난한
운명을 받아들여야 했다. 심지어 그는 네 명의 아이 중 세 명의
아이가 요절하는 것을 지켜봤다.

링컨이 대통령에 당선되었을 때는 역사적으로 미국이 가장 혼
란스러운 시기였다. 엄청난 압력과 악의적인 정치 공세에 시달렸

고 일은 뜻대로 풀리지 않았다. 그는 우울증을 앓았고 심각할 때는 자살까지 생각했다.

링컨의 경우만 보더라도 우울증은 환자의 인생에 심각한 영향을 미친다. 다음 이야기에 나오는 웨이웨이(微微)도 우울증에 시달려 죽고 싶은 생각까지 했다.

웨이웨이는 그림에 천부적인 재능을 가지고 있었다. 고3이 된 웨이웨이는 대학에서 미술을 전공하고 싶었다. 그녀는 중국화를 전공해 민족문화를 알리겠다는 포부를 품었다. 그러나 부모의 생각은 그녀와 달렸다. "미술은 아무짝에도 쓸모없어. 아빠 말대로 경제를 전공해. 졸업하면 좋은 자리도 알아봐 줄 수 있어."

웨이웨이는 고집이 세고 주관이 뚜렷해서 부모의 말을 따르지 않았다. 그녀의 어머니는 전형적인 중국 부모처럼 보수적이었다. "말을 듣지 않으려면 밥도 먹지 마!" 웨이웨이는 어머니가 한다면 하는 사람이란 걸 알기에 어쩔 수 없이 미술을 포기했다. 그때부터 그녀는 집안에 틀어박혀 나오지 않았다. 대학에 가서도 증상은 나아지지 않았으며 오히려 더 악화되어 휴학을 하는 지경까지 이르렀다. 부모는 불같이 화를 냈다.

"다 너를 위한 결정이었잖아? 휴학이라니 이게 말이 돼? 사람들이 얼마나 비웃겠어?"

웨이웨이는 결국 모든 의욕을 상실하고 죽을 결심으로 수면제를 준비했다.

웨이웨이의 경우처럼 우울증을 그대로 방치하면 증상이 점점 악화되기 마련이다. 앞서 얘기했듯이 심각한 우울증 환자는 자살 충동 외에도 우울성혼미에 빠질 수 있다.

늘 재수 없는 일에 휘말리는 여자가 있었다. 한번은 양아치 같은 남자와 사랑에 빠졌는데 남자는 그녀의 단물만 쏙 빨아먹고 매정하게 버리고 말았다. 그녀는 현실을 받아들이지 못하고 남자 친구와 다시 만나기를 꿈꿨다. 하지만 남자가 하루가 멀다 않고 여자를 갈아치우는 장면을 보곤 충격에 빠져 우울증에 걸렸다.

그녀는 세상에 대한 관심을 끄고 오로지 자기만의 세계에 집중했다. 온몸으로 '난 매우 슬프니까 아무도 건들지 마.'라는 분위기를 풍겼다. 그녀의 기분은 나날이 가라앉았지만 몸에 특별한 이상 증상은 나타나지 않았다. 그녀는 먹지도 마시지도 않고 외출도 안 했으며 말수도 점점 줄어들었다. 종일 침대에 누워 몸을 뒤집는 것이 유일한 움직임이었다. 그녀의 얼굴에 표정이 없다고 생각했는데 어느 날 보니 얼굴이 묘하게 비틀려 있었다. 그녀는 고통스러운 표정으로 눈물을 흘리며 억지로 입을 열었다.

"정말 죽고 싶어."

위에서 여자의 상태가 바로 전형적인 우울성 혼미 증상이다.

화이트칼라는 왜 우울해할까?

DEPRESSION
현상

봄만 되면 자주 피곤하고 졸리며 멍한 기분이 드는 것을 '춘곤'이라고 한다. 거기에 의욕이 떨어지고 쉽게 짜증이 나며 식욕이 감소하는 것을 더하면 '춘곤증'이 된다.

중의학에 따르면 봄이 되면 몸이 무거우며 비장 기능이 약해지고 겨우내 쌓였던 습기가 몸 밖으로 배출되지 못해 자주 졸린다. 추웠던 겨울이 가고 따뜻한 봄이 오면 인체도 적응할 시간이 필요하다. 적응하는 동안 뇌, 피부, 근육, 오장육부의 기능이 활발해지기 때문에 쉽게 피곤해지고 정신이 혼미해질 수 있다.

사람의 감정은 기후의 영향을 많이 받는다. 봄이 되면 의욕이 저하되고 집중력이 떨어지며 입이 바짝 마른다. 몸이 여기저기

쑤시고 쉽게 피로해지기도 한다. 이것은 우울증 증세와 비슷하다. 춘곤증은 신체 질환의 일종이자 '마음의 감기'라고 불리는 계절성 우울증에 속한다.

계절성 우울증은 겨울에 더 두드러지고 중국 북방 지역과 유럽 등 겨울이 추운 지역에서 자주 나타난다. 이 지역은 겨울이 길고 일조량이 적어 사람들의 활동량도 상대적으로 적은 편이다. 여기 사람들은 사회활동을 많이 하지 않고 쉽게 우울감을 느끼며 성욕이 감퇴한다. 겨울이 지속되면 이와 같은 증상이 몇 년이고 계속될 것이다. 겨울이 지나면 계절성 우울증은 서서히 약화되고 사람들은 정상을 회복한다.

춘곤증도 비슷하다. 봄이 지나면 사람들은 예전의 기운을 회복하고 정상으로 돌아가니 지나치게 긴장할 필요는 없다. 계절성 우울증이 발병하면 감정을 잘 다스려 즐겁게 생활하려고 노력해야 한다. 계절성 우울증은 도시의 화이트칼라 계층에게 매년 찾아오는 질병이다.

중국어로 타오쿵족(掏空族)이란, 직장에 자신의 모든 체력과 정력, 지혜, 감정, 창의력을 다 소진한 사람들을 일컫는 말이다. 이들은 회사에 몸도 마음도 남김없이 다 바치고 더 이상 발전하지 못한 채 신세대에게 자리를 넘겨주어야 하는 처지에 놓였다. 몸과 마음이 피폐해진 이들은 정체성을 잃고 의욕을 상실하게 된다. 타오쿵족에게 일이란 '어제의 일'을 반복하는 것에 불과하고 더 이상의 창의력은 기대하기 힘들다. 한마디로 사회에 신선한 에너지를 공급할 수 없다. 그동안 축적했던 체력과 정력, 지식은 모두 바닥나 보충할 수 없게 되면서 이들은 점점 더 심각한 우울증으로 빠져든다. 타오쿵족에게 가장 중요한 것은 합리적인 생활이다. 일과 공부, 사회생활에 시간을 잘 분배하여 자신을 충전하고 친구들과 어울리며 편안한 일상을 즐기는 것이 좋다. 새로운 미래 계획을 세워보는 것도 괜찮다. 그렇게 서서히 스트레스를 완화하고 평온한 마음을 회복하면 우울증에서도 벗어나게 될 것이다.

일상생활 유지와
모리타 요법
· 치료 ·

경미한 우울증 환자는 자아조절이 가능하므로 일상생활에서
활용할 수 있는 방법을 소개한다.

우선, 산책, 조깅, 자전거, 요가, 태극권 등의 운동으로 신체 단
련에 힘쓴다. 우울증 환자는 늘 의기소침해 있으며, 몸이 무겁
고 행동이 느려서 시간이 지날수록 신체 기능이 손상된다. 신체
기능이 손상되면 감정에도 부정적인 영향을 미친다. 이때 환자
는 스스로 무가치하게 느끼며 심리적인 압박에 시달린다. 적절
한 운동은 신체 기능을 자극하고 환자의 마음을 편안하게 해주
는 동시에 자신감을 불어넣는다. 특히, 새벽 운동은 건강에도
좋고 상쾌한 하루를 열어 줘 우울감을 효과적으로 완화하는 데
도움이 된다.

두 번째로 정상적인 회사 생활이나 학교 생활을 계속 유지한다. 우울증 환자들은 머릿속으로 끊임없이 자기를 부정한다. "난 잘하는 것도 없고 아무것도 못할 거야."라는 생각에 빠져 헤어나오지 못한다. 사실 우울증 환자들도 충분히 능력이 있지만 자기 부정을 통해 스스로를 괴롭히려 한다. 평소처럼 회사에 출근해 일을 하고, 공부를 하고, 집안일을 한다면 우울증 완화에 큰 도움이 될 것이다. 결과에 관계없이 꾸준히 노력하면 환자들도 할 수 있다는 자신감을 얻을 것이다. 간단한 계획이나 목표를 세우고 달성해 보는 것도 성취감과 자존감 향상에 도움이 된다. 위에서 언급한 두 가지 방법을 모두 사용한 다음에는 생각을 정리하고 기록하는 단계로 넘어간다.

우울증 환자는 부정적인 감정에 쉽게 빠지는데 매일 생각을 정리하고 글로 기록하면 자신이 어떤 생각으로 괴로워하는지 확인할 수 있다. 그런 부정적인 생각도 자신의 일부로 생각하고, 마주볼 수 있어야 한다. 기록한 내용을 보며 굳이 전후관계나 원인을 찾으려 할 필요는 없으며, 그저 받아들이면 된다. 마음이 좀 안정된 뒤에 자신이 쓴 글을 다시 보면 말도 안 되는 비합리적인 생각이 무엇인지 눈에 들어온다. 아마 전혀 새롭게 다가올 지도 모른다. 예전과는 다른 각도로 그 생각을 다시 분석하고 왜 그런 생각을 하게 됐는지 객관적으로 살펴본다.

주의해야 할 점은 글로 기록한 부정적인 생각들을 타인에게 말하지 않는 것이다. 이런 이야기를 들어봤을 것이다. 어느 날, 원숭이가 다쳤는데 친구들에게 상처를 보여주며 이렇게 말했다.

"내 상처 좀 봐. 너무 아파." 원숭이는 매일 만나는 친구들마다 붙잡고 자신의 상처를 보여주며 어떻게 다쳤는지 설명했다. "정말 아파 죽겠어!" 얼마 후, 원숭이는 죽은 채로 발견되었다.

우울증 환자는 위의 이야기에 나오는 원숭이와 같다. 우울증 환자가 남들에게 자신의 부정적인 생각만 얘기할 뿐이고 그것을 제거하려는 노력을 하지 않는다면, 병은 점점 깊어져 엄청난 고통을 안겨다 줄 것이다. 남들에게 하소연하는 것은 좋은 방법이 아니다. 친구들과 자주 모이거나 여행과 문화생활을 즐기는 것도 좋다. 시끌벅적한 분위기에 있으면 열정이 되살아나거나 긍정적인 기운이 생길 것이다.

타인을 돕는 것도 상당히 좋은 방법이다. 주변 친구들을 돕거나 자원봉사, 기부금 및 구호품 전달, 빈곤 아동 지원, 도시 환경미화, 여성인권 수호 등을 해도 좋다. 남을 도우면 상대방은 물론이고 자기에게도 큰 도움이 된다. 자신의 가치를 재평가하고 더 이상 스스로 무가치한 존재라는 생각은 하지 않을 것이다.

일상생활에서 할 수 있는 방법 외에도 모리타 요법(Morita therapy)이 있다. 모리타 요법의 핵심은 '순리에 따르고 해야 할 일을 하는 것'이다. '순리에 따른다'는 말은 우울증이 심각해지든 말든 아무렇게나 방치하는 게 아니라, 저항하지 않고 받아들이는 것을 배워야 한다는 의미다. 그렇다면 무엇을 받아들인다는 걸까? 아픈 마음과 괴로움, 불안, 답답함 등 모든 부정적인 감정을 있는 그대로 받아들인다. 그것이 정상 반응이며 누구나 느낄 수 있는 감정이라는 사실을 인정해야 한다. 순리에 따라 자연스럽게 왔다가 자연스럽게 지나갈 것이다. 그러니 부정적인 감정에 지나치게 빠지지 말며, 그대로 받아들이되 저항해서는 안 된다. 물론 좋아할 수도 있고 싫어할 수도 있다. 자연스러운 감정의 변화를 느껴 보라.

'해야 할 일을 한다'는 말은 반드시 해야 하는 일을 하라는 의미다. 부정적인 감정에 지나치게 몰두하며 괴로워하지 말고 감정을 조절해야 한다. 그러기 위해서는 주의력을 전환할 필요가 있다. 일을 하든 공부를 하든 놀든 한 가지 목표를 세우고 그것을 달성하기 위해 최선을 다해 노력한다. 그러다 보면 서서히 우울증으로 인한 고통도 완화될 것이다.

모리타 요법의 비밀은 감정과 주의력을 분산하는 데 있다. 감정은 쉽게 변하는 것이므로 심각해질 때까지 놔둘 필요가 없다. 자기 감정에 빠져 허우적거리다간 영영 벗어나지 못할 것이다. 모리타 요법은 순리에 따라 감정을 받아들이고 따뜻한 물에 몸을 담그거나 편안한 음악을 듣거나 마사지를 하는 등으로 주의력을 전환하여 우울증을 치료한다.

이밖에도 음식에 주의한다. 술, 담배, 차, 커피, 탄산음료, 간식, 훈제 식품 등은 우울증을 유발하는 물질이 함유되어 있으니 되도록 자제한다.

우울증을 완화하기 위한
5가지 방법
·생존법칙·

1. 중도 포기 효과

사람들은 목표를 달성해 가는 과정에서 엄청난 심리적인 압박을 받는다. 성격이 예민하고 의지가 약한 사람들은 중도에 쉽게 포기한다. 하지만 포기하지 않고 끝까지 노력한다면 시간이 지날수록 부담은 줄고 자신감은 증가하여 결국엔 목표를 달성할 것이다.

우울증 환자는 늘 부정적으로 생각하고 자신의 가치를 평가 절하할 뿐 아니라 자존감도 매우 낮아서 중도에 포기하는 일이 많다. 중도에 포기했다는 사실 때문에 스트레스를 받으면 새로운 목표가 생겨도 자신감이 떨어져 다시 중간에 포기할 가능성이 높아지는 악성순환이 일어난다.

큰 목표보다 약간의 노력만으로도 빠르게 달성할 수 있는 작은 목표를 세워 보자. 중도에 포기하지 않고 목표를 달성했던 경험이 쌓이면 성취감과 자신감이 증가하여 우울증도 크게 완화될 것이다.

2. 베버의 법칙(Weber's law)

처음에 큰 자극을 받으면 상대적으로 약한 두 번째 자극은 견딜 만한데, 이러한 현상을 베버의 법칙이라고 부른다. 첫 번째 자극으로 큰 충격을 받아서 약한 두 번째 자극은 별것 아닌 것처럼 느껴지기 때문이다. 이런 심리는 일상에서도 흔히 찾아볼 수 있다. 학교에서 3과목 유급을 받은 학생 있었는데 집으로 가서 어머니에게 말했다. "5과목이나 유급이에요." 어머니는 불같이 화를 내며 아들을 혼냈다. "아, 잘못 말했네요. 5과목이 아니라 3과목이에요."

"3과목이라니 다행이구나." 어머니는 삽시간에 화를 가라앉혔으며, 마음에 작은 위안까지 얻었다.

여자들은 이런 심리를 잘 이용한다. 아내가 남편에게 말한다. "이번 휴가에는 해외여행이나 가요."

깜짝 놀란 남편이 아내를 말리며 말한다. "해외로 나가면 돈이 얼마나 깨지는 줄 알아?"

"그럼 아쉽지만 제가 참죠. 대신 화장품은 사줄 수 있죠?"

남편은 눈 깜짝할 새에 아내에게 지갑을 빼앗기고 만다.

베버의 법칙은 우울증 환자에게도 적용된다. 우울증을 앓는 운동선수는 경기에서 최초로 우승했을 때 엄청난 희열을 느낀다. 하지만 우승을 여러 번 하다보면 기쁨도 줄어들고 자신이 잘한 것보다 실수한 것에 집착하게 된다. 심해지면 우승을 해도 아무 의미가 없다고 생각하며 전혀 즐거워하지 않는다. 우울증 환자는 목표를 달성하거나 좋은 성과를 얻었을 때 그 자체에 의미를 두고 온몸으로 기쁨을 만끽해야 한다. 자신의 성과를 인정하며 스스로 의미를 찾고 부정적인 생각이 들지 않게 차단한다.

3. 피그말리온 효과(Pygmalion effect)

피그말리온 효과는 그리스 신화에서 기원한다.

옛날 그리스에 피그말리온이라는 조각가 살았다. 그는 아름다운 조각상을 만들었는데 마치 살아 있는 사람처럼 완벽했다. 머리카락은 곧 바람에 흩날릴 것처럼 섬세했고 눈썹은 금방이라도 꿈틀거릴 듯 보였으며 손가락은 하나하나 움직이는 것같이 보였다. 조각상의 매력에 빠진 피그말리온은 어느새 사랑의 감정을 느꼈다. 그는 조각상에게 화려한 옷을 입히고 사랑을 고백하며 포옹하고 입을 맞추었다. 하지만 그런다고 조각상이 반응을 보일 리는 없었다. 피그말리온은 조각상을 너무나 사랑한 나머지 미의 여신 아프로디테(Aphrodite)에게 조각상을 아내로 맞이할 수 있게 해달라고 간절히 기도했다. 그의 진정한 사랑에 감동한 아프로디테는 조각상에 생명의 숨결을 불어넣어 주었다. 조각상은 희고 부드러운 피부와 깊은 눈동자를 가진 여인으로 살아나 피그말리온의 얼굴을 어루만졌다. 소원을 이룬 피그말리온은 그 여인을 자신의 아내로 맞이했다.

피그말리온 효과는 '기대 효과'라고도 한다. 끊임없는 기대와 관심을 주면 그 결과 긍정적인 영향을 가져오기 때문이다. 피그말리온 효과를 이용하면 우울증 환자도 자신에게 긍정적인 암시를 통해 자신감을 높이고 건강한 가치관을 형성할 수 있다.

4. 한계 초과 효과
한계 초과 효과란 지나치게 강한 자극이나 오랜 작용으로 인해 견디는 능력이 약해지거나 심리적 반발(Psychological reactance)을 초래하는 현상을 일컫는다.

미국의 유명 작가 마크 트웨인(Mark Twain)은 어느 날 한 목사의 연설을 듣게 되었다. 목사는 유창한 말솜씨로 감명 깊은 이야기를 했고 마크는 진심으로 감동하며 헌금을 많이 내야겠다고 다짐했다. 하지만 목사의 이야기는 10분이 지나도 끝나지 않았다. 인내심이 약해진 마크는 처음에 내려고 한 헌금의 액수를 줄였다. 또다시 10분이 지나도 목사의 이야기는 계속되었다. 마크의 인내심이 바닥났고 헌금을 내려고 했던 마음을 아예 접었다. 목사가 긴 연설을 다 마치고 헌금 시간이 되자 마크는 화가 머리끝까지 나서 헌금함에서 2달러를 꺼내 자리를 떠났다.

위에서 마크 트웨인의 행동은 한계 초과 효과로 인한 결과다. 우울증 환자에게 불안한 심리상태가 오래 지속되면 심리적 반발을 초래하며 강박증을 동반하기도 한다. 이럴 때 환자는 최대한 마음을 편하게 먹고 주의력을 전환하려고 노력해야 한다.

5. 담금질 효과

담금질은 금속을 제련할 때 사용하는 용어다. 금속을 고온에서 가열할 때 일정 온도에 이르면 물이나 기름에 넣어 냉각처리를 해서 더 단단하게 만드는데 이러한 과정을 담금질이라고 한다. 담금질은 일상에서도 흔히 찾아볼 수 있다.

일부 선생님들은 성적이 우수한 학생을 보면 자만하지 못하게 더 어려운 시험문제를 내주거나 일부러 냉정하게 대하여 그들이 더 발전할 수 있게 돕는다. 그 밖에도, 사람들은 지나치게 흥분했을 때 마음을 가라앉히기 위한 방법으로 스스로에게 더 엄격하게 굴거나 객관적인 시선을 유지하려고 노력한다.

우울증 환자는 우울증으로 인해 인생을 망쳤다고 생각하기보다는 자신을 더 단련하기 위한 담금질 과정이라고 생각하는 것이 좋다. 담금질이 끝나면 더 단단한 사람으로 성장해 있을 것이다.

지나치게
행 복 한
당 신

조증

당신은 조증 환자인가요?

• 자가진단 테스트 •

조용한 장소에 앉아 최근 3개월간의 기억을 바탕으로
다음 질문에 솔직하게 대답해 보세요.

....

☐ 평소보다 말이 급격히 많아졌나요?

☐ 생각의 속도가 말보다 빠르다고 느끼나요?

☐ 망상에 사로잡히고 생각이 끊임없이 떠오르나요?

☐ 집중력이 떨어지고 자주 분산되나요?

☐ 스스로 괜찮은 사람이라고 느끼나요?

☐ 남들보다 자신이 훨씬 잘났다고 생각하나요?

☐ 잠이 줄어도 에너지가 넘치며 피곤하지 않나요?

☐ 흥분을 잘하고 신체활동이 증가했나요?

☐ 쉽게 화를 내는 편인가요?

☐ 일을 할 때 뒷일을 생각하지 않나요?

☐ 성욕이 증가했나요?

☐ 업무 성과나 학업 성적이 떨어졌나요?

☐ 인간관계에 어려움을 느끼나요?

☐ 공격성이 강하고 사람들과 자주 싸우나요?

....

위의 14개 항목 중에서 3개 이상에 '네'라고 대답했다면 가벼운
조증에 해당된다. 5개 이상에 '네'라고 대답했다면 심각한 조증
에 해당되니 전문가와의 상담이 필요하다.
그렇다면 우울증과 정반대의 증상을 보이는 조증에 대해 자세
히 알아보자.

쉽게 흥분하고 화를 내나요?

MANIA

증상

현대 사회는 이웃과의 왕래는 이미 뜸해진 지 오래고 가끔 마주쳐도 목례만 가볍게 하고 지나갈 뿐이다. 나 역시 이웃과는 소원한 관계를 유지하며 산다. 그런데 어느 날, 문밖을 나섰다가 옆집 소년을 만났는데 내게 너무나 반갑게 인사하는 게 아닌가?

"누나, 오랜만이에요. 오늘 예쁘게 꾸미고 어디 가세요?"

평범한 대화지만 나와 옆집 소년은 거의 모르는 사이나 마찬가지였다. 오고 가며 얼굴은 눈에 익었을 뿐, 그때까지 말 한 마디 나눠본 적이 없었다. 당시 난 오랫동안 연락이 끊겼던 친구가 갑자기 전화해 친한 척할 때는 결혼을 하거나 급전이 필요하거나 물건을 팔아먹기 위한 목적밖에 없다고 생각했다. 옆집 소년이 내게 반갑게 인사한 이유도 셋 중에 하나의 목적을 위해서라고 여겼다. 난 빠르게 인사를 받으며 도망치듯이 자리를 피했다. "그래, 너도 오늘 정말 멋있구나! 지금은 바쁘니 다음에 다시 얘기하자."

소년은 내 반응에 전혀 신경 쓰지 않고 따라오며 계속 말했다. "저도 제가 멋진 거 알아요. 이래봬도 제가 우리 학교에서 백 년에 한 명 나올까 말까 한 화학 천재랍니다. 화학 선생님도 언젠가는 절 인정하게 될 거예요. 설명할 순 없지만 전 다 알아요. 저는 화학으로 큰돈을 벌 거예요 세상을 바꿀 수도 있죠! 세상이란 말이 나와서 그런데, 전 세상에서 아이스크림이 제일 맛있어요. 누나도 아이스크림 좋아하세요? 정말 달콤하죠. 하지만 아무리 그래도 루웨이(陸薇)보다 달콤하진 않아요. 걔는 3반이고 저는 5반이라서……."

엘리베이터를 기다리며 내가 입을 열었다. "난 이제 가봐야 해. 다음에 다시 얘기하자." 내 말을 들은 소년은 갑자기 화가 난듯 주먹을 휘두르며 나와 같이 엘리베이터에 탔다. 나는 좁은 엘리베이터에서 긴장한 채 소년을 타이르며 진정시켰다. 그때서야 난 그 소년이 경미한 조증 환자라는 사실을 눈치챘다.

조증은 우울증처럼 알려진 병은 아니지만 조증과 울증을 합쳐 '조울증'이라는 말로 사용하고 있다. 조울증은 조증과 우울증이 번갈아가면서 나타나는 정신장애다. 다음으로 조증에 대해 자세히 알아보자.

조증은 갑자기 발작하며 극도로 흥분하는 특징을 가진다. 조증 환자들의 생각은 어디로 튈지 모르며 말하길 좋아하고 말의 속도가 아주 빠르다. 반면에 주의력이 떨어져서 자주 화제가 바뀐다. 그들은 스스로 지나치게 과대평가하고 자신의 능력과 지위를 자주 과장한다. 사람들과 어울리길 좋아하여 누구와도 스스럼없이 대화하고 무슨 일이든 끼어들려고 한다. 에너지가 넘쳐서 잠을 적게 자도 피곤하지 않다.

조증 환자는 겉으로는 심각해 보이지 않고 지나치게 흥분한 사람처럼 느껴진다. 그들은 두뇌회전이 빠르고 영리하며 언제나 적극적으로 행동한다. 그리고 쉬지 않고 말을 하여 종종 이런 소리를 듣기도 한다.

"이게 왜 병이에요? 그냥 행복해 보이는데요?"

조증 환자를 보고 정말로 그렇게 생각한다면 큰 착각이다. 위에 나열한 증상들은 모두 전형적인 조증 증상이다. 앞에 얘기한 옆집 소년도 말하는데 논리적이지 않고 정신이 없다. 조증 환자들은 겉으로는 영리하고 말도 잘하는 것처럼 보이지만 흥분을 잘하고 말에도 두서가 없다. 그리고 간헐적으로 동작을 반복하는데 이것은 시간이 지날수록 심해진다. 환자의 생각은 점점 혼란스러워지고 감정 통제가 안 된다.

조증 환자의 또 다른 특징은 쉽게 화를 낸다는 점이다. 조증이 발병하면 환자는 극도로 초조해하며 충동적이고 폭력적인 생동을 서슴지 않는다. 심한 경우, 이성을 잃고 주폭, 마약 중독, 문란한 성행위, 폭행, 공공기물 파손 등을 저지르기도 한다. 이처럼 조증은 사람의 인격을 완전히 바꾸어 놓으며 사회적으로도 부정적인 영향을 미친다.

조증이 발병하는 원인은 다양한데, 일반적으로 가족력의 영향이 크다. 하지만 이것이 절대적인 원인은 아니다. 실업, 실연, 이혼 등 외부의 자극도 조증을 일으킬 수 있다. 알고 보니 옆집 소년의 조증은 외부의 자극으로 시작되었다. 친한 친구가 수차례 자살 시도하는 걸 지켜보며 충격을 받은 소년은 친구가 전학을 가면서 소식이 끊기자 심각한 조증으로 발전했다.

건방진 조증 환자들

MANIA
사례

역사적으로 조증을 앓았던 환자는 많은데, 유명한 화가 빈센트 반 고흐(Vincent van Gogh)도 그중 하나였다. 그는 폴 고갱(Paul Gauguin)과 사이가 나빠진 뒤부터 조증 증세를 보였다. 어느 날, 조증이 발작해 광기에 휩싸인 그는 귀를 잘라 피가 뚝뚝 흐르는 채로 편지봉투에 넣어 매춘부 시엔(sien)에게 선물했다. 연애편지인 줄 알고 봉투를 열 시엔은 충격적인 장면을 보고 공포에 휩싸였다. 그 후로 고흐의 화풍은 급격하게 변하기 시작했다.

나는 저꺼(哲哥)라는 남자가 바이어의 목을 조르며 욕을 하던 장면이 떠올랐다. 당시 그를 끌어내려고 경찰이 4명이나 동원됐었다. 죽다 살아난 바이어는 진정제를 먹고 나서야 정신을 차렸다. 저꺼는 원래 예의 바르고 내성적인 성격이었다. 그는 명문대를 졸업한 수재로 비상한 머리와 다양한 재주를 가지고 있었다. 여직원들이 짓궂은 농담을 던져도 그는 화를 내지 않고 다 받아주었다. 불교 신자였던 그는 남에게 양보하고 베푸는 것을 좌우명으로 삼았으며 사람들과의 충돌을 피했다. 단, 회의 시간에 의견을 주장할 때는 적극적이고 당당하게 나섰다. 자기 전문 분야에서만큼은 실력을 남김없이 발휘했다. 그는 회사에서 유능한 인재였고 누구나 그를 좋아했다. 그러나 그때 그날 이후 모든 것이 달라졌다.

평소 내성적인 저꺼는 갑자기 말이 많아졌다. 2분 안에 그날 아침 메뉴와 그리스 신화, 커피포트를 산 이야기, 암퇘지의 산후조리에 관한 이야기를 모두 할 수도 있었다. 하지만 두서없는 그의 이야기를 따라갈 수 있는 사람은 별로 없었다. 그렇다고 그의 말에 이의라도 제기하면 저꺼는 정색하며 '이 정도 말도 못 알아듣는 모자란 사람들 같으니라고!'라는 표정으로 상대방을 무시해 버린다. 그는 모든 언쟁에서 반드시 이겨야 직성이 풀렸다. 화제가 뭐든 관계없이 마지막엔 언제나 이런 악담을 퍼부었다.

"내 말이 틀릴 리가 없어! 이 멍청한 녀석들아!"

매번 그런 식이니 동료들은 그와 함께 회의를 하는 게 고역이었다. 그는 늘 사장과 대립했다.

"제 말이 확실합니다. 그 머리로는 이해가 안 되겠죠."

"말 좀 가려서 하게. 좋은 말로 해도 되거늘. 사장이 말하는데

지나치게 행복한 당신 – 조증

입 좀 다물지 그래!"

저꺼의 조증 증상은 회사에서뿐만 아니라 상점에서 물건을 살 때도 어김없이 나타났다. 그는 갑자기 가게로 들어가 장부를 꺼내 문제점을 일일이 지적하며 직원을 붙잡고 2시간이 넘도록 일장 연설을 했다. 그가 말하는데 끼어들거나 질문을 했다가는 또다시 긴 연설을 들어야 했다.

저꺼를 가장 유명하게 만든 사건은 회사를 찾아온 바이어를 공격한 일이다. 그때 저꺼는 바이어와 업무 이야기를 하던 중 평소처럼 일장연설을 늘어놓았다. 바이어는 저꺼의 의견을 받아들일 수 없으며 그의 말에 반대한다고 얘기했다. 그 말을 들은 저꺼는 불같이 화를 내며 바이어에게 달려들어 목을 졸랐다. 4명의 경찰이 출동한 뒤에야 그를 말릴 수 있었다. 죽다 살아난 바이어를 보며 저꺼는 여전히 분이 안 풀린다는 듯이 씩씩거렸다. 폭력적인 저꺼의 모습에 주변의 모든 사람이 깜짝 놀랐다. 그는 병원에서 경미한 조증 진단을 받고 치료를 시작했다.

저꺼의 치료를 돕는 과정에서 나는 샤오둥(小東)을 알게 되었다. 샤오둥은 중학교 3학년의 아주 잘생긴 남학생이지만, 안타깝게도 심각한 조증을 앓고 있었다.

샤오둥은 얼마 전 이혼한 부모로 인해 큰 충격을 받았다. 그는 자주 폭력적 성향을 드러냈고 화를 참지 못했다. 샤오둥은 고등학교 진학 시험을 몇 달 앞둔 상태에서 나날이 증가하는 심리적인 압박을 견디지 못했다. 아버지 집과 어머니 집을 왔다 갔다 하며 툭하면 화를 내고 트집을 잡았다.

평소에 샤오둥은 언변이 뛰어나 선생님을 가르치려 할 정도였다. 그는 비난의 말을 들어도 아랑곳하지 않았다. "천재는 이해받을 수 있는 인물이 아니야." 그는 친구들과 말싸움으로 한 번도 져 본 적이 없다. 그런데 정작 시험 날만 되면 고열이 올라 시험을 치르지 못했다.

졸업 조증과 이혼 조증

MANIA

현상

졸업 조증은 대학을 졸업한 사람들이 지나친 근심과 불안으로 향락주의에 빠져드는 증상을 가리킨다. 이들은 개성을 추구하고 사람들과 잘 어울리지 못하며 부정적인 사고를 한다. 졸업 조증 환자는 위기 대처 능력이 현저히 떨어져서 조금만 힘들어도 바로 포기해 버린다.

Q는 전형적인 졸업 조증 환자다. 그는 대학을 졸업하고 2년 동안 대여섯 번이나 이직을 했다. 회사를 옮길 때마다 이전보다 발전하기를 바랐지만 결과적으로 상황은 별반 달라지지 않았다. 그는 얼굴에 '가까이 오지 마시오.'라고 써 놓기라도 한 듯 사람들을

멀리했고, 동료들과 잘 어울리지 못하니 자연히 소외감을 느꼈다. 상사와 대화를 할 때마다 Q는 그가 자신을 싫어한다는 착각에 빠져 말을 귀담아 듣지 않고 거만하게 굴었다. 그러니 심리적 부담만 나날이 증가할 뿐 사람들과의 관계는 전혀 나아지지 않았다. Q는 남들에게 비웃음을 사거나 잘릴 게 두려워 자신이 먼저 회사를 떠나곤 했다.

대학을 막 졸업한 사회 초년생들은 의욕만 앞설 뿐, 상당히 불안하고 초조한 상태다. 적응 능력이 부족한 졸업생들은 앞날에 대한 기대는 높은 반면, 업무, 소통, 단체 활동, 갈등 해결을 위한 구체적인 방법은 모른다. 그들은 문제가 생기면 어찌해야 할지 몰라 당황한다. 그렇게 소심해진 그들은 고뇌, 분노, 회피를 거쳐 결국엔 졸업 조증으로 발전하게 된다.

졸업 조증과 유사한 증상으로 이혼 조증이 있다. 최근 이혼율이 급증하면서 이혼 후에 이혼 조증 증상을 보이는 사람들도 크게 늘어났다.

E는 전형적인 이혼 조증 환자다. 그녀는 3년간의 연애 끝에 남편과 결혼하고 5년을 함께 살았지만 남편의 외도로 이혼을 결심했다. 남편은 울며불며 매달렸지만 E는 도저히 그를 용서할 수 없었다.

"앞으로 남편이랑 한집에서 살 자신이 없어요. 남편만 생각하면 너무 괴로워요. 이러느니 각자 사는 게 낫죠."

그녀는 이혼이 지혜로운 선택이었다고 생각했지만 시간이 지날수록 이혼 조증 증세로 괴로워했다.

한번은 집 안에 틀어박혀 온종일 대성통곡을 했다. 결혼 생활을 할 때마다 흐르는 눈물을 멈출 수 없었다. 그녀의 눈물은 휴식기를 거쳐 한 달이나 지속되었다.

E는 평소에 화를 잘 내고 의심이 많아졌다. 무슨 일이든 예민하게 받아들였고 심지어 여동생이 연애를 하지 못하게 훼방을 놓기도 했다. 그녀는 주변의 모든 것을 의심하고 세상의 모든 사랑을 믿지 못하는 사람이 되었다.

감정을 통제하라

• 치료 •

조증 환자는 감정의 기복이 높아서 기분이 비정상적으로 고양됐다가, 사소한 일에 크게 분노하거나 성욕이 지나치게 높아지기도 한다. 조증 환자는 스스로 감정을 통제하지 못한다. 감정의 변화가 나타나면 순식간에 감정의 노예가 되곤 한다. 조증 환자는 과장해 말하길 좋아하고 이 얘기에서 저 얘기로 화제도 빠르게 바꾼다.

조증 환자에게 가장 중요한 일은 감정을 통제하는 방법을 배우는 것이다. 그러기 위해서 조증 환자는 자신의 성격을 먼저 분석해야 한다. '나는 쉽게 흥분하는 편인가?', '나는 마음속으로 시시콜콜 따지는 성격인가?', '나는 남들에게 이기길 좋아하는 사람인가?', '나는 감정을 통제하지 못하는 편인가?' 이러한 질문에 '네'라고 대답했다면 스스로 조증 환자임을 인정하고 병을 치료하기 위해 노력해야 한다. 매사에 긍정적인 태도로 임하고, 무슨 일이 생겨도 쉽게 흥분하거나 충동적으로 행동하지 말고 생각할 시간을 갖는다. 조증 환자는 행동하기 전에 여러 번 생각하는 자세가 필요하다. 충동적인 성격이라도 무슨 일이 생기면 마음을 차분히 가라앉히고 이성적으로 생각해야 한다. 시간이 된다면 계획표를 작성하여 순서에 따라 행동해야 일을 망치지 않고 처리할 수 있다.

그 밖에도, 조증 환자는 집중력을 향상하는 방법을 배워야 한다. 그들은 늘 주의가 산만하고 대화를 할 때 두서가 없다. 이것은 집중력이 약하고 논리적인 사고를 하지 못하기 때문이다. 조증이 발작하여 기분이 비정상적으로 고양되면 최대한 편안한 환경에 있는 것이 좋다. 스스로 통제가 안 되면 가족이나 친구들의 도움을 요청할 수도 있다. 편안한 환경에서는 외부의 자극을 차단할 수 있어서 감정이 쉽게 바뀌지 않는다. 이때는 사람들과의 교류를 최대한 피하고 드라마, 영화, 만화, 뉴스 등을 보지 않도록 한다. 마음이 안정되면 명상을 통해 더 깊은 안정을 느낄 수 있다. 명상을 할 때는 긴장을 풀고 가장 편한 자세를 취한다. 명상을 오래 하면 환자의 마음과 기분이 서서히 안정될 것이다.

마지막으로, 조증 환자는 스트레스를 해소할 수 있어야 한다. 심리적인 압박을 견디지 못해 감정에 굴복해서는 안 된다. 달리기, 농구, 테니스, 수영, 등산, 복싱 등 자신에게 맞는 스트레스 해소법을 찾아야 한다.

조증을 치료하기 위한
4가지 방법
· 생존법칙 ·

1. 도미노 효과(Domino effect)

도미노 효과란 하나의 사건이 그와 비슷한 사건들의 연쇄작용
을 불러오는 효과를 일컫는다.

조증 환자는 아주 사소한 변화만으로도 연쇄 반응을 일으켜 엄
청난 변화를 야기한다. 이것은 내재적이거나 외재적인 변화일
수도 있고, 부정적이거나 긍정적인 변화일 수도 있다. 조증 환
자가 극도로 긴장하거나 분노했을 때 도미노 효과가 나타난다.
이때 환자는 일련의 부정적인 감정이 폭발하며, 주변 환경과 인
간관계에 부정적인 영향을 미친다. 환자 스스로 감정을 통제하
고 흥분을 가라앉힐 수 있다면, 긍정적인 연쇄 반응이 일어나
주변 환경과 인간관계에 긍정적인 영향을 미칠 것이다.

2. 헤라클레스 효과(Heracles effect)

고대 그리스 영웅 헤라클레스는 힘이 아주 셌다. 어느 날, 골목을 지나던 헤라클레스는 사과가 가득 든 자루를 보았다. 그는 울룩불룩해진 자루가 마음에 안 들어 자루를 세게 밟아 튀어나온 사과를 정리하려고 했다. 하지만 자루는 작아지지 않고 오히려 더 부풀어 올랐다. 깜짝 놀란 헤라클레스는 크게 화를 내며 다시 자루를 밟았는데 자루는 점점 부풀어 오를 뿐 전혀 줄어들지 않았다. 머리끝까지 화가 난 헤라클레스는 몽둥이로 자루를 마구 때렸는데 자루는 서서히 팽창하더니 급기야 골목을 막아버렸다. 그때 골목에 갇힌 헤라클레스 앞에 한 현인이 나타났다.

"이것은 '증오의 자루'라네. 자네가 자루에 신경을 쓰지 않으면 원래의 크기로 돌아갈 걸세. 하지만 계속 자루를 못 살게 굴면 자루도 끝까지 자네를 괴롭힐 거네."

헤라클레스 효과란 증오심을 가지고 타인을 공격하면 상대방도 증오심을 가지고 복수를 하는 현상을 말한다. 서로 양보하지 않으면 증오심은 점점 커지고, 수단도 더 악랄해져서 결국엔 두 사람 모두 큰 피해를 입게 된다. 조증 환자는 이 점에 특히 유의해야 한다. 조증 환자는 쉽게 흥분하고 화를 내기 때문에 사소한 일도 크게 발전할 수 있다. 영문을 모르는 상대방이 같이 화를 내면 서로의 분노와 증오가 뒤섞여 더 큰 갈등으로 번지기 때문이다.

조증 환자는 항상 에너지가 넘치기 때문에 운동을 통해 에너지를 해소한다. 무슨 일이 생겨도 최대한 긍정적으로 생각하고 지나치게 상대를 의심하지 말아야겠다. 행동하기 전에 여러 번 생각하고 사람들과의 마찰을 줄여야 한다.

3. 기분 일치 효과

기분 일치 효과(Mood congruence effect)란 사람이 느끼는 기분에 따라 나에 대한 타인의 평가도 달라지는 현상을 의미한다. 기분이 안 좋거나 어울리기 싫은 기분으로 사람을 만나면, 헤어지고 난 뒤에 상대방도 나를 차갑고 소극적이며 사회성이 떨어지는 사람이라고 평가한다. 만약에 지나치게 흥분된 상태로 사람을 만났다면, 상대방은 나를 말이 많고 타인을 배려하지 않는 사람이라고 평가할 가능성이 크다.

기분은 전염되는 특성이 있어서 한 사람의 기분이 안 좋으면 상대방의 기분도 덩달아 나빠져 서로에게 부정적인 인상을 심어주게 된다. 조증 환자가 흥분하거나 화를 내고 충동적인 기분을 느꼈다면 상대방에게 부정적인 영향을 미칠 수 있다. 그러니 조증 환자는 부정적인 기분이 들지 않도록 최대한 노력해야 한다.

4. 태도 효과

과학자들은 사방이 거울로 된 방에 고릴라를 집어넣고 흥미로운 실험을 했다. 처음에는 성격이 온순한 고릴라를 방에 들여보냈는데, 들어가자마자 '친구들'을 보고 즐거워하며 인사를 했다. 그랬더니 거울 속 '친구들'도 그에게 인사를 건넸다. 거울 방에서 3일을 보낸 고릴라는 아쉬워하며 방을 떠났다. 두 번째는 성격이 난폭한 고릴라를 거울 방에 들여보냈다. 방에 들어가지마자 '적들'을 보고 흥분한 그는 상대를 죽일 듯이 공격했다. 3일 뒤 고릴라는 거울 방에서 죽은 채로 발견되었다.

위의 이야기와 같이 우리에게도 주변 사람은 거울과 마찬가지다. 우리가 웃으면 상대방도 똑같이 웃고, 우리가 공격하면 상대방도 똑같이 공격한다. 이것이 바로 태도 효과다.
조증 환자는 타인에게 화를 내면 상대방도 똑같이 화를 낼 수있다는 사실을 명심해야 한다. 그러면 긴장과 불안감이 증가하고 더 안 좋은 결과를 초래한다. 조증 환자는 낙관적인 태도로 마음을 편안하게 갖고 웃으며 사람들을 대해야 한다. 평소에 즐거운 분위기를 유지하려고 노력한다면 머지않아 조증도 극복하게 될 것이다.

CASE 07

성   적
취 향 에
관   한
은 밀 한
속 사 정

성도착증 상

당신은 페티시즘(Fetishism) 환자인가요?

• 자가진단 테스트 •

조용한 장소에 앉아 최근 3개월간의 기억을 바탕으로
다음 질문에 솔직하게 대답해 보세요.

☐ 이성이 사용했던 물건을 수집하나요?

☐ 생명이 없는 물건을 보면 흥분되나요?

☐ 당신을 성적으로 흥분시키는 특정한 물건이 있으며, 오르가
　 즘을 느끼기 위해 필요한 물건이 있나요?

☐ 물건이나 자위를 통해 자주 오르가즘을 느끼나요?

☐ 이성이 착용했던 물건을 몰래 가져온 적이 있나요?

위의 5개 항목 중에서 1개 이상에 '네'라고 대답했다면 가벼운
페티시즘에 해당된다. 3개 이상에 '네'라고 대답했다면 심각한
페티시즘에 해당되니 전문가와의 상담이 필요하다.
페티시즘은 전형적인 성도착증 중 하나다. 이번 장에서는 페티
시즘에 대해 자세히 살펴보자.

노출증, 관음증, 마찰성욕도착증, 페티시즘

SEXUAL PERVERSION
증상

어느 날 아침, 친한 동료 C가 씩씩거리며 출근했다.

"오는 길에 변태를 만났지 뭐야? 회사 옆 지하도로를 건너는데 나이 든 아저씨가 다가오더니 갑자기 바지를 내리잖아! 깜짝 놀라서 바로 도망쳤어."

C는 2시간 가까이 변태 욕을 했다. 하지만 변태는 C가 마음에 들었던 지 이틀 만에 다시 나타나 바지를 내렸다. 두 번째로 험할 꼴을 당한 C는 조금은 덤덤해졌는지 냉소를 짓고는 가던 길을 계속 갔다. 하지만 변태는 여전히 바지를 내린 채 조금도 움직이지 않았다.

도대체 누가 벌건 대낮에 공공장소에서 보란 듯이 바지를 내

릴까? 바로 성도착증 환자다. 성도착증은 성적(性的) 행동에서의 이상 심리장애로, 성적 취향이 일반인과 확연히 달라 자기 자신은 물론이고 타인에게도 큰 피해를 입힌다. 다음으로 성도착증의 일종인 노출증(Exhibitionism), 관음증(Voyeurism), 마찰성욕도착증(Frotteurism), 페티시즘에 대해 알아보자.

위의 이야기에 나온 변태는 노출증 환자다. 노출증은 '음부 노출증'이라고도 하는데, 글자 그대로 자신의 성기를 드러내고 싶어 하는 충동을 반복적으로 보이는 질환이다. 노출증 환자는 공공장소에서 낯선 이성에게 생식기를 보여준 뒤, 상대방이 놀라고 소리 지르며 도망치는 모습을 보며 성적 쾌감을 느낀다. 그들은 상대방의 반응을 보며 자위를 한다. 하지만 상대방에게 그 이상의 적극적인 행위는 하지 않는다. 노출증은 주로 남성에게 나타나며, 이들은 낯선 젊은 여성에게 자신의 성기를 보여주는 행위를 즐긴다. 일부 여성 중에도 자신의 유방이나 전신을 보여주며 성적 쾌감을 느끼는 사람이 있다.

관음증은 노출증과 상반되는 성도착증이다. 관음증 환자는 타인의 성 생활이나 성과 연관된 행위를 몰래 지켜보며 성적 흥분을 느낀다. 일반적으로 이들은 타인을 훔쳐보며 그 자리에서 자위를 하는데, 일부는 그 장면을 잘 기억해 뒀다가 원하는 순간에 끄집어내어 자위를 한다. 훔쳐보는 대상에게 그 이상의 적극적인 행위는 하지 않는다. 관음증 환자는 주로 남자가 많다. 그들은 여성 탈의실을 훔쳐보거나 여자 화장실이나 목욕탕에 몰래 카메라를 설치하며, 지인을 몰래 지켜보기도 한다. 관음증은 환자의 정신과 일상을 파괴할 뿐만 아니라 훔쳐보는 대상의 사생활을 침해하는 심각한 범죄 행위다.

마찰성욕도착증은 바쁜 출퇴근 시간에 지하철을 비롯한 대중교통과 주말에 붐비는 관광지, 바겐세일을 하는 백화점 등에서 혼잡한 상황을 이용해 고의로 이성의 신체와 부딪치거나 자신의 성기를 부비며 성적 쾌감을 느끼는 증상이다. 마찰성욕도착증 환자는 이성의 신체와 마찰하며 자위를 하거나 사정을 한다.

마지막으로 비교적 흔한 성도착증인 페티시즘에 대한 이야기다. 페티시즘 환자는 대부분 남성이며, 이들은 주로 이성의 '물건'에 집착한다. 이들은 생명이 없는 이성의 '물건'을 보며 성적 쾌감을 느낀다. 심한 경우, 이성의 '물건' 없이는 성적 쾌감을 느끼지 못하는 사람도 있다. 스타킹에 집착하는 환자는 스타킹을 입지 않은 여자에게는 전혀 관심을 보이지 않다가, 스타킹을 착용하는 순간 흥분을 주체하지 못한다. 페티시즘의 대상은 신발이나 스타킹, 속옷 등 여성이 사용했거나 여성의 신체에 닿았던 물건이 대부분이다. 또한 머리카락, 손, 다리, 발 등 여성의 신체 일부가 되기도 한다. 그 밖에도 안경, 인형, 종이컵 등 다양한 물건이 될 수도 있다.

성적 취향에 관한 은밀한 속사정 – 성도착증 상

성도착증 환자였던
모차르트와 루소

SEXUAL PERVERSION
사례

역사적으로도 성도착증 환자는 쉽게 찾아볼 수 있다. 역사적으로 위대한 인물로 손꼽히는 볼프강 아마데우스 모차르트(Wolfgang Amadeus Mozart)와 장 자크 루소(Jean Jacques Rousseau)도 예외가 아니다.

천재 작곡가로 추앙받는 모차르트는 3살 때 한 번 들은 노래를 정확하게 피아노로 연주했고, 4살 때 작곡을 시작했으며, 5살 때 이미 모든 악기의 소리를 구별해냈다. 그리고 6살 때는 아버지를 따라 유럽 곳곳을 여행하며 공연을 했다. 35살에 요절할 때까지 총 754개의 작품을 창작했는데, 622개는 완성하고 132개는 미완성으로 남았다. 미완성곡에는 오페라 22개, 교향악 41개, 협주곡 42개, 진혼곡 1개 및 실내악, 종교악, 가곡 등이 포함된다. 모차르트의 작품은 우아하면서 섬세하고 경쾌하면서 거침없는 선율로 영혼을 울린다. 이렇게 세계적으로 길이 남을 음악을 만든 천재 작곡가 모차르트에게도 알려지지 않은 비밀이 있었는데 바로 그가 더러운 오물에 성적 흥분을 느끼는 불결애증(Mysophilia) 환자였다는 사실이다.

천부인권설을 주장한 세계적인 사상가 루소도 성도착증 환자였다. 교육개혁과 사유제 폐지를 외치던 루소는 어떻게 성도착증 환자가 되었을까?

태어날 때부터 천재 소리를 듣던 모차르트와 달리 루소는 대기만성형 인재였다. 그는 37살에 〈학문 예술론(Discours sur les sciences et les arts)〉이라는 논문을 통해 이름을 알리기 시작했다. 그 뒤로 『에밀』, 『사회계약론』, 『고백록』 등의 작품을 남겨 후세에 깊은 영향을 미쳤으며 루소의 사상은 계몽 운동과 프랑스 대혁명의 시발점이 되었다. 그 외에도, 그는 음악적으로도 큰 업적을 쌓았다.

루소의 어린 시절은 불우했다. 그가 태어나자마자 열흘 만에 어머니가 세상을 떠났고, 아버지와도 10살 때 이별했다. 유년기에는 교사에게 채찍질을 당하며 자랐고 그 뒤에도 도시를 떠돌며 어렵게 생활했다. 그런 세월을 견디는 과정에서 루소에게 성도착증 증세가 나타나기 시작했다. 그는 노출증 환자였다. 루소는 어두운 골목에서 낯선 여자가 지나가길 기다렸다가 갑자기 바지를 내리고 엉덩이를 보여주며 성적 흥분을 느꼈다. 그는 잘못된 행동을 한다는 사실을 알았지만 이상 행동을 멈출 수 없었다. 심지어 자신의 엉덩이를 채찍질해줄 여성이 나타나기를 기다리는 피학대 성욕 도착증(Masochism) 증세도 보였다.

이러한 예는 지금도 셀 수 없이 많다.

한 청년은 중년 남성의 냄새 나는 양말을 좋아했다. 양말은 반드시 흰색이어야 하고 상대방의 외모가 말끔할수록, 양말 냄새가 고약할수록 더 좋아했다. 이 청년은 전형적인 동성애 성향의 페티시즘 환자다. 페티시즘을 이야기하기 위해서 Q에 대한 얘기부터 해보겠다.

내가 처음 Q를 본 것은 누군가에게 흠씬 두들겨 맞고 의기소침한 얼굴로 구석에 웅크려 앉은 모습이었다. Q는 흥분한 상태로 '전리품'을 챙겨 나가려는 순간 사방에서 튀어나온 여자들에게 둘러싸였다고 했다. 젖 먹던 힘까지 다해 도망쳤는데 여자들의 남자 친구 몇 명이 그를 쫓아와 매운맛을 보여주었다. 결과는 참혹했다. Q가 두들겨 맞은 이유는 그가 여자들의 속옷을 훔쳤기 때문이다. 그는 페티시즘 환자였다.

"처음 여자 속옷에 관심을 가진 게 초등학교 1학년 때였어요."

Q는 이마를 문지르다 말고 고개를 푹 숙인 채 두 손을 만지작거렸다. 얼마 후, 안정을 찾은 그는 계속 말을 이었다. "초등학교 1학년 때 학교를 마치고 집으로 갔는데 마침 사촌 누나가 방에서 옷을 갈아입고 있었어요. 전 모르고 방문을 열었는데, 속옷만 걸친 사촌 누나가 아무렇지도 않게 저를 보며 웃더라고요."

  Q는 그때 생각이 났는지 자기도 모르게 한번 웃고는 다시 말했다. "그때는 저도 아무 느낌도 없었고, 바로 방을 나갔죠. 그런데 그날 밤, 잠을 자려고 누웠는데 눈앞에 속옷만 걸친 사촌 누나의 모습이 아른거려 잠을 잘 수 없었어요. 저는 너무 당황스러웠어요. 당시 저희 부모님은 상당히 보수적이어서 제게 제대로 된 성교육을 해주지 않았어요. 그저 성은 더러운 것이라고만 알려줬죠. 그날 밤, 저는 제가 더러워졌다는 생각을 하면서 알 수 없는 흥분을 느꼈어요. 그때부터 속옷을 입은 사촌 누나의 모습이 머릿속에서 지워지지 않았어요. 저는 속옷에 집착하기 시작했죠. 어머니가 화장실에 속옷을 널어놓으면 온갖 핑계를 대며 화장실을 들락날락거렸어요. 사촌 누나의 집도 뻔질나게 갔죠. 그러던 어느 날엔 사촌 누나의 속옷을 훔쳐 왔는데 너무 흥분한 나머지 눈물까지 흘렸어요. 저는 아주 오랫동안 그 '전리품'을 보관했어요. 고등학교에 올라가서는 학업에 집중하려고 노력했어요. 하지만 종종 어머니의 속옷을 훔치곤 했죠. 대학에 들어가자마자 여자 친구를 사귀었어요. 3년 연애에 동거도 1년이나 했는데 대학을 졸업하곤 바로 헤어졌어요."

그는 괴상하게 웃으며 옷매무새를 가다듬었다. "전 순식간에 무너졌어요. 여자 친구와 함께했던 아름다운 추억에서 헤어나오지 못했죠. 그녀가 입었던 속옷을 생각하며 자위를 하기 시작했는데, 계속하다 보니 습관이 됐어요. 인터넷에서 그녀가 입었던 것과 똑같은 속옷을 구매하고, 심지어 그녀에게 직접 연락해 속옷을 달라고까지 했어요. 물론 그녀는 주지 않았죠. 저는 그녀보다 그녀가 입었던 속옷이 미치도록 그리웠어요. 한번은 새로 만난 여자 친구와 방을 잡았어요. 여자 친구가 샤워하러 간 사이에 그녀의 속옷을 보며 자위를 했죠. 결국엔 그녀의 속옷을 몰래 훔치려다 걸려서 헤어졌어요. 그때부터 여자들의 속옷을 훔치기 시작했어요. 일단 시작하고 나니 멈출 수 없었어요. 매번 위험을 무릅쓰고 속옷을 훔쳐야 했죠. 성공하면 엄청난 희열을 느껴요. 위험할수록 성적 흥분이 커지니 사태가 걷잡을 수 없게 돌아갔죠. 마음에 드는 여자를 만나면 그녀가 어디에 사는지부터 알아내 속옷을 훔치러 갔어요. 이 속옷들만 있으면 여자 친구도 필요 없어요."

성추행과 속옷 절도는
심각한 범죄

SEXUAL PERVERSION
현상

여자의 가슴이나 엉덩이를 만지는 '못된 손'은 엄연한 성
희롱이다. 대중교통이나 버스 정류장, 상점 등 공공장소에서 '못
된 손'을 보아도 특별히 이상하다고 생각하지 않는 사람들도 있
다. '못된 손'은 엘리베이터나 사무실에도 자주 나타난다. 엘리베
이터에서는 사람들이 꽉 차서 옴짝달싹 못할 때가 가장 위험하
다. 사무실에서는 권력을 쥔 상사 밑에서 일하는 부하직원들이
표적이 될 수 있다. 여자든 남자든 '못된 손'을 만나면 참지 말고
단호하게 경고해야 한다. 경고를 했는데도 계속 나쁜 짓을 한다
면 볼펜이나 컴퍼스, 열쇠, 옷핀 등 끝이 뾰족한 물건으로 손등을
찔러도 좋다. 아무것도 없다면 신고 있던 하이힐을 벗어서 때리

는 방법도 있다.

관음증에 관한 이야기도 매스컴을 통해 심심찮게 들려온다. 건물 꼭대기에 설치된 최첨단 망원경과 공공 화장실 도처에서 발견된 카메라를 발견했다는 뉴스를 볼 때마다 사람들은 경악을 금치 못한다. 뉴스를 보니, 한 남자는 빈 우유갑에 카메라를 숨겨 여자 화장실에 놓고는 몰래 여자들을 훔쳐봤다. 그러다 우연히 카메라를 본 여학생에 의해 범행이 드러났다.

대학 캠퍼스도 안전하지 않기는 마찬가지다. 그렇다면 관음증 환자로부터 자신을 지키기 위해서는 어떻게 해야 할까? 캠퍼스 내에 믿을 만한 안전요원을 배치하고 관련 보안 조치를 취하는 게 가장 시급하다. 여학생들도 경각심을 갖고 자기 방어 능력을 키우는 것이 중요하다.

여자들의 속옷을 훔치러 다니는 '속옷 도둑'도 조심해야 한다. 일본에서는 여자들 속옷만 훔치는 '속옷 도둑'이 붙잡혔는데 그때까지 훔친 속옷이 4,400벌에 이르렀다. 여성의 속옷은 페티시즘 환자들이 가장 좋아하는 물건이다. 속옷 외에도 그들이 성적 흥분을 느끼는 물건은 셀 수 없이 많다.

"저는 스타킹과 제복, 여자의 발을 좋아해요. 저도 페티시즘인가요?"

특정 물건을 좋아한다고 해서 무조건 페티시즘이라고 단정 지을 수는 없다. 이 경우에는 좀 더 구체적인 관찰이 필요하다. 일반

적으로 타인에게 피해를 주지 않고, 법에 저촉되지 않으면 큰 문
제는 없으며, 개인의 '취향'으로 볼 수 있다.

성적 취향에 관한 은밀한 속사정 - 성도착증 상

가정의 중요한 역할
• 치료 •

성도착증은 유아기서부터 조짐을 보이며 성인이 된 뒤 어떤 충격에 의해 발병한다. 따라서 어렸을 때 올바른 성교육을 받는 것이 무엇보다 중요하다.

남자아이는 3세 이후부터 성을 인식하기 시작한다. 그때부터 어머니는 아이와 목욕탕을 가지 않고, 아이 앞에서 옷을 갈아입지 않으며, 아이의 성기를 보며 농담을 하지도 않는다. 남자아이는 3~5세 때 어머니에 대한 의존에서 벗어나 아버지를 인정하고 모방하려고 한다. 따라서 아버지는 아들이 사춘기가 되면 올바른 성교육을 할 의무가 있다.

어릴 때 엄격한 여자 가정교사에게 교육을 받은 한 남자는 성인이 되어 가정교사처럼 엄격한 성격을 가진 여자와 사랑에 빠졌다. 하지만 시간이 지날수록 그는 가정교사의 상징인 안경만 보면 성적 흥분을 느끼는 페티시즘 증상을 보였다.

아버지는 아이의 성적 호기심을 제때에 해소하고 올바른 방향으로 이끌어야 한다. 사춘기 아이들은 반발심이 강하고 뭐든 숨기고 혼자 있기를 좋아한다. 아버지는 적절한 시기에 아이에게 성에 대한 올바른 지식을 알려주어야 한다. 그리고 성이란 숨겨야 하는 것이 아니라 자연스러운 행동이라는 사실을 이해시켜야 한다. 남성과 여성의 차이를 분명히 알려주고 성인이 되기전 어린 나이에 연애를 할 때 주의해야 할 사항들도 낱낱이 일러준다. 그럼에도 아이에게 페티시즘이나 마찰성욕도착증, 관음증 등의 증상이 나타나면 어떻게 해야 할까?
우선, 흥분해서 아이를 꾸짖거나 윽박질러서는 안 된다. 대화를 통해 아이의 상태를 파악하는 게 먼저다. 그리고 아이에게 올바른 성교육을 해주었는지 돌아보고, 병이 발병한 원인을 찾는다. 아버지는 아이와 마음을 터놓고 편안한 분위기에서 대화를 이끌어야 한다. 야단치려는 게 아니라 도움을 주려는 의도를 정확히 전달해야 한다. 세상에는 다양한 취향이 존재하며 타인에게 피해를 입히지 않는 한은 괜찮다고 타이른다. 반대로, 아이를 혼내며 아이의 행동이 비정상적이라고 단정지어 버리면 오히려 더 큰 압박을 받고 엇나갈 수 있다. 가정에서 문제를 해결할 능력이 안 된다면 병원에서 전문의의 상담을 받는 것이 좋다.
심각한 성도착증 환자라면 다음의 몇 가지 방법을 통해 문제를 해결할 수 있다.

1. 스스로 벌 주기

손목에 굵은 고무줄을 착용하고 여자들을 훔쳐보고 싶거나 만지고 싶은 충동이 일 때마다 손가락으로 고무줄을 잡아당긴다. 고무줄이 튕기면서 손목에 통증이 전해지면서 각성 효과를 불러일으킨다. 고무줄이 효과가 없다면 바늘이나 다른 물건으로 바꿔도 좋다. 단, 자기 몸에 상해를 입히지 않는 것이어야 한다.

2. 구토

머릿속에 나쁜 생각이 떠오를 때마다 적당량의 구토제를 먹고 토한다. 여러 번 반복하면 조건반사가 형성되어 나쁜 생각을 할 때마다 구토감이 느껴져 행동으로 발전하는 것을 막을 수 있다.

성도착증을 치료하기 위한 5가지 방법
• 생존법칙 •

1. 래칫 효과(Ratchet effect)

래칫 효과는 소득이 증가하면 소비도 증가하지만, 소득이 감소해도 소비는 여전히 줄어들지 않는 현상을 가리키는 경제학 이론이다.

거지가 하루아침에 벼락부자가 되면 금세 돈을 펑펑 쓰게 된다. 하지만 호화롭게 살던 백만장자가 거지 신세로 전락했다고 해서 갑자기 소비가 줄어들지 않는 것이 바로 래칫 효과다. 래칫 효과는 심리학에도 적용된다. 성도착증 환자의 증상이 심각해지는 것은 '소비 증가'에 해당한다.

성도착증 환자는 혼자 힘으로 병을 치료하지 못한다. 발병하면 환자는 너무나 고통스러워서 어쩔 수 없이 성도착 행위를 저지르기 때문이다. 따라서 가족이나 의사의 도움이 반드시 필요하며 병에 대해 말하는 것을 부끄러워할 필요는 없다.

2. 상벌 효과

상벌 효과는 말 그대로 보상과 징벌을 이용한 심리 이론이다. 대상이 긍정적인 행동을 할 때는 보상을 통해 칭찬하고, 부정적인 행동을 할 때는 징벌을 통해 경고한다.

성도착증 환자는 옳은 행위와 그렇지 않은 행위를 구분할 줄 알아야 하며, 어떤 행동을 할 때 보상 또는 징벌을 받는지 확실히 이해해야 한다. 마찰성욕도착증 환자는 혼잡한 공공장소에서 타인의 신체와 접촉함으로써 성적 흥분을 느끼므로 사람이 많은 곳을 피해야 한다. 연인과의 관계에서도 과한 스킨십은 자제한다. 사람들로 붐비는 장소에서 자제하지 못하고 타인의 신체와 접촉하면 징벌을 주고, 충동을 자제했다면 보상을 준다.

상벌 효과를 적용할 때는 보상과 징벌의 내용이 합당해야 한다. 성도착증 환자를 혐오하여 징벌로 성 기능을 없애버린다면 너무 지나치다.

3. 선악과 효과

선악과에 대해 말하려면 아담과 이브의 이야기부터 시작해야 한다. 옛날에 하느님은 아담과 이브를 창조하고, 그들에게 에덴동산의 모든 과일을 먹어도 좋지만 '선악과'만은 먹지 말라고 경고했다. 하지만 이브는 악마의 꾐에 넘어가 선악과를 몰래 따 먹었고 에덴동산에서 쫓겨난다. 사람들은 뭔가를 숨기려 할

수록 훔쳐보고 싶은 욕구가 커진다. 하지 말라고 하는 행동을 더 하고 싶어 하는 것도 마찬가지다. 심리학에서는 이것을 선악과 효과라고 한다. 호기심과 모험심, 역반응 심리도 여기에 포함된다.

선악과 효과는 성도착증 환자에게서 잘 드러난다. 이들이 처음 타인의 신체를 만지거나 훔쳐보려는 욕구도 호기심과 모험심에서 출발한다. 시간이 흘러 그러한 행동이 금지된 것이라는 사실을 알게 된다 해도 성도착증 환자들은 이미 자제력을 상실한 상태여서 쉽게 그만두지 못한다. 하지만 선악과 효과는 성도착증 환자들을 도울 수도 있다. 환자들이 호기심과 모험심, 역반응 심리를 다른 영역으로 옮길 수만 있다면 좋은 성과를 얻게 될 것이다.

4. 사슬 효과

유우석(劉禹錫)은 『누실명(陋室铭)』에서 "담소하는 선비만 있고 왕래하는 백정은 없구나."라고 했다. 뛰어난 학식과 경륜을 갖춘 선비와는 교류하지만 무식한 백정과는 만나지 않는다는 의미다.

사슬 효과는 사회 환경이 인간관계에 영향을 주는 현상을 의미한다. 사람은 하나의 '점'이고 점과 점은 서로 연결되어 하나의 사슬로 바뀐다. 이때 사슬을 이루는 '점'들은 서로에게 영향을 미친다. 이처럼 사람들도 타인과의 교류를 통해 영향을 주고받는다. 사회적인 조건이 좋은 사람과 교류하면 긍정적인 영향을 받아 함께 발전한다.

성도착증 환자는 소수집단에 속하므로 주로 비슷한 성향을 가진 사람들과 교류한다. 하지만 성도착증 환자들로 이루어진 사슬에서는 서로 부정적인 영향을 미쳐서 치료에 도움이 되지 않는다. 따라서 그 사슬에서 벗어나는 게 급선무다. 그들과의 관계를 끊고 관련된 인터넷, SNS, 채팅 등과도 멀리해야 한다.

5. 제로섬게임(Zero-sum game) 효과

제로섬게임은 승자의 득점과 패자의 실점의 합이 언제나 영(零)이 되는 게임이다. 경쟁하는 두 사람 중 승자에게만 유리한 게임이므로 협력의 여지가 전혀 없다. 축구 시합에서 한 팀이 공을 넣으면 다른 팀은 실점을 한 것이나 마찬가지다. 바둑을 둘 때도 한 사람이 이기면 다른 사람은 진 것이다. 이처럼 제로섬게임에서는 승자와 패자의 구분이 명확하다.

성도착증 환자도 제로섬게임을 하고 있는 것이나 같다. 그들이 타인에게 '나쁜 짓'을 저지르면 본인은 성적 쾌감을 얻지만 상대방은 불쾌감을 느껴야 하기 때문이다. 즉, 그들은 타인을 불행하게 만들어 행복을 느끼는 것이다. 따라서 성도착증 환자는 충동에 휩싸였을 때 상대방의 입장에서 생각해 보는 훈련을 해야 한다. 노출증 환자라면 누가 자신 앞에서 바지를 내리고 자위를 하는 모습을 상상하고 어떤 느낌인지 알아보는 것이다. 입장 바꿔 생각하기는 성도착증 환자가 스스로 행동을 교정하도록 돕는 아주 좋은 치료법이다.

CASE 08

참 을 수
없 는
성 적
욱 구

성도착증 하

당신은 소아성애증
환자인가요?
• 자가진단 테스트 •

조용한 장소에 앉아 최근 3개월간의 기억을 바탕으로
다음 질문에 솔직하게 대답해 보세요.

☐ 유아나 아동에게 성적인 흥분을 느끼나요?

☐ 유아나 아동에게 성적인 환상을 품고 있나요?

☐ 유아나 아동에게 성적인 충동을 느끼나요?

☐ 유아나 아동에게 성적인 행위를 했나요?

☐ 유아나 아동에게 성적인 환상을 품고 성적인 충동을 느꼈거
  나 성적인 행동을 하여 정신적인 압박을 느끼나요?

☐ 현재 16세 이상이며, 사랑하는 유아나 아동과 5세 이상 차이
  가 나나요?

위의 6개 항목 중에서 1개 이상에 '네'라고 대답했다면 가벼운
소아성애증에 해당된다. 3개 이상에 '네'라고 대답했다면 심각

한 소아성애증에 해당되니 전문가와의 상담이 필요하다.

성도착증의 일종인 소아성애증은 아이들에게 큰 상처를 주고 사회적으로도 심각한 부작용을 초래한다. 다음으로 소아성애증에 대해 자세히 살펴보자.

소아성애증과 성 학대

SEXUAL PERVERSION
증상

앞 장에서 얘기한 노출증, 관음증, 마찰성욕도착증, 페티시즘은 도덕적인 측면에서 받아들이기 힘든 질환으로 사회 치안에 부정적인 영향을 미친다. 하지만 이번 장에서 다룰 소아성애증은 범죄로 발전할 가능성이 높은 아주 위험한 질환이다.

오래전, 매스컴을 떠들썩하게 했던 '교장'이 있었다. H는 뉴스를 접하고 심각한 표정으로 내게 물었다.

"그 사람이 소아성애증이라던데, 나도 그런지 좀 봐줄래?"

나는 순간 어안이 벙벙해졌다. 그는 고통스런 얼굴로 말을 이었다.

"실은 나 애니메이션 롤리타(Lolita) 캐릭터가 너무 좋아. 타무라 유카리(古手梨花), 빅토리카(維多利加), 하나(Hana), 미우(Miu)처럼 귀여운 롤리타 캐릭터를 사랑해! 혹시 나도 소아성애증일까?"

나는 터져 나오는 웃음을 참지 못했다. H는 롤리타 콤플렉스(Lolita complex)가 소아성애증과 같은 말인 줄 알고 있었다. 나는 그를 안심시키기 위해서 소아성애증에 대해 자세히 알려줬다.

사람들이 흔히 말하는 롤리타 콤플렉스는 소아성애증과 전혀 다른 개념이다. 롤리타 콤플렉스는 영화나 애니메이션에 나오는 가상의 캐릭터를 좋아하는 것이지만, 소아성애증은 실제 아동에게 성적 환상을 품거나 성적 행동을 하는 것을 말한다.

일본 작가 히가시노 게이고(東野圭吾)는 『백야행(白夜行)』에서 소아성애증에 관한 이야기를 다루었다. 책에는 유흥업소를 자주 들락거리는 중년 남성이 나오는데 그가 원하는 대상은 성인 여성이 아니라 미성년자였다. 작가는 중년 남성에 대해서 이렇게 서술했다. "그는 성숙한 여인 앞에서는 발기도 못했는데, 어린 소녀와 있을 때는 편하게 사정했다." 하지만 그가 저지른 짓은 범죄 행위였다.

소아성애증은 아동을 성적 대상으로 성적 만족을 느끼는 성도착증으로, 주로 남자 환자가 많다. 이들은 아동을 대상으로 성추행을 하거나 성교를 하기도 한다. 초기 소아성애증 환자는 비교적 단순해서 상대를 어루만지고 훔쳐보거나 장난스레 성기를 만지는 방식으로 만족한다. 하지만 시간이 지날수록 거기에 만족하지 못하고 온갖 방법으로 아동과 실제 성관계를 가지려 한다. 그 과정에서 아이가 다치거나 정신적인 충격을 받기도 한다.

소아성애증은 주로 13세 이하의 아동을 대상으로 하며 3세 이하의 유아를 대상으로 삼기도 한다. 대부분의 남자 아동 피해자는 12~14세이며, 여자 아동 피해자는 7~10세다. 그중 동성애자와 이성애자 소아성애증 환자가 선호하는 연령층은 서로 다르게 나타났다. 소아성애증 환자는 3가지로 나뉜다.

첫째, 유괴형이다. 이들은 서로 잘 아는 친척이나 친구 또는 이웃의 아이들을 좋아한다. 우선 아이들과 '친구'가 되어 좋은 관계를 유지하며 친해지면 유괴하여 성범죄를 저지른다. 특정 대상이 정해져 있다.

둘째, 충동형이다. 이들은 한 번도 본 적 없는 아이들을 대상으로 한다. 특정 대상이 없으며 어떤 규칙도 없다. 심지어 평범한 유부남도 많다. 갑자기 큰 정신적 충격이나 스트레스를 받았을 때 증세가 발병하며, 충동적인 성향이 강하다.

셋째, 학대형이다. 이들은 잘 아는 사이든 아니든 개의치 않으며 아이들을 유인하는 데 수단과 방법을 가리지 않는다. 공격적인 성향을 띠며 아이들을 학대하길 좋아한다. 학대 방법이 잔인하고 저급할수록 만족한다.

H는 소아성애증에 관한 내 이야기를 듣고서야 마음을 놓았다. 그는 학대형 환자의 얘기를 할 때 인상을 찌푸리며 물었다.

"그럼 성 학대를 했다는 거야?"

그렇다. 성 학대도 성도착증의 하나다. 성 학대증은 사디즘(Sadism)과 마조히즘(Masochism)으로 나뉜다. 사디즘 환자는 좋아하는 대상에게 정신적 또는 육체적으로 고통을 줌으로써 성적 쾌락을 얻는다. 마조히즘 환자는 이성으로부터 정신적 또는 육체적으로 학대를 받고 고통을 받음으로써 성적 만족을 느낀다. 사디즘과 마조히즘은 한 쌍으로 상호보완적인 관계를 유지한다.

왜 누군가는 고통을 가하고, 누군가는 학대 받는 것을 좋아할까? 이것은 지배와 피지배에 관한 문제다. 사디즘 환자는 이성을 학대하는 과정에서 주도권을 손에 넣음으로써 심리적인 만족을 느낀다. 그들은 스스로 우월하다는 생각을 하며 성적 흥분에 도달한다. 사디즘 환자는 두 가지 유형으로 나눌 수 있다. 하나는 평소에 상황 통제력이 강하여 성관계를 할 때도 습관적으로 강하게 밀어붙이는 유형이다. 또 하나는 열등감이 많고 심리상태가 불안정하며 사람들과 잘 어울리지 못하는 유형으로, 성관계에서만큼은 강력한 방법을 통해 주도권을 잡고 존재감과 정복욕을 채우려 한다.

마조히즘 환자는 학대를 당하는 과정에서 마음이 편안해진다. 그들은 정신과 육체의 지배권을 타인에게 넘기고 복종하는 대신 심리적 안정감과 성적 흥분을 느낀다. 마조히즘 환자는 두 가지 유형으로 나눌 수 있다. 하나는 평소에 약자의 위치에 처하여 명령에 복종하거나 불공평한 대우를 받는 데 익숙한 유형이다. 이들은 성관계에서도 자연스럽게 수동적으로 행동하며 학대 받길 원한다. 또 하나는 평소에 높은 위치에 있고 심리적 압박을 많이 받아서 역할을 바꾸고 싶어 하는 유형이다. 이들은 학대받는 과정에서 해방감을 느끼며 고통을 통해 성적 쾌감을 느낀다. 하지만 지나친 성 학대는 큰 문제를 야기한다. 국내외에서 성 학대로 목숨을 잃었다는 기사를 종종 접한다. 서로 원한 일이라 해도 정도를 넘어서는 안 된다. 성 학대는 순간적인 성적 쾌락을 위해 자신은 물론이고 타인의 생명까지 위협하는 일이다.

일부 성 학대증 환자는 강압적인 행동과 모욕적인 언사를 통해 더 큰 성적 쾌락을 얻기도 한다. 하지만 이것은 명백한 범죄에 해당한다. 건강한 성 생활을 위해 쌍방의 합의하에 이루어지는 '정도'에 벗어나지 않는 성 학대는 어느 정도 용인된다. 하지만 상대방에 상해를 입히지 않도록 신중한 행동이 요구된다.

자살이 아닌 타살!

SEXUAL PERVERSION
사례

　　일본의 유명한 소설가 미시마 유키오(三島由紀夫)의 대표
작은『금각사(金閣寺)』다. 그는 문학적으로 위대한 업적을 이루었
고 '일본의 헤밍웨이'라는 영예로운 호칭까지 얻었다. 노벨 문학
상 후보로 3번이나 이름을 올린 미시마 유키오의 작품은 다양한
언어로 번역되어 세계 각국의 사랑을 받았다.

　　미시마 유키오는 제2차 세계대전 후 극우 성향을 드러냈으며
일본의 옛 영광을 되찾기 위해 과격한 언행을 일삼았다. 사실, 세
계적인 문학가로 추앙받는 미시마 유키오의 심리 상태는 정상적
이라고 보기 어려웠다.

미시마 유키오는 성학대증 환자였다. 그는 성욕을 해소하기 위해 성관계를 갖는 게 아니라 이성을 학대하거나 살아 있는 인육을 먹는 상상을 하며 자위했다. 그는 피비린내 나는 가학적인 장면을 상상하는 것만으로도 성적 흥분을 느꼈다. 미시마 유키오는 할복자살로 생을 마감했다. 일부에서는 그가 할복자살을 선택한 이유도 성도착증 때문이라고 평가한다.

일본 얘기가 나온 김에 한때 일본 사회를 발칵 뒤집었던 학대 살인사건을 소개한다.

일본 사회는 스트레스 지수가 높고 문화적으로 '자살'을 숭배하는 분위기가 있어서 그런지 자살률이 높다. K는 그런 사회적 분위기를 이용해 살인을 계획했다. 자살을 생각하는 사람들은 남겨질 가족 걱정과 '황천길'을 혼자 건널 용기가 없어서 쉽게 행동으로 옮기지 못한다. 그런데 얼마 전부터 온라인 커뮤니티를 중심으로 '자살클럽'이 출현해 이런 사람들의 자살을 부추기고 있다. '자살클럽'에 가입한 사람들은 '자살 동지'를 구해 자살할 장소와 방식을 의논하고 격려하거나 심지어 같이 자살을 감행하기도 한다.

K는 자살하고 싶은 사람으로 가장해 '자살클럽'에 가입한 뒤 함께 자살할 사람을 모집했다. 젊은 여성 카즈코(和子, 가명)는 K와 숯을 피워놓고 자살하기로 약속했다. 하지만 함께 자살하기로 약속한 날, K는 카즈코를 보자마자 본색을 드러냈다. 그는 카즈코를 감금하고 테이프로 몸을 돌돌 감기 시작했다. 카즈코는 공

포에 질려 살려달라고 울부짖었지만 K는 공포에 질린 그녀의 얼굴을 보며 묘한 쾌감을 느꼈다. 그의 온몸에 짜릿한 전율이 흘렀다. 하지만 K는 거기에 만족하지 않고 고무장갑을 카즈코의 머리에 씌우고 그녀가 고통에 몸부림치는 모습을 지켜보았다. 카즈코는 결국 질식사로 목숨을 잃었다.

이 사건에서 사람들을 더 경악케 한 사실은 K가 이 모든 과정을 녹화해 뒀다가 종종 꺼내 보며 성적 흥분을 느꼈다는 점이다. 또한 그는 살인을 한 전 과정과 살인할 때의 심리 상태, 구체적인 수법을 인터넷에 올리고 사람들과 공유했다.

미시마 유키오와 마찬가지로 K도 성학대증 환자로, 상대 이성에게 돌이킬 수 없는 피해를 입혔다. 소아성애증은 상대에게 정신적, 신체적 피해를 입히는 것은 물론이고, 어린이를 대상으로 한다는 점에서 그들의 인생을 송두리째 망칠 수 있다.

몇 년 전에 대학을 졸업한 L은 안정적인 직장에 들어갔다. 준수한 외모에 예의 바른 태도로 그는 여직원들의 관심을 한 몸에 받았다. 퇴근 후, L은 여자 친구와 데이트를 하거나 친구들을 만나지 않고 부업으로 과외를 했다. 그가 부업을 하는 이유는 생활비를 벌기 위해서가 아니었다.

"과외가 얼마나 좋은데요! 남들 눈 신경 쓰지 않고 어린 친구들을 편하게 만날 수 있는 절호의 기회잖아요. 선생이라고 하면

애들이 말도 얼마나 잘 듣는다고요."

　L은 동성애자이면서 소아성애증 환자였다. 그는 과외 선생님이라는 신분을 이용해 부모를 속이고 아이들을 농락했다. 그는 과외를 시작하면 일단 아이들의 부모와 양호한 관계를 유지하며 신뢰를 쌓았다. 최대한 예의 바른 모습을 보여주고 아이들에게도 열심히 수업을 가르쳤다. 시간이 흐르면 아이들에게 장난감이나 먹을 것을 사주며 환심을 샀고, 용돈을 주기도 했다. 그렇게 아이들이 마음을 열면 인형처럼 가지고 놀며 성적 대상으로 삼았다.

　L은 대상을 선택하는 데도 나름의 규칙이 있었다. 첫째, 지나치게 부유하거나 부모가 엄격한 가정은 피했다. 용돈을 적게 받는 아이들일수록 장난감이나 먹을 걸로 유혹하기 쉽기 때문이다. 둘째, 책임감이 강한 부모를 둔 아이들은 손대지 않았다. 무심한 부모 밑에서 자란 아이들일수록 타인에 대한 의존도가 강했다. 셋째, 타인의 말에 잘 따르는 아이들을 선호했다. 아이가 순종적일수록 자기 방어 능력이 부족하고 성 지식이 없어서 꾀어내기 쉬웠다. L은 수많은 남자아이들을 성적 대상으로 삼았으며, 그들에게 '연애'의 감정을 느끼기도 했다. 하지만 시간이 흘러 어린이의 티를 벗은 아이들에게는 눈길조차 주지 않았다.

　예전에는 여자아이들만 성범죄의 대상이라고 생각했는데 이제는 남자아이들도 안전하지 않다.

막을 수 없는 교장과 SM

SEXUAL PERVERSION
현상

막을 수 없는 교장의 소아성애증

'9살 어린이를 추행한 교장 선생 체포', '교장에게 오랫동안 추행당한 아이들', '여학생을 추행하고 나체 사진을 찍은 교장' 등 요즘 들려오는 뉴스만 보면 '교장'이 마치 소아성애증 환자의 대명사처럼 느껴질 정도다. 학생들의 모범이 되어야 할 교육자인 교장 선생이 어쩌다 이런 사건의 주인공이 되었을까?

먼저 소아성애증 환자의 심리 상태를 살펴볼 필요가 있다.

이들은 아동기에 대한 집착이 강하다. 대부분의 소아성애증 환자들은 어른이 되길 거부하며 순수한 어린아이로 남고 싶어 한다. 사람은 누구나 아이 같은 마음을 가지고 있으며 이것은 정상이다. 하지만 일부는 어린 시절에 과도하게 집착하며 어른에 대한 반감이 아주 크다. 그들은 다시 순수한 어린 시절의 감정을 느끼고 싶은 마음으로 어린이와 '연애'를 시작한다. 아동을 대상으로 환상을 품고 만지고 추행함으로써 어린 시절로 돌아가고 싶은 마음을 달랜다.

어른이 되어 일이나 사회생활, 부부관계에서 실패를 경험했을 때 소아성애증 환자들은 깊은 좌절과 피로감을 느낀다. 복잡하고 어려운 어른의 세계보다 단순하고 행복한 아이들의 세계를 동경한다. 그들은 아동을 성적 대상으로 삼음으로써 어른들의 세계에서 얻지 못했던 만족을 느낀다. 소아성애증 환자들은 정신적인 충격이나 심리적인 압박을 받았을 때 정면으로 현실을 마주하지 못한다. 그들은 무의식적으로 천진난만했던 아동기로 돌아가려는 심리적 퇴화 현상이 일어난다. 따라서 아동을 자상한 어머니나 친절한 연인이라고 상상한다.

교장이 소아성애증에 걸린 이유는 아마 어른 세계에서의 실패를 견디지 못해서였을 가능성이 크다. 교장은 어린 학생들을 성적 대상으로 삼았고 추행을 한 뒤 둘 사이에 있었던 일을 발설하지 말라고 협박했다. 그는 어린 학생들을 육체적, 심리적으로 통제함으로써 우월감을 느꼈다. 만약에 대상이 어린이가 아니라 성인 여성이었다면 자기 마음대로 조종하지는 못했을 것이다. 교장은 성인 여성을 상대할 자신이 없었고, 과거에 그들과의 관계에서 실패했던 경험도 많았다. 오랫동안 교직에 몸담았던 교장은 어린아이들에게 접근하기 용이했다.

아무리 그래도 교장이 자신의 목적을 쉽게 달성할 수 있었던 이유는 무엇일까? 학생들은 너무 어려서 자신이 무슨 일을 당했는지 정확히 인지하지 못했고, 설령 알았다 해도 교장의 협박 때문에 아무에게도 말하지 못했다. 부모들의 태도도 문제였다. 부모는 아이들이 성에 호기심을 보일 때마다 대충 얼버무리며 얼렁뚱땅 넘어가기 일쑤였고, 어리다는 이유로 제대로 된 성 교육을 하지 않았다. 하지만 요즘은 텔레비전, 잡지, 책, 게임 등을 통해 너무나 쉽게 성에 관한 정보를 접할 수 있다. 부모가 덮어놓고 숨긴다한들 소용이 없다. 장기적으로 생각하면 아이들에게 마음을 열고 제대로 된 성 교육을 해야 한다. 아울러 위급한 상황에서 자신을 보호하는 방법을 알려주는 것도 아주 중요하다.

SM은 성적 취향의 하나

요즘은 가학적인 성행위를 즐기는 사람들이 많다. 그들은 상대에게 욕설을 하거나 몸을 깨물기도 하며, 상대의 눈을 가리고 신체의 일부를 묶은 채 성행위를 한다.

사람들은 다양한 형태로 SM을 즐긴다. 한동안 SM 마니아 사이에 '여왕 게임'이 유행한 적이 있다. 여왕 역을 맡은 여자는 노예 역을 맡은 남자를 괴롭히며 가학적인 성행위를 하며 즐긴다. 이때 노예 역을 맡은 남자는 하이힐을 신은 여자에게 밟히거나 채찍으로 맞기를 자처하며, 스스로 개가 되어 조련당하길 원하기도 한다. 게임을 시작하기 전에 서로의 역할과 조련 범위를 논의하며, 여왕은 절대 노예에게 신체적인 상해를 입혀서는 안 된다. 흥미로운 사실은 스스로 노예를 자처하는 남자들이 대부분 고학력자나 고위직에 있는 사람들이라는 점이다.

최근 2년 동안 미국에는 '광장 승마'라는 새로운 가학적인 성행위가 유행하고 있다. 승마장에서 발가벗은 남자가 특수한 가면을 쓰고 '말'처럼 네 발로 기어 다니면, 여자 '주인'이 실제로 말을 타는 것처럼 타고 즐긴다. 말에서 내려오기 전까지 두 사람은 서로 아무 말도 하지 않는다. 말이 된 남자는 인간이라는 탈을 벗어던짐으로써 모든 압박으로부터 해방되었다며 만족해했다.

그 밖에도, 미국에는 '밧줄 모델' 놀이가 유행인데 어리고 예쁜 여자들이 주로 참여하고 있다. 그들은 피학적 성향을 가졌으며 다양한 방식으로 묶이는 걸 즐긴다. 예쁘게 차려입고 밧줄로 꽁꽁 묶인 그들은 공공장소에 나가 사람들과 사진을 찍으며 만족을 느낀다.

사람들은 다양한 방식으로 SM을 즐긴다. 상대에게 피해를 주지 않는 범위에서 이루어진다면 성적 취향으로 볼 수 있지만, 지나치면 범죄가 된다.

U는 요즘 유행한다는 '질식 자위'를 해보고 싶었다. 그는 여장을 하고 스타킹과 밧줄, 비닐봉지 등을 가지고 아무도 없는 장소로 갔다. 그곳에서 자기 몸을 묶고 머리에 비닐봉지와 스타킹으

로 목을 졸랐다. 목을 계속 조르자 뇌에 산소가 부족해 환각이 보이고 흥분된 상태에 이르러 성적 쾌감이 느껴졌다. 그는 마치 하늘을 둥둥 떠다니는 것 같았고 천국에 와 있는 기분이 들었다. 하지만 그것도 잠시, 시간이 지나자 갑자기 몸에 힘이 빠지면서 의식이 흐려지기 시작했다. 애초에 사람들이 잘 찾지 않는 장소였기에 그는 아무에게도 도움을 청할 수 없었다. 밧줄에 묶인 채 쓰러진 U는 하루 종일 발버둥 치다 결국 목숨을 잃었다.

이처럼 심각한 경우, 자신이나 타인을 해치고 싶은 충동에서 벗어나기 힘들며 가학적인 성행위를 통해 돌이킬 수 없는 결과를 초래할 수 있다. 물론 극소수 사람들의 이야기일지도 모른다. 하지만 충분한 주의가 필요하다. 스스로 위험한 상태라고 판단되면 하루 빨리 전문의에게 진찰을 받아야 한다.

참을 수 없는 성적 욕구 - 성도착증 하

소아성애증의 원인과 치료법

· 치료 ·

소아성애증의 원인은 다양하다. 심리적으로 미성숙하거나 어른들 세계에서 실패의 경험을 극복하지 못해서, 또는 아이들을 좋아하는 정도가 정상적인 수준을 뛰어넘어서 소아성애증으로 발전하기도 한다. 어린 시절에 부모나 어른들로부터 학대나 성추행을 당했던 사람이 성인이 되어 같은 범죄를 저지르기도 한다. 그 밖에도, 이성을 만나고 싶은데 만날 기회가 없어서 아이들에게 눈을 돌린 경우도 있다.

이처럼 소아성애증을 야기한 원인을 심층적으로 분석해야 적절한 치료법을 찾을 수 있다.

첫째, 혐오 치료(Aversion therapy, 혐오감이 생기도록 유도하여 나쁜 습관을 끊도록 하는 치료법 - 역주)를 통해 아동에 대한 변태적인 성행위를 줄일 수 있다. 혐오 치료란 환자에게 아동의 사진이나 동영상을 보여주고, 그들이 성적인 충동을 느낄 때 전기 충격을 가하는 방법이다. 장기적으로 실시하면 아동에 대한 흥미가 감소할 수 있다.

둘째, 연상기억법을 사용하는 것이다. 환자가 아동에 대한 성적 상상을 하면, 그가 성범죄자가 되어 경찰에 잡혀가거나 사람들의 손가락질을 받으며 교도소에 갇히는 상상을 하게 만든다. 아동을 대상으로 성범죄를 저지를 경우 심각한 결과를 초래할 수 있다는 사실을 환자 스스로 인식하는 것이 중요하다.

셋째, 환자의 관심을 아동에서 성인 이성으로 전환해야 한다. 정상적인 인간관계를 회복하고 성인 이성과 건강한 관계를 유지할 수 있도록 돕는다. 그러기 위해서는 성인 이성에 대한 자신감과 용기를 북돋아주어야 한다. 성인 이성에 대한 성적 흥미를 유발하면 자연스럽게 아동에 대한 관심도 줄어들 것이다.

넷째, 환자의 배우자나 애인과 함께 치료를 받는 것이 좋다. 소아성애증이 주로 결혼이나 연애 실패에서 기인한다는 점을 고려하면 반드시 같이 치료를 받아야 한다. 둘 중 한 사람이 무사히 치료를 받으면 나머지 한 사람도 안심하고 치료를 받을 것이다.

그 밖에도, 최면요법도 아주 효과적인 치료법이다. 환자를 특수한 의식 상태에 처하게 한 뒤, 암시나 정신분석을 통해 심리적인 문제를 치료하는 방법이다.

소아성애증을 치료하기 위한
3가지 방법
· 생존법칙 ·

1. 중독 효과

오랫동안 한 가지 일을 반복하면 신경 세포가 안정되며 시상하
부에서 펩타이드(Peptide)라는 물질이 분비되어 혈액을 통해
세포로 이동한다. 하지만 반복하던 행위를 갑자기 중단하면 신
체는 펩타이드에 대한 허기를 느끼고, 다시 예전의 행위를 반복
해달라는 신호를 보낸다. 이처럼 매일 반복된 일을 하며 똑같은
감정을 느끼게 되는 현상이 바로 중독 효과다.

성 학대증 환자와 소아성애증 환자도 마찬가지다. 그들은 오랫
동안 학대를 하거나 받았으며, 어린이와의 성관계를 통해 성적
흥분을 느끼는 데 습관이 되었다. 따라서 반복된 행위에 중독된
그들은 잘못된 행동을 멈추지 못하고 계속하게 된다.

성학대증 환자와 소아성애증 환자가 중독에서 벗어나려면 어떻게 해야 할까? 첫째, 자신의 행동 패턴을 바꾸고 중독되지 않도록 노력해야 한다. 둘째, 다른 취미를 만들어 주의력을 전환한다. 꾸준히 노력하면 신경 세포 간의 결합이 느슨해지면서 서서히 중독에서 벗어날 수 있다.

2. 현수교 효과(Suspension bridge effect)

현수교 효과란 위험한 다리를 건너는 것처럼 고난을 함께 경험한 남녀 사이에 호감이나 애정의 감정이 생기는 현상을 일컫는다. 현수교 효과의 핵심은 '오해'에 있다. 위험한 상황에 처한 남녀는 두근거리는 느낌을 상대방에 대한 호감으로 오해하기 때문이다.

피학을 즐기는 마조히스트는 상대가 주는 모욕과 고통을 성적 흥분으로 오해하며, 가학을 즐기는 사디스트는 폭력과 명령을 함으로써 느껴지는 정복감을 쾌락으로 오해한다. 따라서 그들은 만족할 때까지 자신의 행위를 반복하거나 강도를 높인다. 따라서 성학대증 환자가 가학적, 피학적 행위를 통해 느끼는 쾌감은 착각에 불과하다는 사실을 깨닫고 전문가의 도움을 받아야 한다. 병의 원인을 밝히고 제대로 된 치료를 받는다면 정상적인 생활로 돌아갈 수 있다.

3. 조건반사

소아성애, 가학적, 피학적 행위 또는 다른 방식으로 성적 만족을 느끼는 사람은 관련 장면을 보거나 상상하는 것만으로도 신체적, 심리적인 반응이 나타나는데, 이것을 조건반사라고 한다. 조건반사는 성도착증 환자가 자신의 감정을 통제하기 어려운 원인이 되기도 한다.

조건반사는 성도착증 환자의 치료에 사용되기도 하는데 앞에서 얘기한 혐오 치료도 조건반사를 이용한 치료법이다. 성도착증 환자에게 좋아하는 물건이나 장면을 보여주면서 반복적으로 전기 충격을 가하거나 구토를 유발하면, 조건반사가 형성되어 그들의 증상이 완화된다.

내 몸에
다른영혼이
들 어 와
있 어 요

성정체성 장애

당신은 성정체성 장애 환자인가요?

· 자가진단 테스트 ·

조용한 장소에 앉아 최근 3개월간의 기억을 바탕으로
다음 질문에 솔직하게 대답해 보세요.

....

- ☐ 지금과 다른 성별을 가지고 싶나요?
- ☐ 주변 사람들에게 다른 성별을 가지고 있다고 선언했나요?
- ☐ 자신의 성별이 어울리지 않는다고 생각하나요?
- ☐ 자신의 성별로 인해 고통스러운가요?
- ☐ 자신의 성별을 혐오하나요?
- ☐ 자신의 성별에 대한 주관적인 느낌을 가지고 있나요?

....

위의 6개 항목 중에서 1개 이상에 '네'라고 대답했다면 가벼운
성정체성 장애에 해당된다. 3개 이상에 '네'라고 대답했다면 심
각한 성정체성 장애에 해당되니 전문가와의 상담이 필요하다.
사람은 두 살쯤부터 자신의 성별을 인지하는데, 그때 부모가 적

절한 지도를 해주지 않으면 아이가 자라면서 성정체성에 혼란
을 느낄 가능성이 크다.

성전환증과 이중역할
의상도착증

GENDER IDENTITY
DISORDER

증상

　어느 날, T가 날 뚫어지게 보더니 부러워 죽겠다는 표정을 지었다. T는 여자라면 누구나 부러워할 만한 날씬한 몸매에 풍만한 가슴을 가졌는데, 늘 짧은 머리에 옷도 남자처럼 입고 다녔다. 나는 그녀가 내 여리여리한 몸매나 백옥 같은 피부를 부러워하는 줄 알고 내심 기분이 좋았다. 그런데 T는 뜻밖의 질문으로 나를 당황하게 만들었다.

"너처럼 가슴을 납작하게 하려면 어떻게 해야 돼?"

나는 화가 난 말투로 그녀에게 쏘아붙였다.

"난 어릴 때부터 우수한 학생이었어. 성적도 늘 A였고 선생님들의 관심과 사랑을 독차지했었다고."

하지만 그녀는 내 말에 아랑곳 않고 말했다.

"난 네가 가슴 축소 수술을 한 줄 알았어. 그래서 어느 병원에서 했는지 물어보려던 것뿐인데……."

난 심호흡을 하며 마음을 가라앉혔다.

"지금까지 날 여자로 봐줘서 고맙다고 인사라도 해야겠네?"

"아니야. 남들은 가슴을 키우는 데 관심이 많은데 넌 아닌 것 같아서 그런 거야."

T는 스스로 '남자'라고 생각하며 살았고 자신의 풍만한 가슴에 불만이 많아서 축소 수술을 알아보고 있다고 했다. 그녀는 가슴을 납작하게 만들면 좀 더 남자다워지지 않겠냐며 진지한 얼굴로 물었다.

그렇다. T는 성정체성 장애 환자였다.

성정체성 장애란 개인의 성체성이 생물학적 의미의 성별과 다른 현상을 말한다. 성정체성 장애 환자들은 신체 구조는 분명한 여자인데 스스로 남자라고 생각하거나 남자에 가깝다고 주장한다. 또는 남자의 몸을 하고 있지만 자신이 여자라고 생각하거나 여자처럼 꾸미고 다닌다. 그 밖에도, 심리적인 성별이 모호하여 신체적으로 남자나 여자의 성별을 가지고 있어도 심리적으로는 자신이 여자인지 남자인지 분명히 인식하지 못하는 사람도 있다.

성정체성 장애가 나타나는 이유는 무엇일까? 신체적인 요소의 영향도 있지만, 그것보다는 어렸을 때 제대로 된 성 역할을 배우지 못했거나 성교육을 받지 못한 탓이 훨씬 크다. 사실, 대부분의 부모가 그러한 인식이 부족하다. 특히 중국에서는 아이들의 성별로 농담을 자주 하는데 그것이 아이들에게 잘못된 암시를 심어주거나 성정체성에 혼란을 야기하기도 한다.

다음으로 대표적인 성정체성 장애인 성전환증과 이중역할 의상도착증에 대해 알아보자.

성전환증은 심각한 수준의 성정체성 장애를 가리킨다. 성전환증 환자는 말 그대로 자신의 성(性)을 바꾸고 싶어 한다. 그들은 자신의 성별이 잘못됐다는 확신을 가지고 있으며, 신이 영혼을 주입할 때 실수를 저질렀다고 주장한다. 따라서 수술을 통해 자신의 영혼에 맞는 성별로 돌아가길 원한다. 그리고 남들도 자신의 '진짜' 성별로 대해주길 바란다. 성전환증 환자는 자신과 다른 성별의 몸을 가지고 싶어 하며, 자신과 다른 성별처럼 생각하고 옷을 입으며 생활한다. 그들은 수술을 통해 신체적인 성별과 심리적인 성별을 일치시키고 사회적으로도 인정받길 바란다.

성전환증 환자는 성행위를 자주 즐기지 않는다. 그들 중에는 동성애자가 많은데, 스스로 잘못된 신체를 타고났다고 생각하기 때문에 동성을 사랑하는 게 정상이라고 여긴다. 한 여자는 자신이 남자라고 생각하여 또 다른 여자와 사랑에 빠졌다. 그녀는 자신이 남자나 또 다른 성전환증 환자와 사귄다면 그것이야말로 동성애라고 주장했다.

이중역할 의상도착증 환자는 성전환증 환자처럼 자신의 성별을 부정하지 않으며, 심리적으로 인식하는 성별과 신체적인 성별이 일치한다. 그들은 이성의 옷을 입고 잠시 다른 성이 되어 봄으로써 심리적인 만족을 느낀다. 그들은 두 가지 성을 모두 가지고 있으며 때에 따라 서로 다른 성 역할을 맡는다. 하지만 두 개의 성이 서로 충돌하는 것을 막기 위해 하나의 성이 주도권을 갖는다.

의상도착증은 이중역할 의상도착증에서 분리된 개념이며, 관음증, 페티시즘과 같이 성도착증의 하나다. 의상도착증 환자는 주로 남자가 많다. 그들은 이성의 옷을 입었을 때 성적 충동이나 성적 흥분을 느끼며, 이성의 옷을 입은 채 자위를 하거나 성관계를 가진다. 청소년기에 이성에 대한 호기심으로 시작된 것이 점점 심각해져서 의상도착증으로 발전했을 가능성이 크다. 그들은 어머니나 여자 형제, 배우자 몰래 옷을 입어보거나 화장을 하거나 여성스럽게 꾸미고 공공장소에 가기도 한다. 의상도착증 환자는 성정체성에 혼란을 느끼지 않으며, 이성의 옷을 입고 잠시 다른 성 역할을 맡는 것으로 성적 흥분을 느낀다. 이중역할 의상도착증과 의상도착증의 가장 큰 차이는 이성의 옷을 입어보는 과정에서 성적 흥분을 느끼느냐에 있다.

청년 Y는 성정체성에 혼란을 느꼈으며 종종 자신이 여자라는 생각이 들었다. 그는 또래 여자들처럼 드라마에 열광하며 키 크고 잘생긴 남자를 좋아했다. 때로는 여자처럼 화장을 해보기도 했다. 여자 옷을 입어 보니 진짜 여자가 된 것처럼 느껴졌지만, 여자 옷을 벗으니 다시 남자로 돌아왔다. 그는 여장을 했을 때 성적으로 흥분이 되지는 않았지만 심리적인 만족을 느꼈다. Y는 상

황에 따라 두 개의 성별을 왔다 갔다 하며 생활했다. 이럴 경우, Y
는 이중역할 의상도착증 환자로 볼 수 있다. 만약에 Y가 남자라
는 성정체성을 가지고도 여장을 즐기고 거울 앞에서 여성스러운
포즈를 취하며 성적 흥분을 느낀다면 의상도착증 환자로 봐도 무
방하다.

남자 몸에 갇힌 여자의 영혼

GENDER IDENTITY
DISORDER

사례

준수하게 생긴 30대 남자는 옅은 화장을 하고 스타킹에
치마를 입은 채 앉아 있었다. 백옥 같은 피부는 윤기가 흘렀다.
그는 부드러운 말투와 온화한 태도를 가졌으며 우아한 몸짓에서
는 여성스러운 분위기가 물씬 풍겼다. 여자인 나보다 훨씬 더 여
성스러운 그를 보고 있으니 기분이 묘했다.

남자는 오빠라는 호칭이 마음에 안 든다고 했다. "괜찮으면 언
니라고 불러 줘." 그렇게 말하며 남자는 수줍게 웃었다. 그의 말이
나 행동은 아주 자연스러웠고 일부러 꾸민 것처럼 보이진 않았다.

"넌 웃을지 모르지만, 내 가장 큰 꿈은 성전환 수술을 해서 여
자가 되는 거야."

그는 멋쩍게 웃으며 말을 이었다. "그런데 이번 생에서는 돈이 없어서 불가능해. 지금은 몹쓸 병까지 얻어서 더 가난해졌지. 돈만 있으면 무슨 수를 써서라도 수술을 했을 텐데. 수술대 위에서 죽는 건 두렵지 않아." 간절한 그의 말에서 깊은 슬픔이 묻어났다.

"언니는 이미 여자예요. 저보다 훨씬 여성스러운 걸요?"

그는 환하게 웃고는 자신의 이야기를 들려주었다.

"난 태어나자마자 내가 여자란 걸 알았어."

그는 '느꼈다'는 표현 대신 '알았다'라고 말했다.

"나는 비행기나 자동차 같은 장난감보다 인형이나 머리핀을 더 좋아했거든. 큰 소리로 떠들며 뛰어다니거나 툭하면 넘어지는 남자애들이 정말 싫었어. 거칠고 시끄러운 남자애들보다 얌전하고 조용한 여자애들이랑 노는 걸 좋아했지. 나도 어릴 때는 남자 옷을 입고 다녔어. 난 그게 죽도록 싫었지만 어떻게 해야 할지 몰랐어. 어쨌든 난 생물학적으로 남자였고 왜 여자들이랑 다른지 이해를 못 했거든. 어른들이 '넌 남자야. 고추도 달렸잖아.'라고 하면 난 여자가 되고 싶다며 엉엉 울었어. 그때 누가 '그러면 고추가 떨어질 때까지 기다리면 되겠네.'라고 말했는데, 난 정말 기다리면 언젠가 여자가 될 수 있다고 믿었어. 몇 년을 기다린 뒤에야 그게 불가능하다는 사실을 깨달았지. 학교에 들어가서 처음으로 내가 남자아이를 좋아한다는 걸 알았어. 우리 반에 개구쟁이들이 많았는데 매일 여기저기 뛰어다니면서 친구들을 울렸어. 어느 날, 그중에 한 명이 날 괴롭혔는데 걔가 나 대신 흠씬 두들겨 패줬어. 난 구세주라도 만난 것처럼 감격했지. 그리고 걔한테 푹 빠져버렸어. 그 친구가 내 첫사랑이야. 난 늘 남자들을 좋아했고, 여자들과는 친구 이상의 감정을 느껴본 적이 없어. 그때는 조를 나눌 때 남녀를 기준으로 삼았어. 난 여자들이랑 한 조가 되고 싶었지만 그럴 수 없어서 슬펐지. 그래도 언젠가는 여자가 될 수 있을 거라고 믿었어. 내 몸이 여자와 많이 다르다는 사실을 인정한 건 성인이 되고 나서야. 난 어쩔 수 없이 남자의 몸을 받아들였지. 하지만 내가 왜 여전히 남자를 좋아하는지는 알지 못했어. 스스로 별종이라고 생각한 적도 많아. 내가 남자라는 사실을 인정한 뒤 그 생각은 줄곧 나를 따라다녔어. 성인이 되어서도 난 남자로 살았지만 항상 여자들과 어울렸어. 그러다 알았지. 내 마음이 여자들이랑 별반 다르지 않다는 것을. 나중에 관련 자료를 찾아보고 나서야 세상에 나 같은 사람이 많다는 걸 발견했어. 남자를 좋아하는 남자들 말이야. 그때부터 내가 별종이란 생각은 하지 않게 됐어. 고등학생 때는 같은 반 친구를 좋아했어. 아주 잘생긴데다 밝고 건강한 아이였어. 존재만으로도 주변을 밝게 만들어 주는 사람 있잖아. 그 애가 딱 그랬어. 난 온갖 구실을 만들어 개에게 말을 걸었고 늘 주변을 알짱거렸어. 그 애를 볼 때마다 가슴이 두근거리고 여자애들처럼 얼굴이 새빨개졌지. 대학에 들어가서 첫 번째 남자 친구를 만났어. 하지만 내가 동성연애자라고 느껴본 적은 없었어. 여자들이랑 있을 때는 가끔씩 그런 생각이 들기도 했지. 과장이 아니라 난 온화하고 섬세한 현모양처 같은 남자 친구였어." 그는 득의양양한 표정을 지었다가 이내 부끄럽다는 듯이 수줍어했다.

"밥하고 빨래는 기본이고, 노래도 잘 부르고 춤도 꽤 잘 췄어. 여자들이 할 줄 아는 것은 나도 다 잘했고, 여자들이 못하는 것도 잘했지. 난 당당히 치마를 입었고, 거울 앞에서 오랜 시간을 보냈어. 하지만 사람들은 날 동물원 원숭이 보듯 구경했지. 대부분 그런 내 모습을 받아들이지 못했고, 조롱하기 바빴어. 진짜 내 모습으로 살겠다는데 남들의 동의를 구해야 한다는 사실이 너무 우습게 느껴졌어. 사람들이 나와 내 남자 친구와의 관계를 의심하자 압박에 시달리던 우리는 끝내 헤어지고 말았어. 그 친구를 원망하진 않아. 그저……." 그는 더 말을 잇지 못했다.

"이런 생각을 자주 해. 난 여자가 분명한데 왜 남자의 몸으로 태어났을까? 나도 다른 여자들처럼 평범하게 살고 싶은 건데 왜 이렇게 어려울까? 난 남자인 내 몸이 너무 싫어. 죽고 싶다는 생각을 많이 해. 죽어서 다음 생에는 여자로 태어나고 싶다고 말이야. 내 이야기가 우습게 들릴지도 모르겠어. 하지만 정말로 다시 태어날 수 있다면 여자의 몸으로 살고 싶어. 지금은 병이 깊어서 몇 년을 더 살지 몰라. 성전환 수술을 하고 싶어도 이번 생에는 불가능하지. 제발 다음 생에는 여자의 몸으로 태어났으면 좋겠어."

트랜스젠더와 쉬멜

GENDER IDENTITY DISORDER

현상

　　2년 전에 성전환 신청서를 제출한 서예가가 있었다. 성
전환 신청서를 제출할 당시 서예가의 나이는 놀랍게도 80세였
다. 그는 평생 남자의 몸으로 살았지만 자신은 여자라고 주장했
다. 사회적인 신분과 처자식 때문에 어쩔 수 없이 남자로 살아왔
다는 것이다. 그런데 80세가 되니 아무것도 두려울 것이 없어졌
다. 세간의 이목에 신경 쓰지 않고 여자로 살길 원했다.

　　그는 지난 80년 동안 진짜 자기 모습을 숨긴 채 살았다. 단지
남자의 몸으로 태어났기 때문에 남자인 척 행세를 했다. 하지만
이제 살날도 얼마 남지 않았고 진짜 모습을 드러내도 좋겠다는
결심이 들었다. 호르몬제를 처방받고 가슴 수술을 감행했으며,

화장을 하고 치마를 입고 진짜 여자가 될 준비를 했다.

위의 이야기에서 서예가는 비록 남자의 몸으로 태어났지만 생의 마지막은 여자의 몸으로 보낼 것이다. 평생을 남자로 잘 살다가 그 나이에 힘들게 여자가 되려는 이유는 무엇일까? 그냥 예전처럼 편하게 살다 떠나면 안 되는 걸까?

어렸을 때 처음 트랜스젠더에 관한 기사를 접하고 깊은 인상을 받았던 기억이 난다. 여자 모델이 남자로 성전환을 한 뒤 동성애자가 됐다는 기사였다. 당시엔 그 모델이 도저히 이해가 안 됐다. 성전환을 해서 동성연애를 하는 거랑 여자의 몸으로 남자를 사귀는 것이 무슨 차이인지 몰랐다. 하지만 이제는 안다. 그게 얼마나 큰 차이인지 말이다.

요즘 '자아성찰'란 말이 유행하는데, 나 자신이 누구인지 정확히 알고 자아정체성을 확립하라는 뜻이다. 그중에 성정체성도 포함된다. 사람들은 자신의 신체적인 성별을 인정하지만 성전환증 환자는 그렇지 않다. 위에서 스스로 여자라고 생각하는 남자 서예가와 성전환 수술을 한 여자 모델도 마찬가지다. 그들은 심리적인 성별에 따라 신체적인 성을 바꾸었다.

성전환증 환자들은 매일 자신을 보며 생각한다. '이건 내가 아니야. 이렇게 살아선 안 돼.' 고통스러운 삶을 견디며 성전환 수술을 한 그들의 선택은 존중받아야 한다. 스스로 자신의 성을 선택하고 그러한 삶을 살기까지는 엄청난 용기와 희생이 필요하다.

그들은 사회와 가족, 심지어 자기 자신으로부터 수많은 비난과 의혹을 받으면서도 끝까지 포기하지 않고 원하던 바를 이루었다. 자신의 꿈을 위해 이 정도의 열정과 노력을 바쳤다면 충분히 존중받을 가치가 있다.

동성애자 중에는 성정체성 장애 환자가 많은데 그들 대부분이 이중역할 의상도착증 증세를 보인다. 레즈비언(Lesbian) 중에 남자 역할을 하는 쪽은 남장을 하거나 중성적인 복장을 즐겨 입지만, 자신이 여성이라는 사실을 부인하지는 않는다. 그들은 잠시 남자 역할을 할 뿐이지 심리적으로는 여전히 섬세하고 다정한 여성의 특징을 가진다.

쉬멜(Shemale)은 남자이면서 여자인 존재로, 이들을 둘러싼 많은 논쟁이 있다. 일부에서는 쉬멜이 남자도 아니고 여자도 아니라며 조롱하고, 또 일부에서는 인터넷으로 그들의 사진을 돌려보며 미모에 감탄한다. 태국에 가면 여자보다 더 예쁜 쉬멜을 쉽게 찾아볼 수 있다. 하지만 그들 중에는 스스로 원해서 쉬멜이 된 사람보다 어릴 때부터 여성 호르몬을 복용하며 쉬멜로 키워진 사람이 훨씬 많다. 그중 일부는 성인이 되어 성전환 수술을 하기도 한다. 따라서 쉬멜을 성전환증 환자로 분류하기에는 적절치 않다. 하지만 남자도 여자도 아닌 비정상적인 생활은 그들에게 성전환 수술을 하도록 부추긴다. 물론 계속 쉬멜의 몸으로 공연을 하며 살아가는 사람들도 많다. 쉬멜은 여자처럼 보이지만 신체적으로는 남자이기 때문에 법률적으로 남자에 속한다. 하지만 그들을 둘러싼 세간의 시선은 다양하며, 남자도 여자도 아니라고 생각하는 사람들이 많은 게 사실이다. 이런 상황에서 그들이 성정체성에 혼란을 느끼는 것은 오히려 자연스러워 보인다.

성정체성 장애의 심리 원인

• 치료 •

성정체성 장애는 심리적, 신체적 원인으로 유발되는데, 여기에서는 심리 원인에 대해 살펴보겠다.

사람은 명확한 성별을 가지고 태어난다. 부모는 갓난아기를 보며 "우리 딸!", "우리 아들!"이라고 부르며 즐거워한다. 하지만 타고난 성별과 관계없이 자신들이 원하는 성별대로 아이를 바라보는 부모들도 있다.

아이들은 보통 2살 때부터 성별을 인식하며, 3~4살이 되면 자신과 타인의 성별을 판단할 수 있다. 따라서 부모는 그 시기 아이들에게 올바른 성정체성을 심어주어야 한다. 그렇지 않으면 아이들은 성정체성에 혼란을 느낄 수 있다.

예를 들어보자. 어느 집에 남자 아기가 태어났는데 부모는 아들의 이름이 아닌 여성스러운 아명으로 바꿔 불렸다. 남성스러운 이름을 두고 여자아이에게나 어울릴 법한 아명을 사용한 이유는 무엇일까?

아기의 할머니는 어릴 때 시집을 와서 4명의 아들을 낳았다. 네 형제는 성인이 되어 결혼을 했는데, 그중 세 명이 내리 아들만 낳았다. 손녀가 보고 싶었던 할머니는 서운해 하며 막내아들이 딸을 낳길 바랐다. 하지만 아쉽게도 손녀가 아니라 손자가 태어나고 말았다. 할머니뿐 아니라 아이의 어머니도 아들보다는 딸 키우는 재미를 느끼고 싶었다. 그래서 아들에게 여성스러운 아명을 지어주고 날마다 여자 옷을 입히며 예쁘게 꾸몄다. 장난감도 여자아이들이 좋아하는 인형과 머리핀 등을 사다주었다.

어머니와 할머니는 아이의 성별에 관한 농담도 자주 했다. "넌 남자야, 여자야? 치마 입은 거 보니 여자아이구나?" 애들에게 하는 농담이 무슨 대수랴 싶겠지만, 성정체성이 성립될 무렵이라면 사소한 말이라도 큰 영향을 미친다. 그때부터 아이는 점점 자신이 여자라는 생각을 하게 됐다. 그러자 남자의 외모와 신체, 이름까지 남성스러운 모든 것이 만족스럽지 않게 느껴졌다. 그는 성인이 되어서도 강하게 여자가 되길 원했다.

위의 사례에서 우리는 두 가지 문제점을 발견할 수 있다. 첫 번째는 부모가 아이의 성정체성에 혼란을 야기했다는 사실이다. 그들은 어릴 때부터 아이를 본래의 성이 아닌 여성으로 착각하게 만들었다. 두 번째는 가정에서 아버지의 위엄이 느껴지지 않았다는 점이다. 따라서 남자아이임에도 불구하고 그는 어릴 때부터 어머니와 할머니에게 휘둘렸다. 성장과정에서 남성성이 발휘될 기회를 박탈당한 것이다. 아기가 태어나면 부모는 최적의 환경을 제공하고 올바른 성정체성을 키울 수 있도록 도와야 한다. 말이나 행동을 통해 아이들에게 성 역할에 대한 지식을 전달해야 한다.

그 밖에도, 부모는 가정에서 본연의 역할에 충실해야 한다. 어머니는 온화하고 섬세한 모습을 보여주고, 아버지는 가장으로서 책임감 있는 모습을 보여주며, 평등하고 사이좋은 부부관계를 유지하는 것이 중요하다. 아이는 성정체성을 확립하면 부모 중에서 자신과 같은 성을 가진 사람을 모방하며 배우려 한다. 이때, 부모 중 아이와 같은 성을 가진 쪽이 모범을 보여주지 못하면, 아이는 바로 포기하고 자신과 다른 성을 가진 쪽을 모방한다. 이런 경우, 아이는 자라면서 성정체성 장애 증세를 보일 수 있다.

그렇다면 아이의 성정체성은 3~4살 때 확립되는 걸까? 반드시 그렇다고 볼 수는 없다. 이것은 아이가 사춘기가 될 때까지 주의해 살펴봐야 한다. 아이가 성정체성 장애 증세를 보인다고 해서 부모가 당황해서는 안 된다. 그럴 때는 우선 아이의 행동을 자세히 관찰할 필요가 있다. 특이한 증상을 보인다면 부모로서 아이에게 부정적인 영향을 미친 적은 없는지 돌아봐야 한다. 또한 아이의 상황을 정확히 파악하고, 아이가 언제든지 도움을 청할 수 있는 부모가 되어야 한다. 아이가 심리적인 어려움을 극복할 수 있도록 적극적으로 돕는다. 아이가 자신의 성정체성을 확립했다면 부모는 최대한 지지하고 이해해 주어야 한다. 그리고 자녀와 계속 양호한 관계를 유지하며 필요한 때 아이를 올바른 방향으로 인도한다.

성정체성 장애를 치료하기 위한
4가지 방법
· 생존법칙 ·

1. 역할 효과

사람들은 사회에서 각자 역할을 맡고 있으며, 역할에 따라 서로 다른 심리 변화를 겪는데 이것을 역할 효과라고 한다. 사람의 역할은 타인과 사회의 기대에 부응하기 위해 형성되고 발전한다. 예를 들어, 남아선호사상이 강한 가정에서 태어난 여자는 부모의 기대에 부응하기 위해 스스로 남자의 역할을 자처하게 된다. 하지만 성인이 되어 사회적으로 여성의 역할을 맡아야 한다. 그때 여자는 심한 혼란을 느끼며 성정체성 장애가 나타날 수 있다.

성정체성 장애 환자에게 자신의 성 역할을 확립하는 일이 가장 중요하다. 신체적, 심리적으로 자신의 성별을 받아들일 수 있어야 한다. 사회에서는 남녀의 성 역할이 명확히 구분되어 있다. 일반적으로 여자는 부드러운 성격에 정리정돈을 잘하며 감성적이고, 남자는 힘이 세고 용감하며 이성적이다. 사회에서 요구하는 성 역할에 자신을 억지로 끼워 맞출 필요는 없지만 그것을 참고할 수는 있다.

2. 로젠탈 효과(Rosenthal effect)

로젠탈 효과는 앞에서 소개한 피그말리온 효과와 유사하지만 완전히 같지는 않다.

심리학자들은 초등학생을 대상으로 IQ 테스트를 하고 가장 발전 가능성이 높은 학생들 명단을 작성해 교사에게 전달했다. 실제로 이 명단은 무작위로 작성된 것이며 다들 평범한 성적의 학생들이었다. 하지만 교사들은 명단의 내용만 믿고 아이들에게 기대 심리를 품었다. 몇 달 뒤, 다시 IQ 테스트를 한 심리학자들은 결과를 보고 깜짝 놀랐다. 명단에 올랐던 아이들의 성적이 크게 향상된 것은 물론이고 교사들도 아이들의 종합평가 점수를 후하게 줬기 때문이다. 이처럼 기대 심리가 상대에게 좋은 영향을 미치는 현상을 로젠탈 효과라고 한다.

위와 마찬가지로 성정체성 환자에게 긍정적인 기대를 품으면 시간이 지날수록 그들도 기대에 부응하기 위해 노력할 것이다.

외향적이고 털털한 성격의 여학생이 있었다. 사람들은 그녀가 여자라는 사실을 알면서도 중성적인 외모 탓에 늘 남자 역할을 기대하게 되었다. 친구들은 무거운 짐을 옮기거나 컴퓨터가 고장 나면 그녀에게 도움을 청했다. 사람들이 그녀에게 남자 역할을 기대하자 그녀도 당연하게 받아들이게 되었고, 시간이 지날수록 그녀도 스스로 남자처럼 느꼈다.

성정체성 장애 환자는 외부의 기대를 극복하고 스스로 성정체성을 확립해야 한다. 또한 타인의 기대에 반드시 응해야 할 필요는 없다.

3. 명함 효과

인간관계에서 상대방과 같은 태도와 가치관을 가지고 있다는 사실을 보여준다면 명함을 전달하는 것과 같은 효과를 가져온다. 이처럼 자신과 상대방이 같은 입장이라는 사실을 밝히면 명함 효과로 인해 서로 간의 심리적인 거리를 빠르게 좁힐 수 있다. 성정체성 장애 환자들은 신체적인 성과 정반대의 옷차림과 성격, 태도를 가지고 있으며 명함처럼 밖으로 드러낸다. 머리를 짧게 깎고 헐렁한 옷을 입고 축구를 하는 여자와 긴 머리에 치마를 입고 여성스럽게 행동하는 남자는 충분히 자신의 성정체성을 보여준다. 그들의 옷차림과 행동만 봐도 사람들은 그들이 성정체성 장애 환자라는 사실을 알아채고 그에 상응하는 태도를 취한다. 따라서 성정체성 장애 환자가 자신의 신체적인 성을 받아들이고 싶다면 겉모습부터 바꿔야 한다. 잘못된 명함을 수거하고 신체적인 성에 어울리는 명함을 전달하는 것이 중요하다.

4. 로미오와 줄리엣 효과(Romeo & Juliet effect)

로미오와 줄리엣 효과는 선악과 효과와 비슷하지만 남녀 관계에서 더 두드러진 효과를 보인다. 로미오와 줄리엣은 서로 사랑하는 사이지만 원수의 가문이라는 이유로 가족들의 강한 반대에 부딪힌다. 하지만 장애물이 클수록 두 사람의 사랑은 더 커져갔고 결국 죽음으로써 사랑을 완성시켰다. 로미오와 줄리엣 효과란 외부에서 반대하는 사랑일수록 더 절실하고 견고해지는 현상을 가리킨다.

성정체성 장애 환자 중에서도 특히 성전환증 환자의 경우, 연애를 할 때 외부의 편견과 따가운 시선이 강하다. 하지만 주변의 방해가 심할수록 그들은 심리적인 성 역할에 더 몰두하며 상대방에 대한 사랑도 더 커진다.

로미오와 줄리엣 효과는 성정체성 장애 환자들의 치료를 돕는 데 활용되기도 한다. 그들의 사랑이 가족과 사회의 반대에 부딪혔을 때 신체적 성을 다시 돌아보게 만드는 계기가 되기 때문이다. 두 사람의 사랑은 과연 흔들림 없이 유지될 수 있는지, 서로 얼마나 사랑하는지, 신체적 성을 받아들일 수 있는지에 대해서 다시 생각하게 된다. 성정체성 장애 환자들은 그 기회를 통해 심리적인 성과 신체적인 성이 다르다는 사실이 어떤 결과를 초래하는지 확인한다.

신 의
목소리가
들 려

정신분열증

당신은 정신분열증 환자인가요?

· 자가진단 테스트 ·

조용한 장소에 앉아 최근 3개월간의 기억을 바탕으로

다음 질문에 솔직하게 대답해 보세요.

☐ 환청이 반복해서 들리나요?

☐ 사고가 연결되지 않고 기괴한 생각이 자주 드나요?

☐ 누군가 자신의 생각을 조종한다고 믿나요?

☐ 누군가 자신의 생각을 감시하고 있다고 느끼나요?

☐ 망상을 가지고 있나요?

☐ 말을 할 때 비논리적이며 의사소통에 어려움을 느끼나요?

☐ 감정이 둔해졌다고 느끼나요?

☐ 이상한 행동을 자주 하나요?

☐ 인간관계에 어려움을 느끼나요?

☐ 의욕이 저하되었나요?

위의 10개 항목 중에서 2개 이상에 '네'라고 대답했다면 가벼운 정신분열증에 해당된다. 4개 이상에 '네'라고 대답했다면 심각한 정신분열증에 해당되니 전문가와의 상담이 필요하다.

정신분열증은 큰 압박을 견디지 못해 정신이 분열되어 나타나는 질환이다. 예후가 좋지 않으며 당사자는 물론이고 주변 사람들에게도 큰 고통을 가져온다.

정신분열증 환자의 3가지 특징

SCHIZOPHRENIA

증상

　　사람들은 말싸움을 할 때 욕설과 함께 이런 말을 뱉는다. "너 정신병자야?" 그 말의 정확한 뜻은 "너 정신분열증 환자야?" 일 것이다.

　　사람들은 정신분열증 환자를 두려워한다. 그들은 생각하는 것도 이상하고 말이나 행동도 어딘가 불안하여 정상적인 교류가 불가능하다. 그들의 언행은 예측하기도 힘들다. 정신분열증은 인지, 감정, 사고, 행동 등에 영향을 미치는 심각한 정신 질환이다. 정신분열증 환자는 비논리적 사고, 환각, 망상이라는 3가지 특징을 가진다.

　　정신분열증 환자는 비논리적 사고를 자주 한다. 말할 때 주제에서 이탈하거나 무의미한 단어를 나열할 때도 많고, 갑자기 말을 멈췄다가 갑자기 다른 이야기로 건너뛰기도 한다. 예를 들면 이렇다.

"차가 식었어요. 개미가 지나가네요. 제 어깨에 뭐가 있는데 …… 제비가…… 달려가서, 밥을 먹어요." 그들은 사고가 분열되었거나 중단되어 무슨 말을 하고 싶은 건지 파악하기 힘들다. 일부 정신분열증 환자들은 말과 행동, 글자와 부호에 이르기까지 자기만의 독특한 논리 구조를 가지고 있다. 이들은 자기만의 세계에 살기 때문에 치료를 위해서는 장기적인 관찰이 필요하다.

비가 오나 눈이 오나 매일 정원에 나가 미동도 하지 않고 서 있는 환자가 있었다. 그런데 어느 날부턴가 환자 옆에 의사가 같이 서 있기 시작했다. 환자가 물었다. "여기서 뭐 하세요?" 그러자 의사가 반문했다.
"당신은 여기서 뭘 하는데요?"
"저는 나무인데요?"
의사는 순간 당황했지만 곰곰이 생각해 보니 그의 행동이 이해되었다.
"사실은 저도 나무예요!"
의사는 그렇게 말하며 환자의 정신세계로 서서히 들어갈 수 있었다.

정신분열증 환자는 환각을 잘 보는데, 그것을 환각이 아닌 실제라고 생각한다. 그들은 환청도 자주 듣는데 마치 머릿속에 또 다른 존재가 있어서 직접 말하는 것처럼 느낀다. 그들은 신이 직접 말을 걸거나 또 다른 존재가 쉬지 않고 얘기를 한다고 주장한다. 이런 목소리는 그들을 달리거나 그림을 그리게 하는 등 여러 가지 행동을 하게 하는데, 심한 경우 사람을 죽이라고 속삭이기도 한다. 목소리는 환자들이 명령을 따를 때까지 사라지지 않으며, 그들은 어쩔 수 없이 목소리가 시키는 대로 움직인다. 정신분열증 환자들은 환각을 보기도 한다. 한 여자 환자는 눈앞에 백마 탄 왕자가 나타나 함께 춤을 추며 거리를 돌아다녔다. 하지만 사람들은 그녀가 상대도 없이 허공의 존재와 춤을 추는 모습을 보며 모골이 송연해졌다.

정신분열증의 또 다른 특징은 망상이다. 망상에는 다양한 종류가 있는데 대표적인 몇 가지만 살펴보자.

피해망상 : "누가 저를 미행하고 감시하고 있어요. 저를 죽이려고 해요!"

관계망상 : "거리의 사람들이 전부 저를 쳐다봐요. 이번에 정부에서 발표한 정책은 저를 겨냥한 게 틀림없어요. 미국 언론도 저를 주시하고 있잖아요!"

사랑망상 : "당신이 저를 좋아하고 있다는 걸 알아요. 그러니 숨기지 말아요. 지금까지 한 일들도 다 저를 위한 거잖아요."

질투망상 : "왜 저 여자를 봤어요? 둘이 바람피웠죠?"

심각한 질투망상에 시달리는 여자가 있었다. 그녀는 약혼자가 다른 여자와 얘기하는 걸 극도로 싫어했고, 여자들이 나오는 잡지나 텔레비전도 보지 못하게 했다. 심지어 그녀는 매일 약혼자의 몸과 옷을 수색하며 거짓말을 하는지 시험했다. 약혼자는 그녀의 행동에 기분 나빠하지 않고 언제나 기꺼이 응해주었다. 두 사람은 볼트와 너트처럼 꼭 맞는 천생연분이었다.

정신분열증 환자는 정서적으로 둔감하고 상황에 어울리지 않는 행동을 자주 하며 주변에 흥미가 없다. 또한 병을 인정하지 않으며 늘 자신은 정상이라고 생각한다.

편집형 정신 분열증(Paranoid Schizophrenia)은 가장 흔한 정신분열증으로, 환각이나 망상을 동반한다. 편집형 정신 분열증 환자는 환각이나 망상을 통해 완전히 새로운 세계를 창조하고 자기만의 논리와 규칙을 만들어낸다. 그들은 자기만의 세계에 살며 그것이 실제라고 생각한다. 그들은 비행기가 날아가면 목숨을 잃을 거라고 여기거나, 자신의 생각을 전 세계 사람들이 알고 있다는 망상을 한다. 또는 보이지 않는 힘에 의해 자신이 조종당하고 있다는 망상에 빠질 때도 있다.

정신분열증이 나타나는 원인으로 다음의 세 가지를 꼽을 수 있다.

첫째, 취약한 정신 상태. 지나치게 내성적이고 예민하며 의심이 많으면 정신분열증에 걸리기 쉽다.

둘째, 외부의 충격. 실업, 실연, 가족의 죽음, 차별 등 외부의 충격으로 정신분열증이 발생한다.

셋째, 생물학적 원인. 신경 생물학적 측면에서 환자의 신경전달 기능에 이상이 생겼거나 신경 체계나 신경 조직에 결함이 존재할 가능성도 배재할 수 없다. 그 밖에도, 유전적인 영향을 받을 수 있다. 가족 중에 정신분열증 환자가 있으면 병이 유전되었을 가능성도 있다.

악마의 저주

SCHIZOPHRENIA

사례

소년은 난감한 표정으로 나를 바라봤다. "멀리 떨어지세요. 안 그러면 튀어나와서 물지도 몰라요. 그것이 뱃속에서 제 창자를 뜯어 먹고 있어서 너무 아파요."

"뭐라고? 뱃속에 뭐가 있다는 거니?"

그는 고통스러운지 한껏 인상을 찡그렸다. "머리에 뿔이 달린 괴물인데 입이 아주 커요. 제 뱃속에서 창자를 뜯어 먹으며 살아요. 밖으로 나오려고 하는데 제가 못나오게 막고 있어요. 안 그러면 사람들 창자를 다 먹어버릴 거예요." 소년은 많이 아픈지 이마에서 땀이 흘렀다. 그는 배를 잡고 힘겹게 숨을 쉬었다. "괴물이 배가 불렀는지 잠들었어요."

"너 정말 대단하구나." 나는 진심으로 감탄했다. 정신분열증 환자들은 타인을 잘 배려하지 않는데 소년은 사람들을 보호하기 위해 뱃속에서 괴물이 나오지 못하게 막고 있었기 때문이다.

"고마워요, 누나." 나는 누나라는 호칭에 기분이 좋아졌다.

"누나, 응급 처치하는 방법 좀 가르쳐 줄 수 있어요?" 그렇게 말하는 소년의 표정이 어두웠다. "엄마가 죽을 것 같아요."

나는 그에게 간단한 심폐소생술을 가르쳐 주었고, 소년은 최선을 다해 배웠다. 그런데 얼마 후, 소년은 갑자기 빈 침대로 뛰어올라 마치 누가 있기라도 한 듯 허공에 손을 대고 세게 흔들었다. "엄마! 엄마! 죽지 말아요! 엄마!" 그는 방금 배운 심폐소생술을 했다. "안 돼! 이게 왜 소용이 없죠? 엄마가 왜 계속 누워있어요?" 그는 절규하며 자신의 손목을 물어뜯었다. "제 피를 마시면 나을 거예요! 엄마, 기다려요! 제가 살려줄게요!"

나는 더 이상 견디지 못하고 다른 의사를 불렀다. 소년은 어머니가 고통스럽게 죽는 모습을 눈앞에서 지켜보았다. 그때부터 소년은 자주 환각을 경험했고 그 순간으로 돌아갔지만 매번 어머니를 살리지 못했다. 그는 어머니에게 자신의 피를 먹이면 살릴 수 있다는 생각에 날카로운 물건으로 손목을 긋거나, 입으로 물어뜯었다. 시간이 흐른 뒤, 그는 또 다른 환각인 괴물을 보았다. 괴물은 매일 뱃속을 휘젓고 다니며 내장을 뜯어 먹었는데, 소년은 너무 고통스러워 땀을 흘리며 비명을 질러댔다. 의사가 말했다.

"응급 처치 방법을 알려달라고 한 적은 처음이에요. 왜 제 의견은 물어보지도 않고 마음대로 알려줬어요? 나중에 또 다른 환각이 나타나면 어쩌려고요?"

"그 애가 환각 속에서 어머니를 구하면 좋은 거 아닌가요? 결국 이번에도 살리지는 못했지만요."

의사는 어이없다는 표정으로 나를 봤다. 물론 나도 안다. 소년이 어머니의 죽음을 받아들이지 않는 한 증세는 나아지지 않을 것이다. 하지만 어린 소년에게 너무 잔인한 현실이다.

또 다른 정신분열증 환자가 떠오른다. 중년의 남자 환자였는데 매일 밤 12시만 되면 소리를 질렀다. "제 잘못이 아니에요! 살려주세요!" 그러고 나선 눈물을 흘리며 이렇게 외쳤다. "악마가 그랬어! 난 악마에게 조종당한 거라고!"

본격적으로 들어가기 전에 샤오허(小和) 이야기부터 해야 한다. 샤오허의 사진을 본 적이 있는데, 한 번만 봐도 기억에 남는 얼굴로 재주가 많게 생겼다. 하지만 그녀의 운명은 순탄치 않았고, 어떤 드라마 주인공보다 더 굴곡 많은 삶을 살았다. 샤오허는 고아였지만 다행히 마음씨 착한 부부에게 입양되었다. 하지만 그녀가 17살 되던 해에 양부모가 6개월 간격으로 세상을 떠나면서 샤오허의 인생에 긴 그림자가 드리웠다. 양부모의 유언에 따라 그녀는 친부모를 찾아 길을 떠났다. 큰 기대를 품지 않았던 그녀는 뜻밖에도 친부모를 찾는 데 성공한다. 하지만 생부와 생모, 15살 남동생과 만나기로 한 날에 이상한 분위기가 감돌았다. 생부는 냉랭한 표정으로 샤오허를 뚫어져라 쳐다보다가 드디어 입을 열었다.

"네가 친딸이 아니라고 생각해서 갖다 버렸는데, 십여 년 만에 갑자기 나타날 줄은 몰랐구나. 기왕 이렇게 만났으니 날 원망하진 말거라."

생부는 그 말만 남긴 채 자리를 떠났고, 상처를 받은 샤오허는 움직일 수 없었다. 당시 그녀의 생모는 입에 재갈이 물려 침대에 묶여 있었다. 5분 뒤, 남동생이 들어와 생부가 한 짓을 상세히 알렸다. 그날 밤 12시, 샤오허는 창문에서 뛰어내리는 극단적인 선택을 했다. 친자 검사 결과 샤오허는 생부의 딸이 확실했다. 생부는 바닥에 주저앉아 울면서 분노했다. "악마가 그랬어! 난 악마에게 조종당한 거라고!" 그때부터 밤 12시만 되면 샤오허의 환상이 보이기 시작했고, 남자는 절규하며 괴로워했다.

과도한 스트레스에
시달리는 사람들

SCHIZOPHRENIA

현상

    쉬는 날도 없이 매일 10시간씩 일하고, 야근을 밥 먹듯이 한다. 끼니는 외식으로 해결하고 그마저도 챙겨먹기 힘들다. 수면시간은 늘 부족하고 자고 일어나도 개운하지 않고 언제나 긴장의 연속이다.

    '과로족'은 해가 뜨기 전에 일어나고 새벽이 되어서야 잠자리에 든다. 끼니는 대충 해결하고 소처럼 열심히 일하는 생활이 반복된다. '과로족'이란 매일 과도한 업무와 스트레스에 시달리느라 언제 과로사해도 이상하지 않을 사람들을 뜻한다. 이건 절대로 우스갯소리가 아니다. 화이트칼라가 일하다 쓰러져 사망했다는 기사를 심심찮게 접한다. 인터넷에서 '과로사를 부르는 직업리스트'가 돌아다닌 적이 있다. 회계사, 프로그래머, 광고인, 모델, 연예인, 의사, 경찰, 중·고등학교 교사 등이 상위권을 차지했다. 사실, 대도시 인구의 80% 이상이 '과로족'이라고 해도 무방하며 신체적, 정신적 문제가 나타날 가능성이 크다.

'과로족'의 피로는 육체적인 질병을 유발하며 이것은 정신 질환을 야기한다. 육체적인 면에서 보면, '과로족'은 목 디스크, 허리 디스크, 오십견, 골비대증(Hyperostosis) 등 직업병에 걸릴 위험이 높다. 화이트칼라라면 한 번쯤은 이런 병에 걸려봤을 것이다. 그 밖에도, 심장병, 고혈압, 저혈당, 위장병, 췌장염, 담낭염 등도 늘 따라다닌다. 주목할 사실은 이러한 질병이 장기간 계속되면 심뇌혈관 질환으로 갑자기 사망할 확률이 높다는 점이다.

'과로족'은 상당한 정신적 압박을 받으며, 고강도로 장시간 지속되는 업무는 급격한 체력 저하와 불안감 증가, 피로축적, 불면증, 신경쇠약 등을 초래한다. 그러한 생활이 일 년 내내 매일 반복된다면 어떻겠는가? 열심히 일하느라 가족과 시간을 보내지도 못하고 인생을 즐길 여유도 없어진다. 긴장의 연속인 회사에서는 경쟁에서 이기기 위해 밤낮 없이 치열하게 싸워야 한다. 어느새 삶의 의미는 사라지고 일하는 기계로 변해버린 자신을 발견하게 된다. 이런 상태가 계속되면 정신적인 문제가 나타나고 심각할 경우 정신분열증이 발병할 수 있다. 이러한 정신 질환은 불면증, 신경쇠약, 긴장성 피로 등 신체에 부정적인 영향을 미치기도 한다. 하지만 '과로족'의 이런 생활 패턴을 바꾸기는 매우 어려우며,

그것을 원하지 않는 사람들도 많다.

회사원 A는 이렇게 말했다. "모두들 힘들게 회사에 들어왔는데 여기서 그만둘 순 없어요. 과로하면 안 좋다는 걸 누가 모르겠어요? 그래도 방법이 없어요. 안 그러면 이 자리에서 내려와야죠. 지금 떠나도 변하는 건 없어요. 회사에서 제가 얼마나 보잘 것 없는 존재인지 증명하는 꼴밖에 안 되죠. 그러니 내일은 괜찮아질 거란 최면을 걸며 더 채찍질할 수밖에요."

현대 사회의 엄청난 스트레스로 인해 '주말 울보족'이 출현했다. '주말 울보족'은 말 그대로 평소에 쌓인 스트레스를 주말에 울면서 해소하는 사람들을 뜻한다. 강해 보이는 남자, 위엄 있는 사장, 냉정한 상사, 모범 직원, 아름다운 여성, 암전한 요조숙녀도 주말만 되면 사회적인 신분을 내려놓고 울면서 스트레스를 푼다. 처음에는 특정 장소에서 울고 싶은 사람들끼리 모여 울었는데, 지금은 집에서 편하게 운다. 이들은 다들 텔레비전을 보거나 인터넷 뉴스를 검색하다가 또는 광고 카피를 보다가 눈물이 쏟아진 경험이 있다. 가슴속에 쌓여 있던 눈물이 그 계기로 터져 나온 것이다.

'주말 울보족'은 평소에는 강한 척하며 지내다가 주말이 되면 원래의 자기로 돌아 가 눈물을 흘린다. 하지만 그것이 주말마다 반복되면 심리적인 혼란이 찾아온다. '내가 지금 뭘 하는 거지?', '어떤 게 나의 진짜 모습일까?'라는 고민을 하다가 정신적인 문제까지 나타날 수 있다. 따라서 스트레스를 해소하더라도 자아 정체성과 사회적인 위치를 잊어서는 안 된다.

가족의 사랑과 관심

· 치료 ·

정신분열증 환자는 망상에 자주 사로잡히고 감정조절능력이 부족하므로 외부의 관심과 전문적인 치료가 필요하다. 우선, 환자의 가족들이 치료에 적극적으로 참여해야 한다. 정신분열증에 관한 지식을 배우고 발병 원인과 치료 과정을 이해해야 한다. 그리고 환자와의 심리 상담법과 올바른 소통법을 배우고 환자를 자극하지 않는 방법을 익혀야 한다. 응급상황 발생 시 대처법과 환자의 가족들이 겪을 수 있는 어려움에 대해서도 잘 알아야 한다. 가족들이 환자의 치료에 적극적으로 협조하고 지원한다면 환자도 정상적인 생활로 돌아갈 수 있다.

환자 가족들의 심리치료도 병행되어야 한다. 정신분열증 환자와 함께 생활하며 오랫동안 돌봐온 가족들도 심리적인 문제를 겪을 가능성이 크다. 각자 사회적인 역할과 업무로 스트레스를 받고 있는 상황에서 정신분열증을 앓는 가족까지 돌봐야 한다면 압박을 견디지 못할 수도 있다. 따라서 환자의 가족들도 본인의 정신 건강에 주의해야 한다.

가족들의 협조와 지원이 절실하기는 하나, 전문가의 도움이 더 중요하다. 환자와 장기적인 관계를 유지하며 환자의 상황에 따라 적절한 상담과 치료를 제공할 수 있는 전문가가 필요하다. 전문가가 단계별 심리치료와 약물요법을 함께 진행한다면 환자도 하루 빨리 건강을 회복할 것이다.

정신분열증 환자들이 정상인들과의 교류에 어려움을 느끼긴 하지만, 음악, 춤, 그림 등에 관심이 많고 좋은 반응을 나타낸다. 따라서 그들에게 음악이나 춤, 그림 등을 감상할 수 있도록 하여 그들의 긍정적인 감정을 자극한다. 그러면 환자들도 다양한 예술을 통해 현실 세계와의 접점을 늘릴 수 있다.

그 밖에도, 환자가 좋아하는 취미활동을 적극적으로 유도할 수 있다. 또한 잡초 제거와 같은 노동에 참여하게 해도 좋다. 정신분열증 환자들은 노동을 통해 체계와 질서를 배울 수 있어서 정신분열증 치료에 큰 도움이 된다. 병세가 심하지 않은 환자는 집단치료를 통해 강연, 상담, 게임, 교육 등의 방법을 사용할 수 있다. 집단치료는 환자의 사회성을 높이는 데 효과적이며 환자 간의 상호존중과 이해를 도울 수도 있다.

정신분열증을
치료하기 위한 3가지 방법
· 생존법칙 ·

1. 심리추 효과

시계추는 양극단을 왔다 갔다 하며 흔들린다. 심리추의 원리도
시계추와 비슷하다. 자극을 받으면 사람의 감정도 시계추처럼
양극단을 왔다 갔다 흔들린다. 예를 들어, 평범한 사람이라면
외부의 자극을 받았을 때 분노와 불안, 슬픔, 열등감이라는 감
정 사이를 왔다 갔다 할 것이다. 하지만 감정의 폭이 큰 사람이
라면 더 극단적인 감정 사이를 왔다 갔다 한다. 아주 기분이 좋
았다가 갑자기 우울해하며 쓸쓸함을 느낄 수도 있다.

환각과 망상은 정신분열증 환자의 감정을 훨씬 더 극단적으로
증폭시킬 수 있다. 따라서 정신분열증 환자들은 전문가의 치료
나 약물 치료를 통해 마음을 안정시키고 고통스러운 기억에서

벗어나야 한다.

2. 교환 법칙

나쁜 감정이나 기억을 가진 사람들은 그것을 쉽게 떨쳐내기 어렵다. 극복할 수 있는 유일한 방법은 새로운 감정이나 기억을 만드는 것이다. 예를 들어, 어떤 일 때문에 슬픔에 잠겼다면 머릿속으로 아무리 슬픔에서 벗어나려 해도 쉽게 되지 않는다. 그럴 때는 즐거운 일을 생각하거나 다른 일에 몰두하는 것이 좋다. 그러면 슬픈 감정이 서서히 다른 감정으로 바뀔 것이다. 이것이 바로 교환 법칙이다.

불쾌한 기억이 있을 때도 마찬가지다. 억지로 기억을 삭제할 수는 없지만 새로운 기억을 만들 수는 있다. 새로운 기억을 만들어 오래된 기억을 덮어쓰는 것이다. 정신분열증 환자들은 자신의 감정과 기억에 한 번 빠지면 쉽게 헤어나오지 못한다. 그때 새로운 감정과 기억을 만들어 오래된 것과 맞바꾼다면 고통에서 벗어나는 데 큰 도움이 될 것이다.

3. 관성 법칙

관성 법칙은 의도적이든 아니든, 목적이 있든 없든 그 일을 반복하면 가속도가 붙어 계속하려는 성질을 띠는 현상을 말한다. 아침에 자명종이 울렸을 때 알람을 끈 채 이불을 뒤집어쓰고 계속 자기를 반복하면, 아침에 일어나기가 점점 더 싫어지고 게으름 피우는 것이 습관이 된다. 나중에는 해야 할 일이 많아서 일찍 일어나도 습관대로 계속 게으름을 피우게 된다.

정신분열증 환자는 긍정적인 습관을 키우는 것이 중요하다. 웃는 연습을 계속하면 자연스레 자주 웃는 사람이 되고, 항상 긍정적인 생각을 하면 점점 긍정적인 사람으로 변하게 될 것이다.

CASE 11

내 속 엔
내 가
너 무 많 아

해리성 정체 장애

당신은 해리성 정체 장애 환자인가요?
· 자가진단 테스트 ·

조용한 장소에 앉아 최근 3개월간의 기억을 바탕으로
다음 질문에 솔직하게 대답해 보세요.

☐ 둘 또는 그 이상의 인격을 가지고 있나요?

☐ 선택적 주의(Selective attention, 외부의 자극 중 특정한 것에만
관심을 기울이는 현상을 일컫는다 – 역주) 성향이 있나요?

☐ 자신의 신분이 바뀌어도 잘 알아채지 못하나요?

☐ 암시에 쉽게 걸리는 편인가요?

☐ 주변 환경에 대한 관찰력이 떨어지나요?

☐ 자신의 의지로 다른 인격을 불러올 수 있나요?

☐ 환각과 망상을 체험한 적이 있나요?

위의 7개 항목 중에서 3개 이상에 '네'라고 대답했다면 가벼운
인격분열증에 해당된다. 5개 이상에 '네'라고 대답했다면 심각
한 인격분열증에 해당되니 전문가와의 상담이 필요하다.

인격과 다중인격

DISSOCIATIVE IDENTITY
DISORDER

증상

다중인격의 정식 명칭은 해리성 정체 장애다. 다중인격을 이해하기 위해서는 우선 인격(Personality)의 개념부터 알아야 한다.

인격은 성격(Character)과 같은 말로, 오랫동안 유지해온 개별적인 정서와 행동을 포함한다. 인격과 영혼을 같은 것으로 여기는 사람들도 있다. 일부 법률에서는 사람의 인격은 독립적으로 존재한다고 규정한다.

영국에 12개의 인격을 가진 여성 화가가 있었는데 인격마다 서로 다른 화풍과 뛰어난 실력을 가졌다. 그녀는 미술 대회에 출전했는데 5개의 인격이 각각 다른 그림을 출품했다.

위의 이야기처럼 인격은 독립적으로 존재하며, 같은 상황이라도 인격마다 다른 역할을 수행한다.

편부모 가정에서 자란 세 명의 아이들은 결혼에 대해 각기 다른 생각을 했다. 한 명은 이렇게 생각했다. '결혼은 해 봤자 실패할 게 뻔해.' 또 다른 한 명은 이렇게 생각했다. '나중에 결혼하면 아내에게 잘해 줘야지. 내 아이가 나처럼 상처받게 하고 싶지 않아.' 나머지 한 명은 이렇게 생각했다. '결혼이 이런 거라면 나도 똑같겠군.' 사실 이 셋은 한 사람이 가진 인격이다. 이처럼 각각의 인격은 같은 문제에 대해서 서로 다른 생각과 선택을 한다.

인격은 체계적이고 안정적인 존재다. 개인의 경험에 따라 인격도 감정, 생각, 행동, 인간관계 등에서 서로 다른 양상을 보인다. 어릴 적 친구를 오랜만에 만나면 외모, 성격, 취미가 많이 달라졌어도 전혀 못 알아보지는 않을 것이다.

"너 정말 많이 변했구나? 못 알아볼 뻔 했어!"

이렇게 말할 수 있는 것은 상대가 하나의 고유한 인격을 가지고 있기 때문이다. 다중인격을 가진 환자들의 상황은 좀 다르다. 그들은 한 사람의 몸에 여러 개의 인격이 존재하기 때문이다. 그들은 태어날 때부터 다중인격일까? 반드시 그렇지는 않다. 그들도 평범한 사람들처럼 선천적인 유전자와 후천적인 환경의 영향으로 고유의 인격을 형성한다. 하지만 그 뒤에 여러 개의 인격으로 분열되어 다중인격을 형성한다.

해리성 정체 장애는 심각한 정신적 충격을 받고 그 무게를 감당하지 못하여 두 번째 인격을 만들어 내는 질환이다. 일종의 자기방어 기재인 것이다. 하지만 '숙주 인격'은 두 번째 인격의 존재를 눈치 채지 못하는 경우가 많다. '숙주 인격'은 고통을 두 번째 인격에게 떠넘긴 뒤 모두 잊고 일상으로 돌아가기 때문이다. 나중에 창조된 두 번째 인격은 힘든 기억과 감정을 처리하는 것으로 '숙주 인격'의 문제를 해결한다. '숙주 인격'은 두 번째 인격의 존재를 잘 모르지만 두 번째 인격은 '숙주 인격'을 낱낱이 파악하고 있다. 여러 개의 인격이 더 형성되면 서로의 존재를 알고 있으며, 정보를 교환하기도 한다. 여러 개의 인격은 각자 독립적으로 존재하므로 '숙주 인격'의 몸을 통제할 수 있다. 따라서 장소나 상황이 달라지면 그에 맞는 인격이 출현하게 된다.

겁이 많았던 남자 환자는 세 개의 인격을 가지고 있었다. A인격은 위험한 상황에 나타나 모든 인격을 보호했다. B인격은 일할 때마다 나타나 도움을 줬고, C인격은 매력이 넘쳐서 아름다운 이성과 있을 때 자주 나타났다. 그 외 나머지 시간에는 '숙주 인격'에게 몸을 돌려주었다.

'숙주 인격'이라고 해서 나머지 인격을 통제하고 부릴 수는 없다. 나중에 생겨난 인격들은 몸을 통째로 차지하길 원하여 '숙주 인격'의 말을 귀담아 듣지 않기 때문이다. '숙주 인격'에 적대감을 품고 일부로 소란을 피우는 인격도 있고, 갑자기 나타나 사람들을 놀라게 하는 인격도 있다. '숙주 인격'은 다른 인격의 존재를 인지하고 그들과 끊임없이 소통하며 정보를 공유해야 한다. 그리고 다른 인격들과 합의하여 몸을 사용하되 그들이 아무 때나 나타나지 못하게 해야 한다.

24개의 인격

DISSOCIATIVE IDENTITY
DISORDER

사례

작가 캐머론 웨스트(Cameron West)는 저서 『다중인격(First person plural : my life as a multiple)』에서 자신이 겪은 다중인격 체험을 소개한다.

평소와 다름없이 회사에 출근한 캐머론은 그날따라 몸 상태가 좋지 않았다. 그런데 얼마 후 갑자기 몸 상태가 회복되었고, 이상하게 기분이 좋아졌다. 사실, 그는 자기 몸에 무슨 일이 일어나고 있는지 잘 몰랐다. 그가 처음으로 자기 안의 다른 존재를 느낀 것은 4살 때였다. 캐머론은 아내의 권유로 전문가를 만나고 나서야 자신이 해리성 정체 장애라는 사실을 알았다. 하지만 그의 인격은 점점 늘어나 결국은 24명의 인격과 몸을 공유하게 되었다.

그는 늘 의기소침한 남자아이, 성격이 완전히 다른 쌍둥이 자매, 혈기왕성한 바람둥이, 비상한 두뇌를 가진 청년, 수줍은 사춘기 소녀, 긍정적인 소년 등 다양한 인격을 가지고 있었다. 그들은 마치 한 가족처럼 모여 회의를 하고 정보를 교류하기도 했다.

캐머론에게 24개의 인격이 출현한 이유는 무엇일까?

의사의 권유로 캐머론은 어린 시절의 기억을 되짚어보기 시작했다. 어릴 때의 기억이 흐릿한 캐머론은 친척에게 전화를 걸어 물었다. "혹시 제가 어렸을 때 무슨 일이 있었는지 아세요?" 그런데 친척은 조금 망설이더니 뜻밖의 대답을 했다. "내가 알기론 근친상간은 절대 없었어." 캐머론은 갑자기 튀어나온 '근친상간'이란 단어에 깜짝 놀랐다. 그는 본격적으로 어렸을 때 무슨 일이 있었는지 조사하기 시작했고, 결국엔 충격적인 진실을 마주하게 되었다.

캐머론의 어머니는 어릴 때부터 할머니에게 학대를 당했고, 그러한 경험은 캐머론까지 피해자로 만들었다. 그는 4살 때부터 어머니와 할머니로부터 근친상간을 당해왔다. 남자 친척에게 성추행을 당하기도 했는데 그럴 때는 여자 인격을 만들어 고통을 떠넘겼다.

어릴 때 봉인됐던 기억이 풀리고 엄청난 고통에 휩싸인 캐머론은 추악한 진실을 감당하기 어려워 또 다른 인격을 만들어냈다. 새로운 인격은 종종 나타나 그를 위로했다. "정말 불쌍하기도 하지. 힘든 기억은 내가 대신 떠안을게." 캐머론은 가장 고통스러운 기억들을 다른 인격에게 봉인했다. 따라서 그들은 캐머론과 늘 함께했다.

캐머론은 다른 인격들의 말을 따르지 않으려 했다. 하지만 부인의 지극한 사랑과 격려에도 불구하고 인격들은 쉽게 사라지지 않았다. 그들은 중요한 순간에 불쑥 튀어나와 사람들을 놀라게 하기 일쑤였다. 다행히 캐머론의 인격들은 치료를 받아들이기로 합의했고, 그들의 적극적인 협조로 캐머론은 순조롭게 일상으로 돌아갔으며 아내와 아이들과의 관계도 회복했다.

사람은 누구나 또 다른
인격을 가지고 있다

DISSOCIATIVE IDENTITY
DISORDER

현상

　　'숙주 인격'에게 복잡하고 힘든 일을 겪을 때마다 나타나 놀래키는 다중인격은 사람들의 흥미를 유발하는 심리질환 중 하나다. 심지어 이런 질문을 하는 사람들도 적지 않다. "회사에서는 얌전한데 친구들만 만나면 활발해져요. 혹시 저도 이중인격인가요?" 하지만 실제로 다중인격을 가진 사람은 대부분 그 사실을 인지하지 못한다. 해리성 정체 장애는 흔한 질환이 아니며, 큰 충격을 받았을 때나 감당하지 못한 일을 겪었을 때 발병한다.

　　사람의 인격은 다양한 모습을 가지고 있다. 서로 다른 색을 띤 여러 면으로 이루어진 큐브처럼 사람도 상황에 따라 다른 모습을 보여준다. 이처럼 사람은 누구나 여러 가지 모습을 가지고 있다.

어머니 앞에서는 어리광 부리는 천진난만한 모습을, 회사에서는 성실한 직장인의 모습을, 고객 앞에서는 전문가적인 면모를 보여 준다. 그리고 인터넷을 할 때는 자유분방한 모습을, 이성 앞에서는 매력적인 모습을 보여주려고 한다.

사람들이 상황에 따라 다른 모습을 보여주는 것은 '적자생존'의 원리에 따르는 것으로 해석될 수 있다. 하지만 자신의 다른 모습을 발견한 사람들은 종종 혼란을 느끼며 정체성이 흔들리기도 한다. 사실 어떤 모습을 보여주든 전부 그 사람의 일부다. 법에 저촉되거나 비윤리적인 행동이 아니라면 어떤 모습을 보여주든 하고 싶은 대로 하며 사는 것이 가장 좋다. 삶의 순간마다 최선을 다하고 상황에 따라 자신의 다양한 모습을 자유자재로 활용한다면 멋진 인생을 만들어 나갈 수 있다.

현대 사람들은 '혼란의 시대'를 살아가고 있다. 빠르게 변하는 사회에서 사람들은 가야 할 방향을 잃었다. 깊은 고독과 씨름하다가도 엄청난 쾌락에 빠져들고, 사람들의 냉대에 무릎 꿇었다가도 뜨거운 열정을 맛보기도 한다. 하루에도 수십 번씩 바뀌는 자신의 모습을 보며 사람들은 이런 의문을 품는다. "진정한 나는 어떤 모습일까?"

한 사람이 가진 다양한 모습을 합친 것이 바로 그 사람이다. 때로는 고독에 몸부림치고 때로는 신나게 웃으며 하루를 보낸다. 때로는 냉정하게 때로는 따뜻하게 사람들과 어울린다. 그중에서 어떤 모습을 자주 보여주느냐에 따라 그 사람의 특징이 결정된다. 따라서 노력에 따라 긍정적인 사람이 될 수도 있고, 부정적인 사람이 될 수도 있다. 그런 면에서 "진정한 나는 어떤 모습일까?" 라는 질문은 이렇게 바뀌어야 한다. "나는 어떤 사람이 되고 싶은 걸까?"

최면치료

· 치료 ·

해리성 정체 장애를 치료하기 위해서는 가족과 친구들의 적극
적인 이해와 도움이 절실하다. 치료 과정에 함께 참여하는 것도
큰 도움이 된다. 해리성 정체 장애 치료에 가장 큰 효과가 있는
것은 최면치료다.

최면사는 우선 환자와의 소통을 통해 중요한 정보를 수집한 뒤,
언어, 눈빛, 숫자 세기 등으로 최면을 건다. 해리성 정체 장애 환
자는 자신의 병을 받아들이기 전까지 자기 안에 또 다른 인격
이 있다는 사실을 알지 못하기 때문에 자아조절이 불가능하다.
자신의 병을 인지한 뒤에도 종종 그러한 사실을 믿지 못하는
환자가 많다. 그들이 자신의 병을 완전히 받아들인다면 자아조
절도 가능하다. 최면사는 환자의 제2의 인격을 불러내서 이름
과 나이, 성별, 성격, 취미 등을 알아내야 한다. 그리고 제2의 인

격을 해치려는 게 아니라 도움을 주려는 입장을 분명히 밝히고, 그들과 신뢰를 형성해야 한다. 제2의 인격 외에 또 다른 인격이 존재한다면 시간을 두고 천천히 그들과 접촉해 관계를 유지한다. 최면을 통해 환자가 해리성 정체 장애에 걸린 원인을 알아내는 게 무엇보다 중요하다. '숙주 인격'은 주로 학대나 모욕, 성폭행 등의 고통스런 경험이나 심각한 정신적 충격을 받았을 때 제2의 인격을 만들어 낸다. '숙주 인격'이 고통을 감당할 수 없어서 제2의 인격에게 부담을 떠넘기는 것이다.

L은 성폭행을 당하고 얼마 후 다중인격이 나타났다. 첫 번째 인격은 조용하고 의기소침한 성격의 여자로, L의 고통을 대신 짊어진다. 늘 과묵하며 인상을 찌푸리고 다닌다. 낯선 사람들을 보면 도망치려는 성향이 강하다. 두 번째 인격은 난폭한 남자로 L의 보호자 역할을 한다. 세상에 불만이 많고 늘 분노로 가득 차 있다. L이 다치지 않게 보호하려 한다. 세 번째 인격은 바람둥이 여자다. 항상 자신의 매력을 과시하며 남자들의 끈적끈적한 시선을 즐긴다. 종종 남자들을 유혹하고 방탕한 생활을 즐긴다. 이 모습은 성폭행을 당한 뒤 자기부정에 빠진 L의 모습을 반영한다.

해리성 정체 장애 환자가 만들어낸 모든 인격은 각자의 '사명'을 가지고 있다. 각각의 인격이 출현한 이유와 목적을 이해해야 환자도 성실히 치료를 받으며, 인격들도 저항하지 않는다. '숙주 인격'은 종종 다른 인격의 존재를 인지하지 못하지만 다른 인격끼리는 서로 정보를 공유한다. 최면치료 과정을 녹음해서 환자에게 들려주면 다른 인격이 있다는 사실을 신뢰하며, '숙주 인격'과 다른 인격 간의 교류가 이루어질 수 있다. 최면사는 환자가 내면에 갈등과 문제를 깊게 생각해볼 수 있는 편안한 장소를 만들도록 유도해야 한다. 또한 인격들 간의 원활한 소통을 통해 양호한 관계를 유지하도록 유도한다.

제2의 인격은 독립성이 강해서 자기만의 생각과 가치를 가지며, 심지어 자신이 몸의 또 다른 주인이라고 여긴다. 따라서 그들을 '살해'하는 것은 좋은 방법이 아니다. 자칫 잘못했다가는 불만을 품은 그들이 '숙주 인격'을 공격할 수 있기 때문이다. 그들의 존재를 존중하고 그들의 이야기에 귀 기울여 좋은 방향으로 이끄는 것이 중요하다. 모든 인격은 각자의 목적을 가지고 있으므로 그 목적을 이룬 뒤에는 존재 가치가 사라진다. '숙주 인격'이 과거의 고통과 분노, 공포, 불안 등의 감정을 해소한다면 나머지 인격들도 서서히 '숙주 인격'으로 흡수될 것이다.

해리성 정체 장애를
치료하기 위한 3가지 방법
· 생존법칙 ·

1. 소동파(蘇東坡) 효과

중국 송(宋)나라 시인 소동파는 〈제서림벽(題西林壁)〉에서 "가로로 보면 고갯마루 세로로 보면 봉우리, 멀고 가깝고 높고 낮음에 따라 모습이 제각각이구나. 여산의 진면목을 알 수 없는 것은 잇몸이 산중에 있기 때문이지."라고 했다.

사람도 사건의 중심에 놓여 있으면 객관적으로 바라보기 어렵다. '당사자보다 제삼자가 더 명확히 판단한다.'는 말도 바로 그런 뜻이다. 우리가 '자아'를 인식하기 어려운 것도 자기 자신을 객관적으로 평가하기 어렵기 때문이다. 이런 현상을 소동파 효과라고 한다.

해리성 정체 장애 환자들은 정신력이 약해서 쉽게 혼란에 빠진다. 그들은 새로운 인격을 창조하여 과거의 상처를 잊으려 하고 '숙주 인격'을 보호한다. 하지만 이것은 결국 현실도피에 불과하다. 자아를 객관적으로 인식하는 일은 쉽지 않다. 해리성 정체 장애 환자는 자신의 내면을 똑바로 응시하고 그 목소리에 귀를 기울여야 한다. 자아를 인식하고 받아들여야 편안함을 느낄 수 있으며, 또 다른 인격을 만들어 낼 필요도 없어질 것이다.

2. 공감각 효과

공감각이란 하나의 감각이 다른 영역의 감각을 불러일으키는 현상을 의미한다. 중국 청(淸)나라 작가 유악(劉鶚)은 저서 『명호거청서(明湖居聽書)』에서 한 여자의 노래를 듣고 이렇게 서술했다.

"다리미가 지나간 것처럼 오장육부가 매끄러워지고, 인삼을 먹었을 때처럼 3만 6천개의 모공이 한꺼번에 열리는 기분이에요."

이처럼 시각과 촉각으로 청각을 표현한 것이 바로 공감각이다. 해리성 정체 장애 환자는 예술 활동을 통해 공감각을 느끼며, 여러 인격 간의 감감을 통해서도 공감각을 느낀다. 하지만 사실 대부분의 환자들은 자신에게 또 다른 인격이 있다는 사실을 인지하지 못한다. 따라서 '숙주 인격'은 다른 인격의 존재를 알지 못하고 서로 소통하는 것도 불가능하다.

3. 자기 선택 효과

인생은 끊임없는 자기 선택의 결과다. 현재는 과거의 선택이 불

내 속엔 내가 너무 많아 – 해리성 정체 장애

러온 결과이며, 미래는 오늘의 선택으로 결정된다. 이처럼 사람들은 무수한 가능성 중에서 자신의 길을 선택하게 된다.

해리성 정체 장애 환자가 다중인격을 가지게 된 것도 스스로 선택한 결과다. 그들이 과거의 고통스러운 기억이나 정신적 충격으로부터 자신을 보호하기 위해 내린 결정이다. 지금도 선택의 기회는 남아 있다. 환자는 자신의 병을 그대로 방치할 수도 있고, 치료할 수도 있다. 이미 일어난 사실은 바꿀 수 없지만 앞으로 어떤 삶을 살 것인지는 스스로 선택할 수 있다.

인 생 은
영   화
같   아

히스테리성 인격 장애

당신은 히스테리성
인격 장애 환자인가요?

·자가진단 테스트·

조용한 장소에 앉아 최근 3개월간의 기억을 바탕으로

다음 질문에 솔직하게 대답해 보세요.

☐ 이슈가 되는 문제에 지나치게 관심을 가지나요?

☐ 성격이 외향적이고 혼자 있기를 싫어하나요?

☐ 감정적으로 일을 처리하는 편인가요?

☐ 기괴한 옷을 즐겨 입나요?

☐ 평소 과장된 말과 표정을 사용하나요?

☐ 이기적이고 다른 사람을 배려하지 않나요?

☐ 친한 친구가 많다고 생각하나요?

☐ 자해를 하거나 자살 충동을 느낀 적이 있나요?

☐ 타인의 암시에 쉽게 빠지나요?

☐ 쉽게 화를 내는 편인가요?

위의 10개 항목 중에서 3개 이상에 '네'라고 대답했다면 가벼운 히스테리성 인격 장애에 해당된다. 5개 이상에 '네'라고 대답했다면 심각한 히스테리성 인격 장애에 해당되니 전문가와의 상담이 필요하다.

희극화와 유치화

HISTRIONIC
PERSONALITY

증상

동료들과 밥을 먹으러 가는 길에 W를 만났다. 괴상한 옷을 헐렁하게 걸친 그녀는 형형색색으로 물들인 머리를 헝클어뜨린 채 걸어왔다. 화장한 얼굴은 잿더미에서 막 기어나온 사람처럼 보였다. 나랑 마주쳤을 때 W는 마침 검정 매니큐어를 칠한 긴 손톱을 감상하고 있었다. 우리는 그녀의 옷차림과 화장을 보고 경악을 금치 못했다.

"네 친구는 왜 저런 차림으로 다니는 거야?" 동료가 물었다.

"저렇게 관심 받고 싶어서 그런 것 같은데 미적 감각이 저렇게 떨어져서야. 자유롭게 사는 모습을 보여주고 싶은 거라면 완전히 실패했어. 저런 꼴로 돌아다니는 건 주변에 피해만 주는 거라고."

W가 우리의 대화를 들었는지 말았는지 내게 인사를 건네며 몇 마디

나눈 뒤에 동료에게 추파를 던졌다. 그러다 갑자기 드라마에 나오는 청순가련한 여성으로 돌변해 자신의 이야기를 들려주었다.

동료는 W의 화장을 지적하며 마치 석탄 공장에서 일하다 나온 사람 같다며 억지로 웃음을 참았다. W는 무슨 말인지 알겠다는 듯이 빠르게 화장을 고치며 화를 냈다. "뭐가 그렇게 우습죠? 당신은 동정심도 없어요? 정말 너무 하네요!" 그 말을 들은 동료는 계면쩍어하며 황급히 W에게 사과했다. 그녀는 사과를 받으며 대답했다. "정말 미안하면 전화번호 좀 알려주세요."

나중에 W와 몇 번 더 만나본 나는 그녀가 히스테리성 인격 장애를 앓고 있다고 확신했다. 히스테리성 인격 장애는 연기를 하듯이 과장스럽게 행동하는데 정작 본인은 그것을 눈치 채지 못하며, 사람들의 시선을 즐긴다. 무대에 올라간 일반인이 '배역'을 맡아 사람들의 관심을 한 몸에 받길 원한다. 유명해져서 어딜 가나 알아보는 사람이 되길 바란다. 그래서 진한 화장을 하거나 과장된 행동을 하기도 한다. 이것이 바로 히스테리성 인격 장애의 증상이다. 히스테리성 인격 장애 환자들은 언제나 주목 받고 칭찬 받길 원하며 관심을 독차지했을 때 희열을 느낀다.

히스테리성 인격 장애 환자의 가장 큰 특징은 '희극화'다. 그들은 연극과 현실을 구분하지 못한다. 삶은 연극 무대고 사람들의 눈은 카메라라고 생각하며 이야기를 극적으로 연출하려고 한다. 히스테리성 인격 장애 환자는 자신이 배우라고 여기고 외모를 가꾸는 데 집착한다. 때로는 지나친 화장과 옷차림으로 사람들의 관심을 받기도 한다. 그들은 강력한 에너지를 발산하며 자극적인 행동으로 사람들의 이목을 끈다. 호감이든 비호감이든, 호기심이든 질투든 상관없이 그러한 사람들의 시선을 즐긴다.

히스테리성 인격 장애 환자는 늘 과장된 말과 행동을 하면서도 주목 받지 못하는 것을 두려워한다. 그들은 마치 이렇게 말하는 것 같다.

"저 좀 봐주세요! 제가 뭘 하고 있는지 좀 봐달라고요!"

그들의 삶은 전부 남들에게 보여주기 위한 것에 불과하다. 히스테리성 인격 장애 환자는 타인과의 교류에서 종종 자신을 치켜세운다. 그들은 잘난 자신이 기꺼이 시간을 내서 사람들을 만나준다고 생각하며, 주변 사람들과 친구들이 전부 자신을 좋아한다고 착각한다.

히스테리성 인격 장애 환자의 두 번째 특징은 '유치화'다. 앞에 얘기한 그들의 인간관계를 살펴봤을 때 유아원에서도 선생님에게 칭찬 받거나 친구들의 관심을 받으려고 애를 썼을 것이다.

물론 그들은 최선을 다했다. 그들은 다양한 장소에서 자신을 가장 멋있게 드러내는 방법을 터득했으며 사회의 규범을 속속들이 알고 있다. 출중한 외모와 강력한 에너지는 분명히 그들에게 긍정적으로 작용했을 것이다. 하지만 이것은 그들이 사회성이 뛰어나다는 뜻이지 성숙한 인간이라는 의미는 아니다.

히스테리성 인격 장애 환자는 의외로 유치한 면이 강하다. 언제나 제멋대로 행동하고 억울한 일은 티끌만큼도 용납하지 못한다. 일이 자기 뜻대로 흘러가지 않으면 화를 참지 못하며, 다른 사람이 자기보다 주목받는 모습을 보면 질투심에 무슨 짓을 저지를지 모른다. 미성숙한 어린 아이의 마음을 가지고 있기 때문이다. 항상 자기밖에 모르고 무슨 일이든 뒷일은 생각하지 않고 저지르고 본다. 겉으로는 사회성이 뛰어난 어른처럼 보이지만, 내면을 들여다보면 그들의 정신 상태는 여전히 유아기에 머물러 있다.

위의 두 가지 특징으로 인해 히스테리성 인격 장애 환자는 충동적이고 쉽게 화를 내며, 다른 사람의 암시나 환경의 영향을 잘 받는다.

어떻게 나를 싫어할 수 있어?

HISTRIONIC
PERSONALITY
사례

인터넷 채팅으로 알게 된 D와는 그리 친한 사이는 아니었다. 그런데 어느 날, 그녀가 채팅방에서 걱정이 있다며 말을 꺼냈다.

D: 길을 가는데 연예기획사 매니저가 말을 거는 거예요. 내가 얼굴도 예쁘고 분위기도 좋고, 큰 키에 날씬한 몸매를 가졌으니 연예인이 되면 인기를 얻을 거라는 거죠.

A: 사진이 없으니 확인할 길이 없네요.

D는 바로 여러 각도에서 찍은 사진을 업로드했지만, 사진은 포토샵으로 수정한 게 분명해 보였다. 사진 속 그녀는 매력적인 표정과 풍만한 몸매로 유혹하는 눈빛을 보내고 있었다.

채팅을 하던 사람들은 순식간에 그녀에게 관심을 보이기 시작했다.

A: 정말 예쁘네요! 그래서 연예인이 되겠다고 한 거예요?

D: 아니요. 이름도 들어본 적 없는 작은 회사더라고요. 계약을 한다면 대형 기획사랑 할 거예요. 일만 시작하면 판빙빙(范冰冰) 정도는 금방 따라잡을 자신 있어요.

A: 아, 네. 그렇게 예쁘면 남자 친구도 있겠네요?

D: 없어요. 조그만 일찍 데뷔했으면 저우제룬(周杰倫)을 사귀었을 텐데. 그럼 쿤링(昆凌)이랑 결혼도 안 했을 거예요.

A: 그러면 따라다니는 남자도 많겠어요?

D: 그럼요. 하지만 절 따라다니는 남자들한테는 관심 없어요. 어떤 남자들은 자기 분수도 모르고 저를 넘보더라고요. 못생기고 가난한 주제에 말이에요.

A: 언젠가 좋은 사람을 만나겠죠.

D: 그랬으면 좋겠어요. 사실 절 따라다니는 남자들 중에도 괜찮은 사람이 있긴 해요. 잘생긴 시장 아들도 있고, 기업 대표도 있어요. 기업 대표라는 사람은 돈은 많은데 생긴 게 영 별로예요. 그래도 큰 키에 깔끔해 보이긴 해요. 우리 학교 킹카도 있는데 얼마나 다정한지 몰라요. 하지만 집안이 그저 그래요. 다들 제게 잘해주는데 저는 별로 관심 없어요.

A: 전부 조건은 괜찮아 보이는데 전혀 관심이 안 생겨요?

D: 이 정도 조건이 괜찮다는 거예요? 절 너무 과소평가하는 거

아니에요?

　A: 그럼 도대체 어떤 사람을 원해요?

　D: 전 바라는 거 별로 없어요. 운명 같은 사람을 원해요.

　그때 또 다른 사람이 끼어들었다. "그렇게 고르다가 영영 시집도 못 갈 수 있어요!"

　D가 바로 대꾸했다. "그럴 리 없어요."

　그 사람이 다시 말했다. "그렇게 까다롭게 구는데 어떤 남자가 좋다고 하겠어요?"

　D: 지금 절 놀리는 거예요?

　시간이 얼마쯤 지나 그녀가 다시 말했다.

　D: 저도 좋아하는 사람이 있는데, 그 사람은 제게 마음이 없대요.

　A: 그럼 열심히 따라다니지 그랬어요? 남자가 감동해서 마음이 바뀔지도 모르잖아요.

　D: 제가 왜 따라다녀요? 그 남자는 무슨 근거로 절 좋아하지 않는 거죠? 이렇게 예쁘고 날씬한데 말이죠. 어떻게 저를 싫어할 수 있어요?

　A: …….

　D: 이제까지 저를 본 남자들은 전부 절 좋아했어요. 어딜 가나 남자들이 따라다니며 구애했죠. 그런데 그 남자는 왜 제가 싫다는 걸까요? 저를 좋아할 기회를 충분히 줬는데도 말이에요. 정말 이해가 안 돼요.

D는 외모에 관심이 많고 늘 사람들의 관심과 사랑을 원했다. 그리고 타인의 시선과 평가에 매우 신경 썼으며 쉽게 화를 내는 것으로 볼 때, 히스테리성 인격 장애 환자일 가능성이 컸다.

그녀의 연극적인 삶

HISTRIONIC
PERSONALITY

현상

　　예전에 한 텔레비전 프로그램에 애교 섞인 여자의 말투를 듣고 닭살이 돋았던 기억이 난다. 여자가 노래를 시작하자 담백한 중저음 목소리를 나와 또 한 번 깜짝 놀랐다. 하지만 노래가 끝나자 여자는 다시 소름 돋는 애교 넘치는 목소리로 돌아갔다. 프로그램에 같이 나오는 패널들도 인상을 찌푸렸다.

　　주변에도 애교 섞인 말투를 사용하는 여자들이 많다. 사실 그 말투에 치가 떨리고 머리털이 삐쭉 선다는 사람들이 적지 않다. 하지만 여자들은 종종 애교로 자신이 원하는 것들을 쉽게 손에 넣을 수 있기에 그 말투를 포기하지 않는다. '우는 아이에게 젖을 물린다.'는 말처럼 애교를 부리는 여자들이 더 많은 것을 손에 넣는 것이다. 그런 여자들은 목소리뿐 아니라 표정에서도 애교가 철철 넘친다. 바비 인형 같은 얼굴로 사근사근 웃으며 콧소리 섞인 애교를 부리면 누구라도 넘어갈 것이다. 애교가 많은 여자들이 풍만한 몸매를 드러내며 미소를 지으면 어떤 남자라도 마음을 빼앗기고 만다.

그녀들은 천성적으로 뛰어난 사교성을 자랑한다. 실제로 예쁜 여자들의 애교를 거부할 남자는 많지 않다. 그녀들은 주변 시선에 신경을 쓰며 잘 보이고 싶은 상대에게 애교를 부린다. 애교가 많은 여자들은 자신의 외모를 중요하게 생각하며 열심히 치장한다. 그리고 늘 사람들의 관심에 목말라 있다. 좋은 일이든 나쁜 일이든 상관없이 매스컴에 오르내리며 유명해지길 바라기도 한다. 그녀들이 사람들의 관심과 사랑을 구걸하는 것은 허영심이자 본능에서 비롯된다.

그녀들의 애교는 사람들의 마음을 녹이지만, 모든 사람에게 애교를 부리는 것은 아니다. 대상은 그녀들이 좋아하거나 필요하다고 생각되는 사람에 한정된다. 여자들은 애교가 많을수록 쉽게 화를 낸다. 실제로 짜증을 자주 부리는 여자들은 아무 이유 없이 화를 내며 상대방을 때리거나 물건을 집어던지기도 한다. 잘나가는 스타도 외모가 출중할수록 폭력적이고 다혈질일 확률이 높다.

위에서 살펴본 애교 많은 여자들의 특징은 히스테리성 인격 장애 증상과 대부분 일치한다. 그녀들은 외모에 관심이 많고 타인을 유혹하는 기술이 뛰어나며 사교성이 좋다. 또한 이기적이며 쉽게 화를 내기도 한다. 그녀들은 삶을 연극 무대로 여긴다. 자신을 주인공으로 생각하며 사람들의 관심을 끌고 연극을 '흥행'시키는 것을 목표로 살아간다. 그리고 억지스런 설정을 통해 스스로 연극배우가 된다. 그녀들 마음 깊은 곳에는 사람들의 관심과 사랑을 갈구하는 욕구와 열등감이 숨어 있다.

히스테리성 인격 장애 환자의
자기통제 능력

· 치료 ·

히스테리성 인격 장애 환자는 유치하고 자기통제 능력이 떨어지기 때문에 가족이나 친구들의 도움과 지원이 필요하다. 그렇다면 그들에게 가장 절실한 것은 무엇일까?

우선, 그들이 자신을 어떻게 생각하는지 주관적인 견해를 들어보고 다른 사람들의 객관적인 견해를 들려준다. 두 가지 견해를 비교함으로써 과장하기 좋아하고 쉽게 화를 내며 늘 주목받길 원하는 그들의 모습을 지적한다. 히스테리성 인격 장애 환자는 자신에게 관대한 편이라서 "정말 아름다우세요.", "패셔너블하네요.", "뛰어난 재능을 가졌군요."처럼 인사말로 하는 칭찬을 곧이곧대로 받아들인다. 그들이 자신을 설명하는 말을 모아 보면 '자기 자랑 백과사전'이 될 정도다.

히스테리성 인격 장애 환자는 허풍을 잘 떨고 과장된 행동으로 사람들의 시선을 끈다. 어떻게든 관심을 받길 원하며 스스로 매력 넘치는 사람이라고 착각한다. 하지만 사람들은 그들이 경솔하고 거드름을 피운다고 손가락질한다. 또한 히스테리성 인격 장애 환자는 타인의 영향을 잘 받으며 사소한 일에도 혼란을 느낀다. 그들은 그러한 상황에서 늘 남 탓을 하며 억울하다고 얘기하지만, 사람들은 그들이 세상 물정 모르는 미성숙한 아이라고 여긴다.

이처럼 히스테리성 인격 장애 환자들에게 객관적인 평가와 충고를 들려주어야 한다. 물론 충고를 한 번에 받아들이기는 어려우며 노발대발 화를 낼 수도 있다. 하지만 그러한 분석을 통해 그들이 성숙한 어른들의 태도를 이해하고 자신을 좀 더 이성적으로 바라보게 해야 한다. 자신의 단점을 인정하고 바로잡을 수 있도록 도와야 한다.

히스테리성 인격 장애 환자가 자신의 문제를 인지하고 외부의 도움을 청한다면 그들도 스스로 자신을 통제할 수 있게 된다. 그들은 일상을 기록하여 분석함으로써 자신을 객관적으로 바라볼 수 있어야 한다. 주변 사람들에게 자주 의견을 구하고 그들의 평가를 귀담아 듣는 것도 중요하다. 그러한 과정을 통해 단점이 무엇인지 파악하고 자신의 행동을 '보통, 초과, 부족'으로 나누어 분석한다. '보통'은 주변 사람들이 받아들일 수 있는 일반적인 행동, '초과'는 과장된 행동, '부족'은 동떨어진 행동을 의미한다. 행동 분석이 끝나면 주변 사람들의 의견을 참고하여

잘못된 행동을 바로잡고, 잘못된 행동이 무의식적으로 이루어
진 것인지 아닌지를 돌아본다. 하지만 행동 교정은 근본적인 치
료법이 아니며, 환자가 성숙된 태도로 자신의 감정을 처리하는
법을 배우는 것이 더 중요하다. 특히 정신적인 압박을 받았을
때 쉽게 흥분하거나 화내지 말고 이성적으로 사고할 줄 알아야
한다. 그 밖에도 히스테리성 인격 장애 환자는 과거의 자신을
완전히 부정해서는 안 된다.

히스테리성 인격 장애를
치료하기 위한 3가지 방법
· 생존법칙 ·

1. 새장 효과

제임슨(Jameson)이 칼슨(Carlson)에게 말했다.

"얼마 후에 너는 새를 기르게 될 거야. 내기해도 좋아."

"그럴 리가 없어. 난 새를 기를 생각이 전혀 없거든." 칼슨은 그렇게 대답했다.

제임슨은 예쁜 새장을 칼슨에게 선물했다. 칼슨은 예쁜 새장이 마음에 들었던지 벽에 걸어놓았다. 그때부터 칼슨의 집에 온 사람마다 새에 관한 질문을 하기 시작했다.

"새는 어디 가고 새장만 있어요? 새가 죽었나 봐요?"

"저는 새를 키워본 적이 없어요. 친구와 내기를 하느라 새장을 걸어뒀을 뿐이에요."

그가 입에 침이 마르도록 말해도 사람들은 고개를 갸우뚱거리며 이해를 못했다. 얼마 후, 칼슨은 더 이상 새장에 대한 변명을 하기 싫어서 새를 사서 넣고 말았다.

당장 필요하지 않은 물건이라도 손에 넣게 되면 자기도 모르게 그것과 관련된 물건을 구매하는 현상이 바로 새장 효과다.
새장 효과를 상업적으로 이용하는 회사가 많다. 고객에게 각종 쿠폰이나 할인권을 제공하는 것도 그런 맥락에서 이해할 수 있다. 처음에는 관심을 보이지 않던 사람들이 시간이 지날수록 그것을 이용해 물건을 사고 싶어지는 욕구가 생기기 때문이다.
히스테리성 인격 장애 환자는 자신과 무관해 보이는 일을 겪게 되면 전혀 관계없는 일들을 끌어들여 상황을 더 복잡하게 만든다. 그들은 자신이 하고 싶은 일들을 '아주 중요, 중요, 불필요'로 구분하고 중요한 순서대로 처리한다. 그래야 불필요한 일에 시간과 노력을 낭비하지 않게 될 것이기 때문이다.

2. 드리블(Dribble) 효과

드리블을 할 때 손에 힘을 줄수록 공이 높이 튀어오르는 현상을 드리블 효과라고 한다. 이처럼 사람도 압박을 많이 받을수록 능력을 발휘해 더 큰 성과를 올린다. 가끔 사람들에게 압박은 원동력이 되기도 한다. 압박이 클수록 반발심이 커져 온갖 방법을 강구하게 되기 때문이다. "끝까지 밀어붙여보기 전까지는 자신의 가능성을 알지 못한다."는 말도 바로 그런 의미다.

히스테리성 인격 장애 환자는 이기적이고 예민하며 과장하길 좋아하는 사춘기 시절에 머물러 있으므로 압박을 받는다면 그것을 이겨내는 과정을 통해 성장할 수 있다. 따라서 그들은 압박받는 상황을 자처함으로써 혼자서 문제를 해결하는 방법을 배워야 한다.

3. 세트 효과

18세기, 프랑스 철학자 드니 디드로(Denis Diderot)는 어느 날 최고급 잠옷을 선물받았다. 그는 그 화려한 잠옷이 마음에 들어 매일 입고 잤다. 그런데 언제부터인가 집 안의 가구들과 침대보, 카펫, 탁자 등이 낡고 초라해 보였고, 우아한 고급 잠옷과 전혀 어울리지 않는다고 생각했다. 그는 가구의 수준을 잠옷에 맞추고 싶었다. 어느 것 하나도 좋아 보이지 않았다. 잠옷을 선물받기 전에는 아무 문제없이 편안히 지냈는데, 최고급 잠옷을 입게 된 순간부터 집이 불편해진 것이다.

위의 이야기처럼 고가의 물건을 손에 넣게 되면 그에 걸맞은 물건을 세트로 소유하고 싶은 마음이 생긴다. 이것을 세트 효과라고 한다.

히스테리성 인격 장애 환자는 외모에 집착하고 허영심이 많으며 타인의 영향을 잘 받기 때문에 세트 효과가 나타날 가능성이 높다. 그런 상황에 놓이면 자신에게 진정으로 필요한 물건인지 깊이 생각하고 행동해야 한다.

네 가
너 무
의 심
스 러 워!

편집성 인격 장애

당신은 편집성
인격 장애 환자인가요?
• 자가진단 테스트 •

조용한 장소에 앉아 최근 3개월간의 기억을 바탕으로

다음 질문에 솔직하게 대답해 보세요.

☐ 실패하거나 좌절했을 때 지나치게 예민해지나요?

☐ 원한을 오랫동안 기억하고 자신에게 모욕이나 상처를 준 사
람을 쉽게 용서하지 못하나요?

☐ 의심이 많아서 타인의 우호적이거나 악의 없는 행동을 나쁘
게 오해한 적이 있나요?

☐ 상황에 맞지 않게 호전적이고 완고하게 개인의 권리를 주장
하나요?

☐ 아무런 근거도 없이 배우자나 연인의 충성심을 의심하나요?

☐ 자신이 지나치게 중요한 사람이라고 생각하나요?

☐ 자신과 연관된 일이나 세계 곳곳에서 일어나는 일들이 '음
모'라고 생각하나요?

☐ 자신만 옳고 다른 사람은 모두 틀렸다고 생각하나요?

위의 8개 항목 중에서 2개 이상에 '네'라고 대답했다면 가벼운 편집성 인격 장애에 해당된다. 4개 이상에 '네'라고 대답했다면 심각한 편집성 인격 장애에 해당되니 전문가와 상담이 필요하다.

오만한 자신감

PARANOID PERSONALITY DISORDER

증상

대학 시절에 '에스'라고 불리던 친구가 있었다. 몸매가 '에스라인'이라고 해서 붙여진 별명이다. 그녀는 예쁜 외모와 날씬한 몸매를 가졌음에도 순탄한 연애를 하지 못했다. 그녀 말에 따르면 늘 '쓰레기 같은 인간 말종'들만 꼬인다는 것이다.

한번은 에스와 만나 자리에 앉으려는데 한 남자가 뛰어 들어와 에스에게 소리쳤다.

"어쩐지…… 나랑 헤어지자고 하더니 남자가 있었던 거야?"

그때 에스보다 더 당황한 사람은 나였다. 내 가슴이 아무리 납작해 보여도 그렇지 어떻게 남자로 오해할 수가 있는지! 에스는 난감한 표정으로 나를 보더니 단호하게 일어나 남자를 끌어냈다. 남자는 목소리를 더 높여 소리쳤다.

"어제 사장이랑 같이 고객에게 식사를 대접한다고 해놓곤 새벽까지 집에 안 들어갔잖아. 혹시 그 핑계로 사장이랑 데이트라도 한 거야? 아니면 그 고객에게 몸 바쳐 일이라도 한 거야? 넌 원래 그렇고 그런 여자잖아. 오늘도 정부를 만나러 온 거고!"

나를 뚫어지게 보던 남자는 드디어 내가 여자라는 사실을 눈치 채고 이렇게 덧붙였다.

"여자로 변장하면 내가 모를 줄 알고? 어서 정체를 밝히시지!"

화가 난 에스는 그를 잡아끌며 욕을 퍼부었다. 하지만 남자는 오히려 에스를 바닥에 내동댕이치더니 연달아 뺨을 갈겼다. 놀란 나는 황급히 그를 말리며 전화로 경찰에 신고했다. 고통스러워하는 에스를 본 남자는 그때서야 정신을 차린 듯 무릎을 꿇고 빌었다.

"이게 다 너를 사랑해서 그래. 널 잃고 싶지 않아. 회사 사람들도 내 말이 틀렸다고 하는데 너까지 그러지 마. 이건 다 음모야. 아무래도 날 죽이려는 거 같아. 불안해서 잠이 안 와. 제발 날 떠나지 말아줘."

말이 끝나기 무섭게 경찰이 도착해 그를 데려갔다.

다시 에스를 만났을 때 나는 그가 전형적인 편집성 인격 장애 환자라고 알려주었다.

편집성 인격 장애는 '망상형 인격 장애'라고도 한다. 편집성 인격 장애 환자들은 궤변이 심하고 오만한 자신감을 가진다. 그들은 자의식이 강하고 세상이 자신을 중심으로 돌아가며, 세상 만물이 자기 손바닥 안에 있다고 생각한다. 그들의 근거 없는 자신감은 하늘을 찌른다. 하지만 그들은 넘치는 자신감에 비해 능력이 많이 부족하다. 그럼에도 그들은 스스로 유능하고 남들보다 우월하다는 망상에 빠져 있다. 따라서 망상에서 벗어나 현실을 보았을 때 크게 좌절한다. 그들이 머릿속으로 그려온 자신과 현실에서 자신의 모습이 너무 다르기 때문이다. 현실을 마주한 그들은 이상행동을 보이며 쉽게 받아들이지 못한다. 자신의 문제를 인정하지 않고 다양한 이유를 들어 궤변을 늘어놓는다.

"이 일이 잘못된다면 제 잘못이 아니라 사장이 지나치게 서두른 탓이죠. 동료들의 아이디어도 별로였고 건물 밖에서는 날마다 개가 시끄럽게 짖어대서 집중이 안 됐어요. 게다가 지구온난화 때문에 머리가 잘 안 돌아갔고⋯⋯."

편집성 인격 장애 환자는 모든 잘못이 다 남들 때문이라고 여긴다. 더 나아가 사람들이 전부 그들에게 적의를 품고 있다고 여기며, 타인의 사소한 행동 하나까지도 도전이라 생각한다. 그들은 타인에게 품은 원한을 오래 기억하고 개인의 권리를 지나치게 옹호한다. 그리고 그들은 의심을 잘하며, 작은 일도 머릿속으로 크게 부풀려 생각하는 경향이 강하다. 특히 배우자에 대한 의심이 심하여 언제라도 자신을 배신하고 바람을 피울 수 있다고 생각한다. 또한 그들은 쉽게 화를 내고 폭력을 행사하다가도 시간이 지나면 늘 용서를 구하는데, 그러한 행동은 계속 반복된다. 그들은 급기야 이런 생각에 빠진다.

"전 세계가 힘을 합쳐 나를 속이고, 질투하고 있어. 나를 괴롭히고 해치려고 하는 거야!"

편집성 인격 장애는 아동기의 부정적인 경험에서 비롯된다. 그들은 부모나 주변 사람들의 분노, 폭력, 모욕에 노출되었을 가능성이 높다. 그때의 경험은 그들에게 깊은 인상을 남겼고, 감정의 왜곡과 결핍, 정신적인 불안과 긴장을 유발했다. 어릴 때 습득한 분노와 망상의 기억이 성인이 된 후에 드러나면서 편집성 인격 장애로 이어진 것이다.

위의 이야기에서 에스의 남자 친구도 마찬가지다. 어릴 때 그의 아버지는 늘 술에 취해 학대와 체벌을 일삼았으며, 심지어 밥을 굶기고 학교에 보내지 않은 날도 많았다. 술이 깬 아버지는 후회를 하며 그에게 선물을 사주는 것으로 보상을 했다. 결국 그는 아버지의 영향을 받아 편집성 인격 장애 환자가 되고 말았다.

나를 질투하는 거야!

PARANOID PERSONALITY
DISORDER

사례

중국 한(漢)나라 관리였던 조조(晁錯, 삼국지三國志에 등장하는 조조曹操와 다른 인물 -역주)도 편집성 인격 장애 환자였다.

역사 시간에 선생님은 문경지치(文景之治, 한漢나라 문제文帝와 경제景帝가 다스리던 시기로 풍요로운 통지를 상징한다 -역주)와 오초칠국(吳楚七國)의 난을 설명하며 조조의 이야기를 들려주었다. 그는 머리가 비상하여 한나라 문제 때 태자의 총애를 한 몸에 받았다. 훗날 경제가 된 태자는 황제의 자리에 올라서도 그를 중용하여 함께 정사를 논했다. 조조는 중앙집권을 강화하고, 농업을 중시하며, 황족들의 세력을 삭제하는 '삭번(削藩)' 정책을 실시해야 한다고 주장했다. 경제는 조조의 제안에 모두 동의했지만 '삭번' 정책만큼은 쉽게 결정을 내리지 못했다. 당시 오(吳), 초(楚), 조(趙), 교서(膠西), 교동(膠東), 치천(菑川), 제남(濟南)의 7개 나라는 틈만 나면 한나라에 반기를 들며 반란을 꾀했는데, '삭번' 정책에 강하게 반대했다. 결국 한 경제는 7국의 분노를 잠재우기 위해 조조를 죽일 수밖에 없었다.

조조는 늘 합리적인 정책을 내놓았지만 자신의 주장을 관철시키는 방법은 옳지 못했다. 그것은 조조가 편집성 인격 장애 환자였기 때문이다.

조조는 충신을 자처하며 그의 말을 듣지 않거나 반대 의견을 내는 자를 간신으로 몰았다. 그리고 그의 말에 귀 기울이면 성군이고 그렇지 않으면 무능한 군주라고 여겼다. 누구도 조조의 말에 반대할 수 없었고, 그랬다간 간신이라는 오명을 뒤집어써야 했다. 그러니 시간이 지날수록 신하들은 물론이고 황제까지도 그를 멀리하기 시작했다. 조조가 '삭번' 정책을 주장할 때도 편집성 인격 장애 증상이 두드러졌다. 그는 자신이 내놓은 정책을 모두가 따라야 한다고 주장했고, 그렇지 않는 자들은 반역의 무리이니 처단해야 한다고 여겼다. 하지만 7국과의 갈등이 첨예해지자 황제는 '삭번' 정책을 물리고 조조의 목숨을 대가로 내놓았다.

편집성 인격 장애 환자의 또 다른 일화를 살펴보자.

오랜만에 친구를 만났는데 나와 상담을 하고 싶어 하는 사람이 있다며 소개해줬다.

"전 어렸을 때부터 공부도 잘하고 다방면으로 뛰어난 모범생이었어요. 저는 늘 불쌍한 사람들을 도와주려고 노력했어요. 그런데 그들은 고마워하기는커녕 제가 가진 재능을 질투했어요. 언제나 뒤에서 제 얘기를 했죠. 그들은 저를 따돌리고 멀리하려 했지만 성공하지는 못했어요. 사실 저도 그들이랑 어울리고 싶은 건 아녜요. 다 형편없는 사람들이거든요. 하지만 전 제가 최고라는 사실을 증명하고 싶어요. 아무도 절 거부할 수 없게 말이에요. 대학 때는 학생회 활동을 했어요. 제가 들어갈 때만 해도 학생회는 정말 엉망진창이었어요! 저는 회장이 되자마자 대대적인 개혁을 단행했죠. 회원들은 저를 두려워한 나머지 절 회장직에서 제명하려고 했죠. 흥, 그래봤자 자기들만 손해죠 뭐! 강의를 들으면서는 교수님과 토론을 자주 했어요. 절 감당하지 못하더라고요. 하하, 정말 우습더라고요. 그때 상담사가 찾아와서 하는 말이 제가 열등감이 많다지 뭐예요. 말도 안 되는 헛소리죠! 저처럼 우수한 학생이 왜 열등감 따위를 키우겠어요? 정말 터무니없는 소리였어요! 다들 저 하나 굴복시키려고 손이라도 잡았나 봐요. 제가 열등감이 있다는 사실을 억지로 인정하게 해서 절 속이려는 거 같았어요. 이딴 대학이라면 다닐 필요도 없다고 생각했어요. 그래서 곧장 자퇴를 하고 일자리를 알아봤죠. 그런데 이 못된 인간들이 저 보고 능력이 부족하다지 뭐예요? 하하, 능력이 부족하다니 무슨 얼토당토 않는 소리예요? 물론 기대치에 못 미치는 부분이 있긴 해요. 하지만 그건 조건이 안 맞아서 그런 거라고요. 저 말고 다른 누가 하더라도 마찬가지일 거예요. 하루는 사장님이 절 부르더니 제가 동료들을 믿지 못하고 단체생활에 어울리지 않는다고 하더라고요. 웃기는 소리죠. 제가 왜 그들을 믿어야 해요? 아무래도 사장님이 저를 정리할 생각으로 그런 말을 하는 것 같았어요. 아니나 다를까, 얼마 후 전 해고를 당했죠. 저도 그 일에 미련은 없었어요. 하지만 절 자른 걸 후회하게 만들어주고 싶었어요. 그 뒤로 이직을 여러 번 했는데 늘 비슷한 상황이 일어났어요. 다들 절 괴롭혔죠. 흥, 그렇다고 가만히 앉아서 당할 제가 아니죠. 저도 반격을 가했고 상대가 울면서 떠나게 만들어줬어요. 중간에 여자 친구도 사귀었어요. 처음엔 좋았죠. 예쁘고 얌전한 여자 친구는 제 말이라면 뭐든 따라줬거든요. 하지만 시간이 흐르자 여자 친구의 마음이 변하더군요. 딴 남자를 흘긋거리고 항상 진한 화장을 하고 밖으로만 나돌았죠. 뭔가 냄새가 나지 않아요? 전 몰래 여자 친구를 미행했어요. 아니나 다를까 웬 놈팡이를 만나더라고요. 잡히기만 하면 가만 안 두려고 했는데 어찌나 교활한지 번번이 허탕을 치고 말았어요. 그런데 어느 날 여자 친구가 자신을 몰래 따라오던 절 발견하고 말았어요. 그녀는 오히려 제게 따져 묻더군요. 제가 어떻게 해야 하는 거죠? 정말 미치겠어요. 저를 아는 형이 좋은 상담사를 소개해 준다고 해서 나왔어요. 저를 도와줄 수 있나요? 아니, 됐으니 그만두세요. 절 놀리려는 거면 필요 없어요."

인터넷 뒤에 숨은 사람들

PARANOID PERSONALITY
DISORDER

현상

언젠가 봤던 소설 중에 평범한 사람들 속에 숨어 사는 킬러의 이야기가 생각난다. 킬러는 자신을 도시의 수호자이자 심판자라 자처했다. 킬러는 사람들을 납치해 '심판'한 뒤 죽이려 하는데, 인터넷에서는 그를 '영웅'이라 부르며 칭송했다. 킬러는 '공공의 적'을 잡아 온몸에 폭탄을 설치한 뒤, 전 과정을 인터넷에 생중계하고 일정한 시간 안에(예를 들어, 10분 안에) 일정 수(예를 들어, 1만 명) 이상의 네티즌이 그를 죽이는데 '동의'하면 처단했다. 킬러의 '쇼'는 인터넷을 뜨겁게 달궜다. 사람들은 컴퓨터 뒤에 숨어 사악한 욕망을 드러냈다. 그들은 도덕이란 잣대로 '공공의 적'을 재단하면서도 한편으론 '설마 진짜 죽이기야 하겠어?'라는 무

책임한 태도로 사건을 조장했다.

물론 소설은 과장된 측면이 있긴 하지만 무책임한 네티즌들의 폭력성을 그대로 보여주었다. 실제로 폭력적인 네티즌들은 흔히 찾아볼 수 있다. 그들은 무슨 일만 터졌다 하면 인터넷에 접속해 도덕적 잣대로 이러쿵저러쿵 온갖 의견을 쏟아낸다. 이어서 과격한 언어와 인신공격으로 관련자를 무자비하게 공격한다. 현실로 돌아와서는 '단체의 힘'으로 마녀사냥을 하며 사람들을 괴롭히는데 당사자는 심각한 공포와 불안, 정신적 충격을 받는다.

2013년 중국의 검색엔진 사이트 바이두(百度)에 C는 '우리 오빠가 콘서트 한 번만 하면 크리스티아누 호날두(Cristiano Ronaldo)가 평생 축구하면서 받을 돈을 벌 수도 있다.'는 내용의 글을 올려 사회적인 반향을 일으켰다. 그때 축구팬들과 '정의감'으로 똘똘 뭉친 '진리'의 수호자를 자처한 네티즌들이 들고 일어났다. 그들은 그 사람의 글에 악의적인 댓글을 무차별적으로 달기 시작했다. 그리고 그 사람의 전화번호, 주소, 가족 관계 등의 개인정보를 까발리며 마녀사냥을 했다. 결국 공포에 질린 당사자는 정신적 충격을 받고 사과를 한 뒤 자살을 시도했다.

위의 이야기에서 C의 행동은 당연히 잘못됐다. 우선, 그녀의 가수 '오빠'와 축구 선수 호날두는 각자의 영역에서 인정받는 사람들이지만 같은 기준으로 비교할 수 없다. 둘째, 누구나 축구를 좋아하거나 싫어할 수는 있지만 무례하게 말하는 것은 잘못된 행동이다. 셋째, 누가 자신의 우상을 모욕하면 기분이 나쁜 것처럼 다른 사람의 우상을 모욕하는 일도 상대방을 기분 나쁘게 하는 일이다. C의 행동은 분명히 경솔했으며 사람들의 공분을 사기에 충분했다. 그렇다고 해도 자신이 올린 단 한마디 문장 때문에 악플러들의 공격을 받는 건 정당할까?

인터넷에서 네티즌들은 폭력적으로 돌변하여 '힘을 합쳐' 그를 공격했다. 인터넷 뒤에 숨어 자신의 분노를 가감 없이 드러냈으며 극단적인 폭력성을 보여주었다. 그중에는 축구팬이 아닌 사람들도 많았다. 그들은 그저 분위기에 휩쓸려 쌓였던 스트레스를 해소하며 화풀이를 한 것에 지나지 않는다. 악플러들은 마녀사냥을 통해 C의 모든 개인정보를 노출하고 사람들을 선동해 그를 감시하고 위협하며 비방하도록 부추겼다.

악플러들에게는 몇 가지 특징이 있다. 하나, 악플러들은 유언비어를 맹신하고 책임감이 부족하다. 그들은 사건의 진위 여부에는 관심이 없으며 자극적인 이야기만 들으면 즉시 목소리를 높이며 공격적으로 변한다. 둘, 악플러들은 '도덕'과 '정의감'을 무기로 삼는다. 그들은 도덕과 정의라는 명분으로 상대방에게 독설을 퍼붓고 인신공격을 감행한다. 셋, 악플러들은 잘못을 바로잡으려다 너무 지나쳐 오히려 더 나쁜 결과를 초래한다. 그들은 극단적인 수단으로 집요하게 공격하여 애초의 목적을 벗어나 부정적인 영향을 미친다. 넷, 악플러들은 인터넷과 현실세계를 구분하지 못한다. 그들은 종종 마녀사냥으로 당사자를 괴롭히며, 가족과 지인들 관계까지 속속들이 파헤쳐 피해를 준다.

악플러들은 인터넷에 접속하지 않을 때는 가면을 벗고 학생, 샐러리맨, 기업의 대표 등 평범한 사람으로 돌아간다. 심지어 평소에 명랑하고 잘 웃는 사람도 많다. 하지만 인터넷에 접속하기만 하면 바로 비방과 욕설을 쏟아내며 스트레스를 해소한다. 인터넷 공간에서는 누가 누군지 알 수 없기 때문에 어떻게 하더라도 책임지지 않아도 된다고 생각한다. 이런 심리는 사람들을 악플러의 길로 이끌고 편집형 인격 장애를 유발한다.

네가 너무 의심스러워! – 편집성 인격 장애

사람을 믿어라

· 치료 ·

편집형 인격 장애 환자는 극단적으로 생각하길 좋아하며 '모든 사람이 나를 주시하고 있어.', '하찮은 원한이라도 반드시 갚아주고 본때를 보여줄 테다.', '내가 가장 정확해.', '다들 나보다 한 수 아래지.'라는 식의 비합리적인 생각에 잘 빠진다. 이러한 인식은 반드시 교정해야 한다. '모든 사람이 나를 주시하고 있어.'라는 생각은 사실 반대로 '내가 모든 사람을 주시하고 있어.'가 맞다. '하찮은 원한이라도 반드시 갚아주고 본때를 보여줄 테다.'는 '하찮은 원한이라도 반드시 갚으려는 것은 옹졸한 행동이야.'로, '내가 가장 정확해.'는 '나만 옳다고 볼 순 없지. 누구나 자기만의 견해가 있으니까.'라고 바꿔서 생각해야 한다. 그리고 '다들 나보다 한 수 아래지.'는 '남들을 질투한다는 것은 내가 그들보다 한 수 아래라는 의미야.'라고 생각해야 한다.

마음을 가라앉히고 곰곰이 생각해 보자. 과연 모든 사람이 나를 주시하고 있을까? 자신이 세상의 중심이라고 착각하는 건 아닐까? 온 세상이 내 일거수일투족을 지켜보고 있다는 게 말이 된다고 생각하는가? 사람들은 각자의 삶이 있고 자기 인생 살기도 바쁘다. 타인에 대한 적대감이 그런 착각을 불러온 건 아닐까? 이렇게 비합리적인 관념과 극단적인 생각을 하나씩 제거해 보자. 잘못된 생각을 전환하고 겸손과 배려의 마음을 배워야 한다. 가장 먼저 부모와 배우자에 대한 잘못된 인식을 바로잡는다. 이제까지 그들에게 잘못했던 것들을 시인하고 용서를 구한다.

둘째, 사람들과의 신뢰 관계를 회복해야 한다. 환자들은 이미 타인을 의심하는 습관에 길들여져서 신뢰가 무엇인지조차 잊어버렸다. 신뢰를 회복하기 위한 첫걸음은 바로 솔직해지는 것이다. 특히 부모와 배우자와의 솔직한 대화가 무엇보다 중요하다. 그들에게 자신의 생각과 감정을 솔직하게 털어놓고, 상대방의 말에도 귀를 기울여보자. 민감한 주제보다는 무난한 이야기로 시작하는 게 좋다. 환자는 이제까지 극단적인 언어로 가족들에게 많은 상처를 입혔을지도 모른다. 하지만 그들은 가족이기 때문에 소통하려고 노력한다면 충분히 신뢰를 회복할 수 있다.

셋째, 안정감을 되찾아야 한다. 그때까지 환자들은 적의와 의심을 품고 타인에게 공격적으로 행동함으로써 안정감을 느꼈을 것이다. 하지만 타인에 대한 적의와 의심은 오히려 불안한 마음과 스스로 나약하다는 생각에서 비롯된다. 따라서 겉으로 강한 척하며 타인을 공격하지 말고, 내면의 힘을 키우는 것이 중요하다. 이때 부모와 배우자, 사랑하는 사람들의 지지와 응원은 단단한 주춧돌이 된다. 이런 주춧돌 위에 타인에 대한 호의를 쌓고 최선의 노력을 기울인다면 분명히 편안한 안정감을 되찾을 수 있다.

그 외에도, 편집성 인격 장애 환자들은 사회성을 키우고 감사와 존중의 마음을 배워야 한다. 친구와 동료들을 소중한 인연으로 생각하고 그들을 만나게 된 사실에 감사해야 한다. 때로는 도움을 주기도 하고 때로는 티격태격하며 갈등을 겪기도 하지만 그것 또한 삶의 즐거움으로 받아들일 줄 알아야 한다.

편집성 인격 장애를
치료하기 위한 6가지 방법
· 생존법칙 ·

1. 안타이오스(Antaios) 효과

옛말에 '물은 배를 띄울 수 있지만, 배를 전복시킬 수도 있다.'고
했다. 이처럼 능력이 있어도 조건이 맞아야 능력을 충분히 발휘
할 수 있다. 이것을 가리켜 안타이오스 효과라고 한다. 현대 사
회에서 자신의 능력을 마음껏 발휘하기 위해서는 타인의 도움
이 필요하다. 편집성 인격 장애 환자는 의심이 많아 타인의 의
도를 왜곡하여 받아들이고 사람들과 잘 어울리지 못하여 단체
활동을 할 수 없다. 하지만 그들도 혼자서는 살 수 없으며 사회
구성원이라는 사실을 깨달아야 한다. 사람들의 도움을 받으면
힘든 일도 쉽게 해결할 수 있다.

2. 피터의 원리(The Peter Principle)

조직은 유능한 직원에게 승진의 기회를 주지만 새로운 직책을 맡은 직원은 능력 밖의 역할을 감당하지 못하고 좌절한다. 이러한 경제 법칙을 피터의 원리라고 한다. 예를 들어, 언변이 유창하고 업무 성과가 좋은 영원사원이 관리직으로 승진하면 자신이 장기를 발휘할 기회는 사라지고 새로운 업무를 책임져야 한다. 하지만 그는 새로운 일에 대한 과도한 압박으로 좋은 성과를 내지 못할 뿐 아니라 오히려 조직에 부정적인 영향만 미치게 된다.

편집성 인격 장애 환자는 의심을 잘하고 타인에 대한 적대감과 승부욕이 강하여 조직에서 승진에 집착할 가능성이 크다. 하지만 그들은 승진을 탐내는 것보다 자신이 잘하는 영역에서 적절한 자리를 유지하는 것이 좋다. 그렇지 않고 승진하여 자신과 어울리지 않는 역할을 맡는다면 불안과 피로, 의심, 분노의 감정에 휩싸일 것이다. 시간이 지나 부정적인 감정이 증가하면 극도의 긴장을 느끼며 경계심이 강해지고, 심하면 망상에 빠질 수도 있다.

3. 협상 효과

루쉰(魯迅)은 이렇게 말했다. "중국인은 타협과 절충을 좋아한다. 예를 들어, 누가 집이 어두워 창문을 내야 한다고 말하면 안 된다고 할 것이다. 하지만 지붕을 뜯겠다고 말하면 창문을 내는 것으로 타협한다." 이것이 바로 협상 효과다. 협상을 할 때 과도

한 조건을 먼저 제시하면 상대방은 받아들이기 힘들다. 그때 이전보다 좀 낮은 조건을 제시하면 쉽게 받아들여서 협상이 체결된다.

협상 효과는 사람의 심리를 전략적으로 이용한 것으로 일상생활에서도 쉽게 활용할 수 있다. 친구네 집에서 하룻밤 자고 싶은데 보수적인 부모님이 절대 허락하지 않을 것 같다면 이렇게 말해보라. "친구네 집에서 일주일 정도 자고 올게요." 부모님은 분명히 노발대발하며 안 된다고 할 것이다. 그때 다시 이렇게 말한다. "그럼 하룻밤만 자고 올게요." 일주일에서 하루로 줄어들었으니 부모님도 흔쾌히 허락해 줄 것이다. 편집성 인격 장애 환자는 의심이 많고 자만심이 높아서 인간관계에서 마찰이 잦다. 하지만 공격성을 줄이고 협상 효과를 잘 사용한다면 그들도 좋은 인간관계를 맺을 수 있다.

4. 데이비도우(Davidow) 효과

미국의 공학자이자 투자가인 윌리엄 데이비도우(William H. Davidow)는 기업이 새로운 상품을 계속 출시해야 시장의 주도권을 잡고 더 많은 이익을 창출할 수 있다고 주장했다. 이러한 특징은 전자 제품에서 더 두드러진다. 미국 기업 애플(Apple)이 시장의 주도권을 유지하기 위해 끊임없이 새 제품을 출시하는 것도 그러한 이유 때문이다. 애플은 제품에 하자가 있거나 기능에 문제가 발생해서 신제품을 내놓는 게 아니다. 아이폰(iPhone)4만 봐도 그렇다. 사용하는 데 아무런 문제가 없는데도 애플은 아이폰 4S, 아이폰 5, 아이폰 5S를 거쳐 아이폰 6까지 연달아 출시했다. 애플의 신제품에 전 세계가 주목하고 있다.

데이비도우 효과는 사람의 심리 문제에도 적용할 수 있다. 매순간 자신을 초월하는 사람만이 타인에게 지배당하지 않는다. 편집성 인격 장애 환자는 예민하고 의심이 많아서 사람들이 자신을 속인다는 생각 때문에 밤잠을 설친다. 하지만 날마다 공부하고 발전하기 위해 최선을 다한다면 누구도 그들을 속이지 못할 것이다. 또한 정신적으로도 자신을 뛰어넘으려고 노력한다면 타인을 의심하고 원망할 시간이 줄어들 것이다.

5. 자기 결정성 이론(Self-determination)

심리학자 에드워드 데시(Edward Deci)는 흥미로운 실험을 했다. 실험 1단계에서 그는 피실험자들에게 동일한 문제를 풀게 하고 아무런 보상도 하지 않았다. 2단계에서는 피실험자를 두 그룹으로 나누고 첫 번째 그룹에는 한 문제를 풀 때마다 1달러를 주고, 두 번째 그룹에는 아무런 보상을 하지 않았다. 그리고 3단계에서는 휴식 시간을 주고 문제를 풀든 말든 피실험자들의 자유에 맡겼다.

실험 결과, 첫 번째 그룹은 2단계에서 문제를 아주 열심히 풀었지만 3단계에서 계속 문제를 푸는 사람은 거의 없었다. 문제에 대한 흥미와 노력이 급격히 떨어졌다. 두 번째 그룹은 2단계에서 아무런 보상을 받지 못했지만 3단계에서 계속 문제를 푸는 사람이 많았고, 문제에 대한 흥미와 노력이 전부 증가했다. 다시 말해, 어떤 행동을 했을 때 내재적인 보상과 외재적인 보상이 동시에 이루어지면 오히려 그 행동에 대한 동기가 감소한다. 사람들은 흥미로운 일을 자발적으로 할 때 더 만족을 한다. 하지만 즐겁게 하던 취미가 일이 되면 흥미가 현저히 떨어진다.

편집성 인격 장애 환자는 어떤 행동을 할 때 내재적인 보상에 집중해야 만족감을 느끼게 될 것이다. 심리적인 만족은 그들이 자신에게 집중할 수 있게 함으로써 타인에 대한 의심과 원망을 줄이는 데 큰 도움이 된다.

6. 투사 효과(Projection effect)

옛말에 '소인의 마음으로 군자의 마음을 헤아린다.'고 했다. 속이 좁은 사람은 상대방도 속이 좁은 사람이라고 착각하기 쉬운데 그러한 상황을 가리켜 투사 효과라고 한다. 다시 말해, 사람은 자신의 감정과 생각에 근거하여 타인을 평가하고, 자기만의 기준을 상대방에게 강요하려 한다. 질투가 심한 사람은 남들도 질투가 심할 거라고 생각한다. 스타를 좋아하는 사람은 남들도 스타를 좋아할 거라 생각하여 그러지 않은 사람들을 이해하지 못한다. 그리고 같은 이유로 자신이 무슨 생각을 하는지 말하지 않아도 상대방이 알아줄 거라 생각한다.

편집성 인격 장애 환자는 타인이 자신에게 적대감을 느낀다고 착각하여 그들도 상대방에게 적대감을 품는다. 그들은 무의식적으로 스스로 어딘가 부족하다고 생각하며 그러한 생각을 다른 사람들에게 투사한다. 따라서 그들이 자신을 무시하거나 따돌린다고 착각하기도 한다. 하지만 그것은 전부 편집성 인격 장애 환자의 머릿속에서 나온 생각에 불과하다. 따라서 그런 상황에서는 반드시 평정심을 유지하고 의심되는 생각과 실제 상황을 천천히 비교해 본 뒤에 신중하게 행동해야 한다.

누 가
대 신
결 정 좀
해 줘 요

의존성 인격 장애

당신은 의존성
인격 장애 환자인가요?
· 자가진단 테스트 ·

조용한 장소에 앉아 최근 3개월간의 기억을 바탕으로

다음 질문에 솔직하게 대답해 보세요.

....

☐ 타인의 생각과 충고를 듣기 전까지는 일상적인 일을 결정하
기 어렵나요?

☐ 자신의 중요한 결정을 타인에게 맡기는 편이며 그로 인해
무력감을 느끼나요?

☐ 타인의 잘못이 명백한데도 그들에게 버림당하는 게 두려워
그 말을 따르는 편인가요?

☐ 독립적이지 못하고, 혼자서 어떤 일을 계획하거나 실천에
옮기지 못하나요?

☐ 참을성이 강하고, 타인의 환심을 사기 위해 원하지 않는 일
도 기꺼이 하는 편인가요?

☐ 혼자 있으면 어색하고 무력감을 느끼거나 그 상황에서 벗어
나기 위해 필사적으로 노력하나요?

☐ 친밀한 관계가 중단되면 무력감이 들거나 크게 좌절하는 편
  인가요?

☐ 사람들에게 버림받을 수 있다는 생각으로 괴로워하나요?

☐ 칭찬을 받지 못하거나 비난을 받으면 쉽게 상처를 받는 편
  인가요?

위의 9개 항목 중에서 2개 이상에 '네'라고 대답했다면 가벼운 의
존성 인격 장애에 해당된다. 5개 이상에 '네'라고 대답했다면 심
각한 의존성 인격 장애에 해당되니 전문가와 상담이 필요하다.

보호자를 찾아서

DEPENDENT
PERSONALITY

증상

    고등학교 때 나를 가르쳐줬던 특이한 남자 선생님이 기억난
다. 괴팍한 성격에 넓은 이마, 좁은 턱, 큰 눈, 당나귀 귀를 가진 선생
님은 말투도 영화에 나오는 외계인 같았다. 나와 친구들은 사적인 자
리에서 선생님을 ET라고 불렀다. 그랬던 선생님이 내가 고등학교 2
학년 때 귀여운 아내를 만나 결혼하며 모두를 깜짝 놀라게 했다. 엄
숙하고 진지했던 선생님은 결혼 후 많이 달라졌다. 아내가 얼마나 귀
여운지, 자신에게 얼마나 의존하는지 자랑스럽게 말했다.

그러던 어느 날, 열심히 수업을 하던 중 선생님의 휴대폰 벨소리가
울렸다. 선생님은 잠시 수업을 중단하고는 조용한 목소리로 통화했
다. 우리는 웃으며 항의했다.

"선생님, 저희 앞에서 사랑의 밀회를 나누시면 어떡해요?"

물론 수업 시간에 전화를 받는 행동은 잘못된 것이라 선생님도 바로 전화를 끊었다. 하지만 수업이 끝나기가 무섭게 다시 전화벨 소리가 울렸고, 선생님은 첫 번째 벨소리가 끝나기도 전에 전화를 받았다. 가끔씩 전화기 너머로 이런 목소리가 들려왔다.

"여보, 계속 찾았잖아요! 지금 쇼핑하러 왔는데 옷은 무슨 색으로 살까요? 어느 브랜드가 마음에 들어요?"

난 두 가지 면에서 정말 깜짝 놀랐다. 하나는 부인이 계속 전화를 하며 찾을 정도로 선생님이 매력적인 사람이라는 사실이었고, 또 하나는 기껏 전화를 해서는 그런 재미없는 이야기를 나눈다는 사실이었다. 나중에 선생님 부인은 전화도 모자라 직접 학교에 찾아오기까지 했으며, 선생님이 수업 중이면 교무실에서 계속 기다렸다. 그러다 선생님이 수업을 마치고 돌아오면 이렇게 말했다.

"여보, 저 대신 이것 좀 결정해 줘요. 이건 어떻게 생각해요? 저 혼자서는 도저히 선택하지 못하겠어요."

선생님은 새 신부를 너무나 아끼고 사랑했지만 처음에 득의양양하던 모습은 사라지고 점점 난감한 표정으로 바뀌어갔다. 나이가 들어 생각하니 그때 선생님의 부인은 의존성 인격 장애 환자가 분명했다.

의존성 인격 장애 환자는 타인에 대한 의존성이 아주 강하다. 그들은 아이처럼 혼자서는 아무것도 못하고 '어머니'와 같은 존재에게 끊임없이 매달리려 한다. 그들은 모든 인간관계에서 늘 아이 역할을 하며 타인을 '어머니'로 생각한다. 그들은 자기 생활의 중요한 결정은 물론이고 사소한 것까지도 타인에게 떠넘기려 한다. 혼자서는 아무것도 못하고 모든 결정을 타인에게 의존한다. 그들은 혼자 있을 때 무력감과 공포에 휩싸이며, 누군가의 도움을 절실히 원한다. 따라서 의존하는 대상에게 절대적으로 순종하고, 어떠한 요구도 하지 않는다. 의존하는 대상의 눈 밖에 나서 그들이 자신을 돌봐주지 않거나 대신 결정해주지 않을까 봐 늘 전전긍긍한다.

의존성 인격 장애 환자는 자신이 나약하고 무능하며 판단력이 떨어져 늘 실패할 거라고 생각한다. 그들은 언제나 불안에 시달리며, 자신을 희생하거나 하기 싫은 일을 억지로 하면서까지 누군가의 보살핌을 바란다. 혼자서 뭔가를 해야 하느니 차라리 학대를 당하는 쪽을 선택할 정도다. 그들은 혼자 남겨지는 것을 극도로 꺼리기 때문에 의존하는 대상이 떠나지 않도록 어떤 요구도 들어준다. 그럼에도 상대방이 떠난다면 바로 새로운 대상을 찾아 나선다.

나를 도와줄 사람 없나요?

DEPENDENT
PERSONALITY

사례

U는 수줍음이 많아서 낯선 사람을 보면 부끄러워 어쩔 줄 몰라 했다. 그는 고개를 숙이고 입을 다문 채 가볍게 웃었다. 귀는 빨갛게 달아올랐다.

U의 어머니는 그가 "말을 아주 잘 듣고 착한 아이이며, 한 번도 자기 말을 어긴 적이 없었다"고 말했다. 서쪽 길을 가르쳐주면 서쪽 길로만 다녔고, 놀지 말라는 친구와는 단번에 절교를 했다. 대학도 그녀가 원하는 곳으로 갔다. 그녀는 만나는 사람들마다 붙잡고 자식 자랑을 늘어놓았다. "우리 아이는 정말 착해요."

하지만 어머니가 시키는 대로만 하는 게 과연 착한 걸까? U는 자기 생각이 없는 걸까?

"저도 잘 모르겠어요. 어머니가 말하는 대로 하는 게 좋아요. 더 생각해서 뭐해요?"

U는 '자기 생각'이라는 말의 의미조차 모르는 것 같았다.

'자기 생각'에 관한 우스갯소리가 생각난다. 유엔(UN)에서 각국 사람들에게 아프리카 기아 문제를 어떻게 생각하는지 물었다. 유럽 사람이 말했다. "기아가 도대체 뭐죠?" 그들은 부유해서 기아를 겪은 적이 없었다. 미국 사람이 말했다. "아프리카가 어디에 있는 나라죠?" 그들은 미국이 세계의 중심이라고 생각하며 그 외에 어떤 나라가 있는지도 잘 몰랐다. 중국 사람이 말했다. "자기 생각이 뭐죠?"

U는 무슨 일이든 어머니에게 물어보고 결정했다. 어머니는 U가 자신을 그만큼 믿고 따르기 때문이라고 생각할 뿐, 그에게 독립성과 자주성이 부족하다고 생각하지 못했다. 대학을 졸업한 뒤 U는 어머니가 원하는 대로 고향에 남아 그녀가 정해준 여자와 맞선을 봤다. U는 맞선 장소에서 어떻게 해야 할지 몰라 쩔쩔맸다. 여자가 화제에서 벗어나 자신의 의견을 당당하게 말하면 U는 어떻게 반응해야 할지 몰랐다. 그러기를 반복하자 여자는 핑계를 대며 자리를 떠나버렸다. 그는 오히려 무거운 짐을 벗은 듯 홀가분해했다. 어머니는 그런 U를 보며 말했다. "괜찮은 아가씨 같던데 잘 사귀어보지 그랬니?" 그 말을 들은 U는 갑자기 불안해지기 시작했다. 어머니의 바람대로 그녀를 여자 친구로 만들지 못했고, 그녀를 어떻게 붙잡아야 할지도 몰랐기 때문이다.

"내가 네 대신 전화번호를 알아왔으니 어서 연락해 보렴." U는 어머니의 말대로 바로 전화를 했지만 그녀는 단호했다. "당신은 어머니가 자리를 비운 뒤부터 계속 안절부절못했어요. 당신은 아직 어머니 품을 떠날 준비가 안 된 것 같아요. 당신과 친구는 될 수 있어도 그 이상의 관계는 힘들 것 같네요."

U는 뜻밖의 통보에 큰 좌절감을 느꼈다. 어머니의 말을 따르지 못한 데서 오는 공허감도 아주 컸다. "역시 난 혼자서 아무것도 못해. 정말 쓸모없는 인간이야."

그즈음, U의 어머니가 갑자기 중병에 걸려 앓아누웠다. 그는 심한 자책감에 빠졌다.

"난 정말 아무 짝에도 필요 없는 쓰레기야."

그때 U는 그보다 나이가 많은 J를 알게 되었다. J는 난폭하고 제멋대로 하는 성격의 독선적이고 거친 남자였다. 그는 정신없이 허둥대는 U를 보고는 일사천리로 상황을 정리하고 해야 할 일을 정해주었다. U는 J의 지시를 받자 마음이 편해졌다. J는 U에게 사랑을 고백했다. U는 동성연애자도 아니고 그런 관계를 원하지도 않았지만 어쩔 수 없이 허락했다. 어머니가 앓아누운 상황에서 J말고는 그가 의지할 만한 사람이 아무도 없었기 때문이다.

누가 대신 결정 좀 해줘요 - 의존성 인격 장애

감정 의존증을 앓는 사람들

DEPENDENT
PERSONALITY

현상

내성적이고 차분한 성격의 샤오리(小麗)는 친구는 없지만 겉으로는 평범해 보이는 여자다. 그녀는 몰래 짝사랑하는 남자가 있는데 고백할 용기가 없어서 지켜보는 것으로 만족하며 살았다. 샤오리의 삶은 짝사랑하는 남자를 중심으로 돌아갔다. 매일 그를 훔쳐보고, 아르바이트해서 번 돈으로 그가 좋아하는 물건을 몰래 선물하고, 그와 같은 취미를 가지고, 힘들 때마다 그를 생각하며 견딘다.

남자는 샤오리를 모르지만 그는 이미 샤오리의 전부였다. 그녀는 의존성 인격 장애 환자였다. 의존성 인격 장애는 감정적으로 특정 대상에 크게 의존하는 것을 말한다. 의존하던 대상이 사라지거나 그럴지도 모른다고 생각하면 극도의 불안과 우울을 느낀다. 가족 의존증, 애정 의존증, 우정 의존증, 애완동물 의존증, 취미 의존증, 물건 의존증, 우상 의존증 등이 있다.

현대인들은 심각한 피로와 스트레스를 제때에 해소하지 못하고 특정 대상에 감정을 의탁하는 의존증 증세를 보이기도 한다. 애완동물 의존증은 주변에서 흔히 찾아볼 수 있다. 애완동물 의존증이 나타나는 그룹은 두 종류다. 하나는 화이트칼라다. 이들은 인간관계에서 받은 피로와 스트레스를 귀여운 애완동물을 보며 해소한다. 하지만 심각해지면 의존증으로 발전할 가능성이 높다. 또 다른 그룹은 노인이다. 노인들은 자녀의 독립이나 배우자의 사별로 인해 공허함을 자주 느끼고 마땅히 할 일도 많지 않아 고양이나 개, 물고기, 새 등을 키우며 시간을 보낸다. 따라서 애완동물을 자녀나 배우자로 생각하고 정성껏 돌본다.

우상 의존증은 청소년 환자가 많다. 특히 2000년대 이후 출생한 아이들은 연예인을 신처럼 생각하고 떠받든다. 그들은 자신을 비난하는 건 참아도 우상을 욕하는 건 절대 참지 않는다. 인터넷에 연예인의 사진과 댓글로 도배를 하는 것도 바로 우상 의존증 환자들이다. 감정을 특정 사람이나 애완동물에 의존하는 것은 그나마 수긍이 되지만 특정 물건에 감정을 의존하는 것은 쉽게 이해하기 어렵다. 사실 그림, 꽃병, 자동차, 집, 책, 시계, 옷 등 특정 물건에 감정을 느끼고 애지중지하는 사람들이 적지 않다.

한 남자는 아내가 죽자 결혼반지에 집착하기 시작했다, 실수로 반지를 잃어버리자 대성통곡하며 목숨을 끊으려고 했다. 한 여자는 어릴 때부터 가지고 놀던 인형을 자기 목숨보다 소중하게 생각하며 튼튼한 금고에 넣어 보관했다.

감정 의존증을 치료하기 위해서는 특정 대상에 집중된 감정을 분산시켜야 한다. 인간관계를 확장하고 취미를 늘려 공감대를 가진 사람들과 교류하다 보면 감정을 건강하게 발산할 수 있다. 감정을 제대로 발산할 곳만 있으면 감정 의존증도 빨리 나을 수 있다.

작은 일부터 시작하라
· 치료 ·

의존성 인격 장애를 근본적으로 치료하기 위해서는 반드시 예전의 생활패턴을 살펴보고 자신감을 회복해야 한다. 독립성을 키우고 자신의 일을 직접 결정할 수 있어야 한다.

1단계는 변하기로 결심해야 한다는 것이다. 농담처럼 들리겠지만 '변하고 싶어'와 '변하기로 결심했어'는 완전히 다른 의미다. 자신에게 의존성 인격 장애가 있다는 걸 인정하고 변해야겠다고 결심하는 모습은 그럴 의지가 있음을 충분히 보여준다. 하지만 그렇다고 바로 변할 수 있는 것은 아니다. 결심을 하기 전에 나중에 어떤 일이 생길지 아는 것도 중요하다.
하나, 독립적인 인간으로서 타인에게 의존할 수 없다.
둘, 일상생활의 결정을 더 이상 타인에게 맡길 수 없다.

셋, 자신의 인생과 미래를 직접 책임져야 한다.

넷, 새로운 인생을 살아야 한다.

위의 모든 사실을 인지했다면 과거를 버리고 새로운 미래를 향해 나아갈 준비를 마친 것이나 다름없다. 아직 마음의 준비가 되지 않았다면 다음 단계로 넘어가지 않아도 된다.

2단계로 부모님이 잘못한 일은 없는지 유년 시절의 기억을 살펴본다. 물론 쉬운 일은 아니지만 치료를 위해서는 아주 작은 부분까지 꼼꼼히 기억을 되짚어봐야 한다. 부모님은 지나치게 나를 응석받이로 키운 건 아닐까? 왕자님이나 공주님처럼 떠받든 건 아닐까? 내 손으로는 아무것도 하지 못하게 하고 중요한 일까지 부모님이 결정해 버린 건 아닐까? 신발 끈을 매고 문을 여는 작은 일까지 전부 부모님이 해주었나? 학교에서 내준 과제를 대신 해주고 친구들과 싸웠을 때도 늘 나서서 해결해 주진 않았나? 나는 늘 부모님이 뭔가를 해주기만을 바라던 아이가 아니었나? 내가 무슨 옷을 입고 어떤 게임을 하고 어떤 취미를 가져야 하는지까지 부모님이 결정해 주었나? 주변에서 "이런 바보, 네가 할 줄 아는 게 뭐야?"라는 소리를 자주 들었나? 부모님이 언제나 나를 감시했는가? 내 생각과 의견을 주장해 본 적은 있는가? 부모님은 늘 말 잘 듣고 착한 아이가 되기를 강요하지 않았나? 무슨 일이든 부모님 말을 따르기만 하면 즐거워하고 칭찬했는가? 반대로 부모님 말대로 하지 않으면 큰 불효를 저지른 죄인처럼 취급하지 않았나? 그래서 무슨 일이든 부모님에게 먼저 물어보고 그들의 뜻을 따르게 된 것은 아닐까? 그들은 어느새 '자기 의견'은 사라지고 말 잘 듣는 '착한 아이' 굴레에 갇혀버렸을지도 모른다. 따라서 이제는 타인에게 의존하며 사는 게 편해져 버린 게 아닐까?

어렸을 때 어떤 일이 있었는지 잘 생각해 보라. 습관처럼 생각했던 행동들이 그들을 의존성 인격 장애 환자로 만들었을지도 모른다. 그들은 좋아하는 색, 좋아하는 맛, 좋아하는 연예인, 좋아하는 책 등 자신이 좋아하는 것을 남들 앞에서 드러내본 적이 없다. '자기 의견'을 표현하는 방법을 모르기 때문이다. 좋아하는 색과 디자인의 옷이 있다면 남들 시선에 신경 쓰지 말고 과감하게 입고 나가보자. 달콤한 음식이 좋다면 상대방이 뭐라고 하든 그것을 주문해 먹어보자. 대관람차가 타고 싶으면 마음껏 타며 즐길 수도 있다. 더 이상 부모님의 보호를 받아야 할 어린애가 아니라는 사실을 인지해야 한다.

4단계로 '아니요'라고 말하는 법을 배운다. 오랫동안 타인에게 의존하며 살아왔기 때문에 한 번도 거절을 해본 적이 없을 것이다. 어떤 일을 하기로 결정하기 전에 그 일을 하는 이유와 자신이 정말 그 일을 하고 싶은지부터 살펴봐야 한다. 하고 싶지 않다면 당당하게 '아니요'라고 말할 줄 아는 용기가 필요하다. '아니요'라고 거절한다고 해서 타인에게 피해를 주지는 않는다. 오히려 그들의 의견을 배려하고 존중해 줄 것이다.

5단계로 지금까지 해왔던 노력과 그로 인해 얻은 성과를 잘 기억한다. 의존증에서 벗어나 독립성을 회복하면 모든 과정을 글로 기록하고 자신감과 성취감을 만끽해보자. 자신에 대한 칭찬과 보상을 아끼지 않는 사람이 그 다음 단계로 넘어갈 수 있다.

의존성 인격 장애를
치료하기 위한 6가지 방법
· 생존법칙 ·

1. 편승 효과

편승 효과는 밴드왜건 효과(Band-wagon effect)라고도 한다. 이것은 유행에 따라 상품을 구입하는 소비 현상을 뜻하는 경제 용어로 다수의 생각과 행동을 쉽게 따라하게 되는 사람들의 심리를 잘 보여준다. 예를 들어, 11월 11일(중국의 11월 11일은 '솔로의 날'이자 중국판 블랙 프라이데이로 불린다. - 역주)에 소비가 급격하게 늘어나는 현상도 편승 효과에 따른 결과다. 이날 사람들은 분위기에 휩쓸려 필요하지도 않은 물건들을 많이 산다. 며칠 지나면 괜히 샀다며 후회하다가도 11월 11일만 되면 다시 미친 듯이 쇼핑 대열에 합류한다.

의존성 인격 장애 환자는 자신감이 부족하여 스스로 결정을 못하기 때문에 대중의 의견에 휩쓸려 원하지 않는 선택을 할 수 있다. 그들은 스스로 생각하지 않고 행동하며, 자기 행동에 책임지지 않는다. 하지만 맹목적으로 타인의 말을 따른다면 자신이 원하지 않는 결과를 맞이하게 될 가능성이 높다. 다들 사기에 따라서 샀는데 자신에게 필요하지 않은 물건일 수도 있다. 은행 대출을 갚는 중인데 사람들이 여행을 간다고 따라갔다가 나중에 낭패를 본 경우도 있다. 이처럼 의존성 인격 장애 환자가 맹목적으로 유행을 좇는다면 예측할 수 없는 결과를 불러올 수 있다. 그들은 최대한 남들에게 의존하지 않고 자신의 일을 스스로 결정할 수 있어야 한다.

2. 워싱턴 협력의 법칙

워싱턴 협력의 법칙이란 혼자 있으면 일을 대충대충 처리하고, 두 사람이 모이면 서로 책임을 전가하기 바쁘며, 세 사람이 뭉치면 아무 일도 이루지 못한다는 이론이다. 왜 혼자 있으면 억지로라도 일을 처리하게 되지만 셋이 모이면 아무 성과도 내지 못하는 걸까? 여러 명이 모이면 서로 책임지지 않으려 하고 누군가가 대신 일을 처리해 줄 거라고 생각하기 때문이다.

의존성 인격 장애 환자는 남들보다 이런 심리가 더 강하다. 그들은 타인에 대한 의존성이 높아서 스스로 어떠한 것도 결정하지 않으려 한다. 그렇게 상대방에게 책임을 미루느라 시간을 낭비하다 보면 결국 아무런 성과도 얻지 못한다. 그들이 이런 상황에서 벗어나기 위해서는 사소한 일을 결정하는 것부터 시작

해 자신감과 책임감을 가지고 스스로 결정하는 습관을 키워나
가야 한다.

3. 유명인 효과

유명인 효과란 유명한 사람이 등장하면 관심이 집중되면서 영
향력이 증가하며 그를 모방하려는 사람이 많아지는 현상을 의
미한다. 유명인의 후광은 대중에게 믿음을 주며 사회적인 관심
을 유발한다. 회사가 거금을 들여서라도 유명인을 브랜드 광고
에 이용하려는 것도 다 그런 효과를 노린 것이다. 한국 드라마
〈별에서 온 그대〉에 나오는 '도민준'이 중국에 형성된 팬덤을
이용해 각종 광고를 찍어 큰돈을 벌어들인 것도 바로 유명인
효과 덕분이다.

유명인 효과로 인해 사람들의 의존성은 크게 증가하는데 특히
유명인을 따르는 팬들은 그들에 대한 심리적인 의존성이 아주
강하여 판단력을 잃기도 한다. 그들은 모든 것을 유명인을 기준
으로 생각하고 결국엔 자기 자신마저도 잃어버린다. 의존성 인
격 장애 환자가 유명인을 따라하는 것도 하나의 선택으로 볼
수도 있다. 하지만 합리적인 범위를 벗어나 맹목적으로 유명인
을 따라하는 것은 결코 도움이 되지 않으며, 오히려 부정적인
영향을 미친다.

4. 모지스 할머니(Grandma Moses) 효과

모지스 할머니는 미국의 예술가로 75세의 나이에 그림을 그리

기 시작해서 80세에 최초의 개인전을 열었다.

모지스는 농장에서 태어나 평생 교육의 기회도 얻지 못했다. 그녀는 농장일과 가사를 병행하며 다른 평범한 어머니와 마찬가지로 아이들을 양육하는 데 열정을 쏟았다. 그녀에게는 10명의 아이들이 있었다. 평소 모지스는 자수로 고향 풍경을 그리며 스트레스를 해소하곤 했는데 70세가 넘어 관절염으로 자수를 놓을 수 없게 되자 그림을 그리기 시작했다. 나중에 그녀의 작품은 예술계에 큰 반향을 일으켰고 80세가 되어서 생애 최초의 개인전까지 열게 되었다. 모지스 할머니는 101세에 세상을 떠났는데 1,600여 점의 그림을 유작으로 남겨 세상을 놀라게 했다.

모지스 할머니는 전형적인 대기만성형 인물이다. 그녀는 나이와 관계없이 언제나 최선을 다하고 스스로 변하려고 노력한다면 반드시 좋은 성과를 거둘 수 있다는 사실을 보여주었다. 사람은 누구나 무한한 잠재력을 가지고 있다는 사실도 함께 말이다.

의존성 인격 장애 환자도 무한한 잠재력을 가지고 있지만 그들은 그러한 사실을 깨닫지 못하거나 믿지 않으려 한다. 그들도 자신감을 가지고 자신의 잠재력을 적극적으로 개발한다면 반드시 의존증에서 벗어나 독립적인 인간으로 바로 설 것이다.

5. 메기 효과(Catfish effect)

노르웨이 사람들은 정어리를 좋아하는데 살아 있는 정어리는 죽은 것보다 훨씬 비싸다. 하지만 어부들이 바다에서 잡은 정어리는 항구까지 오는 길에 산소가 부족해 질식사하고 말았다. 따라서 어부들의 최대의 관심사는 정어리를 산 채로 항구까지 운반하는 것이었다. 그런데 어느 날, 살아 있는 정어리를 가득 싣고 득의양양하게 항구를 들어오는 어부가 있었다. 그의 비법은 정어리가 담긴 수족관에 천적인 메기를 넣는 것이었다. 메기를 넣으면 정어리들이 잡아먹힐 것 같지만 오히려 살기 위해 활발히 움직여 항구에 도착할 때까지 살아남은 것이다.

위에서 이야기한 것이 바로 메기 효과다. 다수의 기업들은 이런 메기 효과를 이용해 외부 인재를 등용하여 사원들 간의 경쟁을 조성하고 회사 발전을 꾀한다. 심리학적으로 보면, 일정한 위기감이 조성되면 잠재력이 훨씬 더 강하게 발휘되는 결과를 가져온다.

의존성 인격 장애 환자는 늘 의존할 대상을 찾으며 그에게 지나치게 의존하기 때문에 자신에 대한 믿음이 부족하다. 메기 효과를 이용해 그들에게 적당한 위기감을 부여한다면 스스로 독립적인 생각을 하게 될 것이다.

6. 월러치(Wallach) 효과

예일 대학의 웬델 월러치(Wendell Wallach) 교수는 인간의 지능은 일률적이지 않으며 각자 적당한 수준을 가지고 있지만 자신의 최고 지능을 발휘할 수 있는 지점을 찾는다면 놀랄 만한 성과를 이룰 수 있다고 했다. 예를 들어, 중국의 음악 신동 저우

저우(舟舟)의 지능은 어린아이 수준이지만 지휘자로서 그의 능력은 최고의 경지에 올랐다. 그는 자신의 재능을 발견한 뒤로 그 전과 비교할 수 없을 만큼 풍요로운 인생을 살게 되었다.

의존성 인격 장애 환자도 자신의 지능을 개발하고 재능을 발휘할 수 있다면 자신감을 회복할 것이다. 그러면 그들도 서서히 자기만의 세계에서 나와 남들에게 의존하지 않고 스스로 책임지는 자기만의 인생을 살 수 있다.

CASE 15

죽 으 면
어 떨 까

자살

당신은 경계성
인격 장애 환자인가요?
· 자가진단 테스트 ·

조용한 장소에 앉아 최근 3개월간의 기억을 바탕으로
다음 질문에 솔직하게 대답해 보세요.

....

☐ 과소비, 도박, 도둑질 등 자신을 손상할 가능성이 있는 행동
  을 충동적으로 하나요?

☐ 종종 타인을 비하하거나 나의 이득을 위해 타인을 이용한
  적이 있나요?

☐ 부적절한 상황에서 크게 분노하거나 자신의 분노를 통제하
  지 못한 적이 있나요?

☐ 사람들을 잘 알아보지 못하고 성정체성과 자아정체성에 혼
  란을 느끼고 직업을 자주 바꾸는 편인가요?

☐ 늘 불안하고 갑자기 우울해하거나 분노하며, 그런 감정이 수
  시간 내지 수일 동안 지속됐다가 다시 정상으로 돌아오나요?

☐ 혼자 있는 걸 견디지 못하고, 혼자 있을 때 우울함을 느끼나
  요?

□ 구토, 자해, 반복적인 사고 유발을 통해 자신의 몸에 상해를
  가하나요?
□ 만성적인 권태와 공허감을 느끼나요?

위의 8개 항목 중에서 3개 이상에 '네'라고 대답했다면 가벼운 경
계성 인격 장애에 해당된다. 5개 이상에 '네'라고 대답했다면 심
각한 경계성 인격 장애에 해당되니 전문가와 상담이 필요하다.
경계성 인격 장애 환자는 반복적으로 자살 시도를 한다. 그들은
끊임없이 자해를 하면서도 진짜 목숨을 잃을까 봐 두려워한다.
그들의 목적은 사람들의 관심을 끄는 데 있다.

자살과 경계성 인격 장애

SUICIDE

증상

　　그날 그녀는 세 번째로 나를 협박하며 시트콤 〈애정공우(愛情公寓)〉에 출연하는 관구선치(關谷神奇)가 입버릇처럼 하던 말을 그대로 했다. "한 번만 더 대답하지 않으면 할복자살할 거야!" 하지만 난 그녀의 말에서 진실성을 느끼지 못했고 조용히 부엌으로 가서 과일칼을 찾아 가져왔다. "필요하면 내가 도와줄까?"

그러자 그녀는 조용히 구석으로 가서 바닥에 동그라미를 그려댔다. 사실 자살은 아주 심각한 문제다. 햄릿(Hamlet)의 유명한 말인 "죽느냐 사느냐 그것이 문제로다."는 자살하려는 사람의 심리를 그대로 보여준다. 위에서 나를 협박하던 그녀는 조용히 있다가 다시 내 앞에 무릎을 꿇으며 말했다. "사람은 왜 자살을 하죠? 정말 아플 텐데." 나는 그녀가 몇 년 뒤 정말 자살을 시도할 거라고는 꿈에도 생각하지 못했다. 왜 그랬냐고 물으니 그녀는 아무 말 없이 고개만 가로저었다. 그래도 다시 물으니 불같이 화를 내다가 나중엔 울면서 이렇게 말했다. "정말 후회돼요!"

난 아직까지도 그녀가 후회 때문에 자살 시도를 했다는 말인지, 자살 시도를 한 것을 후회한다는 말인지 알지 못한다. 하지만 그녀가 내게 묻던 그 질문은 잊히지 않는다. "사람은 왜 자살을 하죠?"

자살은 종류에 따라 여러 가지로 나뉜다. 첫째, 이타형 자살이다. 이들은 혁명 시기에 자살함으로써 민중을 일깨우려 하거나 불치병에 걸려 주변 사람들에게 피해를 주지 않기 위해 자살을 선택한다. 둘째는 자아형 자살이다. 이들은 사는 게 재미가 없고 미련이 없거나 외로움을 견디지 못해 자살을 선택한다. 셋째는 아노미형 자살이다. 이들은 지인의 죽음, 실연, 실업 등 안정적인 사회관계가 깨졌을 때 압박을 견디지 못하고 자살을 선택한다. 넷째, 숙명형 자살이다. 이들은 종교적으로 자신을 희생하기 위한 목적으로 자살을 선택한다.

사람들은 주로 절망에서 벗어나고 싶거나 문제를 해결하기 위해서 또는 이득을 얻기 위해서 자살이라는 극단적인 선택을 한다. 사람들이 자살을 선택하는 첫 번째 이유는 절망 때문이다. 절망이란 무엇일까? 간단히 말해, 절망이란 희망을 전혀 찾을 수 없는 상황을 의미한다. 절망은 상태가 아니라 태도다. 대부분 자살을 시도하는 사람들은 인생이 절망적이라서 그런 선택을 했다고 말한다. 그들은 앞으로 더 이상 좋아질 것은 없으며 어두운 미래만 남았다고 여기며 이렇게 생각한다. '정말 절망적이야. 아무리 노력해도 달라지는 건 없어. 이대로 죽는 게 나아.'

많은 우울증 환자가 그런 이유로 자살을 선택한다. 심각한 우울증 환자는 늘 비관적이고 어떤 것에도 흥미를 보이지 않으며, 인생은 무가치한 것이라는 생각에 빠져 자살을 생각하기 쉽다.

중국에서 많은 사랑을 받았던 인기 스타 장궈룽(張國英)도 심각한 우울증에 시달리다 결국 자살이라는 극단적인 선택을 했다. 생전에 그는 수많은 영화를 찍고 음반활동도 활발히 했던 세계적인 스타였다. 장궈룽을 사랑하는 사람들에게 그는 아주 소중한 존재였다. 따라서 절망은 객관적인 상태가 아니라 주관적인 심리 상태라고 할 수 있다. 세상에 영원한 절망은 없다. 늘 희망이 함께한다.

사람들이 자살을 선택하는 두 번째 이유는 문제를 해결하기 위해서다. 언뜻 듣기에 좀 이상할 것이다. 자살로 문제를 해결한다? 사실 자살로 해결할 수 있는 문제는 없다. 하지만 자살을 시도하는 사람들은 그렇게 생각하지 않는다. 예를 들어, 빚을 진 사람들 중에는 갚을 능력이 안 돼서 자살하는 사람이 많다. 최근 뉴스에서 자주 들려오는 '자살 습격 사건'도 자살로 문제를 해결하려는 사람들의 잘못된 예다.

앞에서 자살 얘기를 꺼냈던 여자 얘기를 더 해보겠다. 그녀는 자살로 문제를 해결하려는 사람 중에 하나다. 그녀는 항상 굴곡진 길을 걸어왔다. 대학을 졸업하고 일자리를 구하는 것부터 순탄치 않았던 그녀는 가까스로 회사에 취직을 하지만, 동료들의 괴롭힘으로 매일 괴로운 시간을 보냈다. 나중에 상사와 사랑에 빠져 비밀연애를 시작했는데 상대가 유부남이라는 사실을 알고 충격에 빠지기도 했다. 그녀는 상사와의 부적절한 관계를 끝내려고 했지만 상대는 오히려 그것을 약점으로 잡고 자기와 헤어지면 회사에서 쫓아내겠다고 협박했다. 그녀는 깊은 절망에 빠졌고 결국 자살이라는 선택을 하고 말았다.

자살이 문제를 해결해 줄 것 같지만 사실은 더 많은 문제를 야기할 뿐이다. 위의 이야기에서 그녀가 자살을 시도했다고 유부남과 놀아난 '정부'라는 꼬리표가 사라졌을까? 나중에 더 나은 환경에서 일을 하게 되었을까? 그 소식을 들은 가족과 친구들은 어떤 심정이었을까?

사람들이 자살을 선택하는 세 번째 이유는 이득을 얻기 위해서다. 자살로 이득을 얻는다는 게 사실일까? 실제로 그런 예는 거의 없다. 보험사기로 이득을 얻는 경우를 말하는 걸까? 그것은 오히려 문제 해결을 위한 자살에 가깝다. 여기서 말하는 이득이란 자살을 통해 주변 사람들의 관심과 사랑을 얻는 것을 뜻한다. 경계성 인격 장애 환자들이 자살을 선택하는 주요 이유다.

경계성 인격 장애는 여자들이 주로 걸리는 인격 장애다. 그들은 어린 시절부터 관심과 사랑을 받지 못했다고 생각하며 항상 극도의 불안에 시달린다. 그들은 왜곡된 자기 정체성과 혼란스러운 가치관을 가지고, 타인의 관심과 인정을 받으려고 애쓴다. 타인의 관심과 인정을 받지 못하면 좌절하고 분노하며, 충동적인 감정에 휩싸여 자해를 하기도 한다.

경계성 인격 장애 환자는 외로움을 잘 타고 늘 타인의 관심에 목말라한다. 그들은 심각한 자살 충동을 느끼며 종종 실행으로 옮긴다. 자살에 실패하거나 자살 시도에도 죽지 않고 다시 살아났을 때 가족과 친구, 주변 사람들의 관심과 보살핌을 받으며 안정감을 느낀다. 자살 시도를 통해 이득을 얻는다고 생각하여 자주 실행에 옮긴다. 자신이 무가치하다고 여기기 때문에 죽음을 두려워하지 않고 계속 자살을 시도한다. 다음으로 경계성 인격 장애 환자들의 이야기를 들어보자.

24번의 자살 시도

SUICIDE
사례

        H는 공무원으로 언변이 유창하지는 않지만 완벽한 일처리와 우수한 업무 성과로 상사의 신임과 부하직원들의 존경을 한 몸에 받았다. 사람들은 행복한 가정과 아름다운 아내, 토끼 같은 자식들이 있는 그를 부러워했다. 그런 H가 자살을 시도했다는 소식이 전해지자 모두 깜짝 놀랐다. 사람들은 그 얘기를 믿지 못했다. 하지만 H는 무려 24번이나 자살을 시도했다.

        "슈퍼마리오 게임 해봤어요?"그의 목소리는 피곤하게 들렸지만 표정만은 평온했다. "슈퍼마리오가 실수로 떨어져 괴물을 만나면 죽는데, 나중에 반드시 다시 살아나거든요. 제가 꼭 슈퍼마리오 같아요. 일이 잘못돼서 자살했는데 이렇게 다시 살아난 걸

보면요." 그는 잠시 입을 다물더니 얼마 후 떨리는 목소리로 물었다. "그녀는 왔나요?"

H가 말하는 그녀는 바로 그의 아내다. H가 긴장한 이유는 그가 바람을 피우다 걸려서 아내와 크게 싸운 뒤로 자살을 시도했기 때문이다. 사실 H가 바람을 피운 것은 이번이 처음이 아니었기에 입이 열 개라도 할 말이 없었다. "제 마음에 여자는 맹세코 아내뿐이에요. 이제까지 한 번도 아내를 배신한 적은 없어요. 단지 스트레스를 해소하고 싶었어요. 아마 절 이해하지 못할 거예요. 아니, 이해하고 싶은 마음도 없겠죠. 그녀는 저나 제 감정에 전혀 관심이 없어요. 저는 정말 힘들고 괴로워서 방황했던 거예요. 답답해서 다른 여자를 찾긴 했지만 제 마음속엔 아내밖에 없었어요. 그녀는 제 여신이거든요. 아내를 정말 사랑해요. 아내는 제 모든 거나 다름없어요. 그러니 절대 이혼할 수 없죠. 이혼하느니 차라리 죽어버리겠어요!"

H는 아내에게 심하게 의존했으며 심지어 그녀를 숭배할 정도였다. 그의 말에 따르면 아내는 완벽한 여인이자 하늘에서 내려온 천사였다. 아내가 눈부실 정도로 빛나는 것에 비해 H는 스스로 보잘것없는 사람이라고 생각했다. 또한 그는 일을 할 때마다 주변 사람들에게 피해를 입히고 있다는 생각에 심각한 죄책감에 시달렸다. "제가 많이 부족해요. 제대로 하는 게 거의 없죠. 업무 평가에서 우리 팀 성과가 낮은 것도 다 저 때문이에요. 제가 더 신경 썼어야 했는데 그러지 못했죠. 저 때문에 사람들이 피해를

보는 것 같아 괴로워요. 저 같은 하찮은 녀석 때문에……."

H는 고통스럽게 머리를 쥐어뜯으며 눈물을 흘렸다. 그러다 갑자기 자신의 죄책감을 아내에게 돌리며 크게 화를 냈다.

"이게 다 아내가 절 무시하기 때문이에요. 저는 진심으로 아내를 사랑하는데 그녀는 저를 하찮게 생각해요! 그러니 이혼하자고 했겠죠! 흥, 이혼하라면 못할까 봐서!"

그는 단단히 결심한 듯이 소리쳤다. 하지만 이혼 서류를 보자마자 갈기갈기 찢으며 소리쳤다. "싫어! 당장 집으로 갈래요! 아내를 봐야겠어요! 그녀를 못 보면 죽어버릴 거예요!"

내가 물었다. "왜 자꾸 죽으려고 하는 거죠?"

H는 공허하게 웃으며 대답했다. "제가 죽어야 사람들이 저를 봐주니까요. 제 몸에 자해를 하면 사람들이 관심을 가져주잖아요. 그러니 살아 있다는 느낌을 받으려면 죽어야 하는 거죠. 궤변같지만 진짜예요. 죽기 전에 항상 아내에게 사랑한다는 유서를 남겨요. 즐거웠던 순간이나 힘들었던 순간까지 아주 자세히 기록해요. 전 영원히 그녀와 함께하고 싶은데, 그녀는 언제나 절 밀어내요! 저랑 이혼하고 싶대요. 저를 포기하려나 봐요. 그녀에게 제 진심을 전하려면 죽는 것밖에 방법이 없어요. 죽음은 또 다른 언어일 뿐이에요. 저도 진짜 죽고 싶은 건 아니에요. 하지만 방법이 없어요! 전 이미 망가졌고 아무것도 할 수 없죠. 그저 당신에게 이런 말을 남기는 게 다예요."

대학생은 왜
자살 고위험군이 되었나

SUICIDE
현상

    중국에서는 2분에 한 명씩 자살로 생을 마감하며, 여덟 명이 자살 미수에 그친다. 지금 이 순간에도 누군가는 자살을 시도하고 있다. 현재 중국의 자살 연령대는 점차 낮아지고 청소년 자살 비율은 꾸준히 증가하고 있다.

    2년 전, 칭화(清華) 대학과 베이징(北京) 대학에서 연달아 자살 사건이 일어나 세간의 주목을 받기도 했지만, 이제 대학생 자살 사건은 더 이상 뉴스가 되지 못한다. 지성 집단의 상징인 대학생들이 가장 아름다운 시절에 자실을 선택하는 이유는 무엇일까?

    대학생의 자살 원인은 네 가지로 나뉜다.

1. 새로운 환경이 불러온 자살 충동

대학 신입생 샤오샤오(小小)는 입학한 지 일주일 만에 대학 생활에 적응하지 못해 괴로워하다가 건물에서 투신하여 생을 마감했다. 대학 신입생이 자살하는 이유는 주로 새로운 환경에 적응하지 못하기 때문이다. 유치원부터 고등학교 때까지 아이들은 부모님의 기대를 한 몸에 받으며 긴장된 생활과 주입식 교육에 길들여진 생활을 해왔다. 아이들은 십여 년 동안 그런 생활을 하다가 대학에 입학하는 동시에 고향을 떠나 독립된 생활을 하며 낯선 환경에 적응해야 한다. 하지만 일부는 그런 상황을 견디지 못하고 자살을 선택한다.

2. 우수한 학생들 간의 치열한 경쟁

대학에 들어가면, 특히 명문 대학일수록 전국의 수재들이 한자리에 모여 경쟁을 한다. 고등학교 때까지 1등을 놓쳐본 적 없는 아이들은 언제나 선생님과 부모님의 칭찬을 받으며 자부심을 느꼈는데, 대학에서는 새로운 환경에 적응해야 한다. 과거에는 손쉽게 1등을 했지만 대학에서는 조금만 방심해도 경쟁에서 뒤처진다. 우수한 학생들 간의 치열한 경쟁에서 느껴지는 압박을 견디지 못하고 자살을 선택하는 사람들이 늘어나고 있다.

3. 견딜 수 없는 실연의 아픔

대학은 사회의 축소판으로 복잡한 인간관계로 골머리를 앓는 경우도 많아진다. 연애는 가장 달콤한 인간관계다. 하지만 짝사랑에 실패하거나 실연의 아픔을 견디지 못하고 자살을 선택하는 사람도 있다. 대학교 2학년의 샤오우(小五)는 좋아하는 상대에게 고백했다가 실패하자 낙담하여 창문에서 뛰어내렸다. 많이 다치긴 했지만 다행히 3층이라 생명에는 지장이 없었다.

4. 구직의 어려움

매년 5월만 되면 대학생의 자살 비율이 급격히 증가한다. 이를 가리켜 '검은 5월'이라고 부른다. 이때 자살한 사람들은 주로 졸업을 앞둔 대학생들이다. 5월은 졸업 논문과 일자리, 연애 등의 문제가 한꺼번에 터지기 시작하는 시기다. 대학을 졸업하고 새로운 환경에 적응해야 하는데 사회의 문턱을 넘지 못하고 자살로 생을 마감하는 대학생들이 증가하고 있다. 이렇게 대학생들이 졸업을 앞두고 자살을 하는 이유는 역경을 대처하는 능력인 AQ(Adversity Quotient)가 아주 낮기 때문이다.

일반적으로 사람을 평가할 때 지능지수 IQ와 감성지수 EQ만 고려하고 AQ를 따지는 경우는 거의 없다. 부모들은 아이들이 순탄한 길을 걷길 바라며 좌절이나 실패를 겪지 않길 원하지만 그것은 불가능하다. 자라면서 비바람을 맞으며 험난한 과정을 겪어보지 않은 아이들은 작은 역경에도 쉽게 좌절하고 빨리 포기하고 만다.

깊이 생각하기
· 치료 ·

앞에서 얘기한 바와 같이 사람들이 자살하는 원인은 절망에서 벗어나고 싶거나 문제를 해결하기 위해서 또는 이득을 얻기 위해서다. 자살을 생각하고 있다면, 우선 마음을 평온하게 가라앉히고 다음과 같은 질문에 대답해 보자.

1. 자살하면 정말 문제가 해결될까?
자살을 하려는 사람들 중에는 자살을 문제 해결을 위한 과정으로 생각하는 사람이 많다. 그들은 자신이 죽으면 모든 문제가 일시에 해결될 거라고 하지만, 절대 그런 일은 없다.

바오(包)의 인생 목표는 현모양처가 되어 남편을 잘 내조하고 아이들을 잘 기르는 것이었다. 하지만 결혼 후, 그녀는 인생 최대의 위기에 봉착했다. 수천 년 전부터 전해져 내려온 고부간의 갈등이 기다리고 있었기 때문이다. 바오는 최선을 다했지만 번번이 시어머니라는 벽을 넘지 못해 좌절했고, 반대로 시어머니는 언제나 의기양양했다. 가장 속상했던 것은 그녀가 억울한 일을 당할 때마다 남편이 시어머니 편을 든 것이었다. 그녀는 도저히 참지 못하고 소리쳤다. "제가 죽어야겠어요? 죽어야 이 문제가 해결되는 거냐고요!" 그러곤 수면제를 한 움큼 집어 삼키고 깊은 잠에 빠졌다. 다행히 제때에 발견되어 최악의 상황은 피할 수 있었다.

바오가 자살을 실행에 옮긴 일은 안타깝지만, 과연 죽는다고 문제가 해결될까?

자살하고 싶은 충동이 생기면 우선 마음을 차분히 가라앉히고 곰곰이 생각해 봐야 한다. '내가 정말 해결하고 싶은 문제는 무엇일까?', '자살하면 정말 문제가 해결될까?' 위의 이야기에서 바오는 고부간의 갈등을 해결하길 원했지만 그녀는 어떻게 행동했는가? 그녀가 자살에 성공했다 해도 문제는 전혀 해결되지 않았다. 자살로 문제를 해결하려는 생각은 처음부터 잘못됐다.

2. 세상에 미련이 남았는가?

자살이 모든 문제를 해결해 주지는 않지만, 문제란 언젠가 해결되기 마련이다. 세상에 해결할 수 없는 문제는 없으며, 해결 방법은 아주 다양하다. 사람은 누구나 희망을 가지고 있지만 때때로 눈에 보이지 않는다.

나를 사랑해 주는 사람들, 내가 원하는 꿈, 포기할 수 없는 소중한 것들을 생각하며 삶의 의미를 돌아보자. 사람이 태어난 이유는 죽기 위해서가 아니라 가치 있는 삶을 영위하기 위해서다. 죽고 싶은 생각이 든다면 가슴에 손을 얹고 세상에 미련이 없는지 깊게 생각해 봐야 한다. 만약에 미련이 남는다면 자살을 할 자격이 없다.

3. 죽으면 모든 고통이 사라질까?

영혼이 존재하는지에 관한 논의는 아주 오랫동안 이어져 왔다. 소위 '무신론자'들도 청명절(淸明節, 매년 양력 4월 5일 전후로 조상의 묘를 참배하고 제사 지내는 날 - 역주)이 되면 종이를 태우면서 죽은 사람을 위해 기도한다. 영혼이 있는지 정확히 밝힐 수 있는 사람은 없다. 정답은 죽은 사람만 아는데 이미 죽었으니 산 사람들에게 알려줄 방법이 없다.

영혼에 관한 문제는 쉽게 대답하기 어렵다. 영혼이 있다고 하든 없다고 하든 증명할 길이 없기 때문이다. 만약에 영혼이 있다면 어떨까? 자살을 해서 죽었는데 영혼이 되어 떠다닌다면 나의 죽음을 슬퍼하는 사람들을 어떻게 지켜볼 것인가? 내가 남겨놓은 문제들은 어떻게 될 것인가? 죽고 나서 더 고통스러워지지는 않을까? 후회하거나 죄책감에 시달리는 건 아닐까? 그런 생각을 하다 보면 아직 살아 있다는 사실에 감사하게 된다. 살아 있는 한 바꿀 수 있는 기회가 주어지기 때문이다. 죽으면 같은 몸으로는 다시 태어날 수 없다. 따라서 자살하고 싶은 충동이 인다면 잘 생각해 봐야 한다. 죽으면 정말 모든 고통으로부터 자유로워지는 걸까?

4. 가족과 친구들은 괜찮을까?

사람은 한 번 죽으면 다시 살 수 없다. 천재지변으로 인한 것이든 인재로 인한 것이든 주변 사람들의 죽음은 늘 큰 아픔을 안겨다준다. 한창 나이에 소중한 사람이 죽으면 견딜 수 없는 슬픔에 빠질 것이다. 소중한 사람이 자살로 생을 마감한다면 더 큰 아픔으로 다가올 것이다. 그 사람이 스스로 목숨을 끊을 때까지 아무런 도움을 주지 못했다는 죄책감에 빠져 힘들어할 수도 있다. 그들이 느낄 상실감과 슬픔은 자살한 사람은 결코 이해할 수 없다. 그들은 급격히 쇠약해지고 정상적인 생활을 하지 못하며, 심리적, 신체적으로 큰 충격을 받게 될 것이다. 이처럼 한 사람의 자살은 주변 사람들의 삶을 송두리째 바꿔놓을 수 있다. 그러니 자살하고 싶다면 이러한 결과까지 잘 생각해 볼 필요가 있다.

행복해지기 위한 심리치료

· 생존법칙 ·

1. 한계 효과(Marginal effect)

몹시 배고플 때 만두를 먹기로 했다고 해보자. 배 속에 가장 처음 들어가는 만두 하나로 우린 행복을 느낄 것이다. 하지만 그 뒤로 먹는 만두는 처음보다 적은 행복감을 가져다줄 것이다. 그래도 배가 부르기 전까지는 만두를 먹을 때마다 행복감을 느낄수 있다. 단, 행복감이 증가하는 속도가 느릴 뿐이다. 배가 부르면 만두는 더 이상 아무런 행복감도 가져다주지 않는다. 그 뒤로 계속 먹으면 위만 아프고 행복감은 점차 마이너스가 된다.

이것이 바로 한계 효과다. 경제학적인 관점에서 보면, 투입되는 양이 일정하게 증가하면 그로 인한 효과는 나날이 감소한다. 심리학적인 관점에서, 특정 사물에 대한 감정이 존재할 경우 최초 체험일 때 가장 강렬한 감정을 느끼고 그 뒤로는 점점 약해진다. 첫사랑의 감정이 가장 강렬하고, 그 뒤로는 조금씩 약해지다가 나중에는 거의 무뎌지는 것도 한계 효과 때문이다. 심지어 사랑이 따분하게 느껴질 때가 올지도 모른다.

경계성 인격 장애 환자는 종종 자살로 타인의 관심을 끌려고 한다. 그들이 자살을 시도할 때마다 주변 사람들은 깊은 관심을 갖지만, 그것도 계속 반복되면 한계 효과에 의해 점점 관심이 줄어든다. 따라서 경계성 인격 장애 환자는 좀 더 강력한 수단을 사용하게 된다. 경계성 인격 장애 환자에게 자살은 사람들의 관심과 사랑을 얻기 위한 효과적인 수단이 아니다. 그로 인해 정반대의 효과를 불러올 가능성도 있다. 따라서 자살이나 자해로 모든 문제를 해결하려고 해서는 안 된다.

2. 무가치 이론(Unworthy law)

어떤 일에 대해 무가치하다고 여긴다면 그로 인해 시간과 노력을 낭비할 필요 없이 대충대충 적당히 처리하려 할 것이다. 그리고 그 일이 잘되든 말든 신경 쓰지 않는다.

사람들의 견해는 각자 다르기 때문에 가치가 있는지 없는지도 각자의 판단에 달렸다. 하지만 정상적인 상황에서 자신의 목숨을 버림으로써 무언가를 얻는 일은 무가치하다. 생명보다 소중한 것은 없기 때문이다. 물론 나라가 어지러운 시기에 자신을 기꺼이 희생한 분들의 선택은 제외다. 요즘같이 평화로운 시기에 사람들의 관심과 사랑을 얻거나 월급을 독촉하거나 누군가를 징벌하려는 목적으로 자살을 선택하는 일은 무가치한 일이다.

3. 깨진 유리창 이론(Broken window theory)

유리창 하나가 깨지면 처음에는 아무도 신경 쓰지 않지만 그것을 계속 방치하면 다른 유리창도 깨질 확률이 높아진다. 깨진 유리창 이론은 주변에서도 흔히 찾아볼 수 있다. 학교에 새 책상이 들어오면 처음에는 아주 깨끗해서 소중히 다루지만 누군가 낙서 하나를 하면 순식간에 다른 책상까지 낙서로 뒤덮이게 된다. 한 지역에 범죄가 발생했을 때 적극적으로 해결하지 않으면 금방 범죄자들의 소굴이 되고 만다.

힘든 일을 겪었을 때 한 번 부정적인 감정에 빠지면 점점 걷잡을 수 없는 지경까지 이르게 된다. 하지만 스스로 자신의 상황을 자각하고 적극적으로 마음의 깨진 유리창을 복구하려고 노력한다면 다시 예전으로 돌아갈 수 있다. 따라서 경계성 인격장애 환자는 부정적인 감정을 그대로 내버려두지 말고 긍정적으로 바꾸기 위해 애쓸 필요가 있다. 그래야 현재 상황을 극복하고 행운의 여신을 만날 수 있다.

4. 망막 효과(Retinal effect)

본인이 어떤 물건을 지니고 있거나 독특한 특징이 있으면 자신과 같은 물건이나 특징을 가진 사람이 평소보다 훨씬 더 많이 눈에 띈다. 예를 들어, 팔을 다쳐서 깁스를 한 채 다니다 보면 평소보다 팔에 깁스를 한 사람이 훨씬 더 많아 보인다. 또는 색이나 디자인이 독특한 자동차를 구매했다면 거리에서 똑같은 자동차를 더 많이 보게 될 것이다.

어느 날 불공평한 일을 당했다면 망막 효과로 인해 그런 일이 더 많이 눈에 띌 것이고 따라서 절망의 감정도 더 많이 느끼게 될 것이다. 그것은 마음의 눈이 자신의 감정과 똑같은 사람을 찾는 것이기도 하다. 복권에 당첨된 사람 눈에는 똑같이 복권에 당첨된 사람이 더 많이 보이는 것도 마찬가지 효과 덕분이다. 따라서 부정적인 감정에 빠졌을 때 망막 효과로 인해 더 많은 불행과 좌절의 감정을 보게 된다면 거기에 휩쓸리지 말고 신속하게 빠져나오는 것이 좋다.

천재는 왼쪽 미치광이는 오른쪽

1판 1쇄 발행 2017년 1월 10일

지은이 | 닝안닝
옮긴이 | 김정자
펴낸이 | 최윤하
펴낸곳 | 정민미디어
주 소 | (151-834) 서울시 관악구 행운동 1666-45, F
전 화 | 02-888-0991
팩 스 | 02-871-0995
이메일 | pceo@daum.net
편 집 | 정광희
표지디자인 | 김윤남
본문디자인 | 디자인 [연;우]

ⓒ 정민미디어

ISBN   979-11-86276-32-7 (03820)